작가가 된
막노동꾼

**최고다
내인생**

최고다 내인생

초판인쇄	2016년 4월 15일
초판발행	2016년 4월 20일
지은이	이은대
발행인	조현수
펴낸곳	도서출판 더로드
표지&편집 디자인	오종국 Design CREO
일러스트	서설미
ADD	경기도 고양시 일산동구 백석2동 1301-2 넥스빌오피스텔 904호
전화	031-925-5366~7
팩스	031-925-5368
이메일	provence70@naver.com
등록번호	제2015-000135호
등록	2015년 06월 18일
ISBN	979-11-955702-8-7-03810

정가 15,000원

최고다
내인생

작가가된 막노동꾼

이은대 지음

도서
출판 **더로드**
The Road Books

내 인생이 최고라고 생각하는 순간
삶은 한 순간에 바뀔 수 있었다.

자신의 삶을 소중히 여기지 않는 사람이 어디 있단 말인가 하며 반박하는 사람이 있을 지도 모르겠다. 이 책을 읽다보면 생각보다 꽤 많은 사람들이 얼마나 자신의 삶을 대충대충 소홀하게 살고 있는지 알게 될 것이며, 그런 사실에 놀랄 것이 분명하다.

"한 순간에 인생이 최악으로 변할 수 있다면, 최선으로도 변할 수 있어."
– 리즈 머리 〈길 위에서 하버드까지〉 중에서

15살부터 거리에서 생활하다가 마침내 하버드에 입학한 리즈 머리의 삶의 기록을 접했을 때 어쩌면 완벽하게 망가져 버린 내 삶도 다시 일어설 수 있을지 모른다는 희망을 갖기 시작했다. 어떻게 해야만 잃어버린 인생을 다시 찾을 수 있을까 라는 생각으로 수많은 밤을 지새운 끝에 내가 내린 결론은 한 가지였다. 그 시작은 내 삶이 결코 이대로 무너질 만큼 형편없는 것이 아니라는 믿음에서 비롯되었다.

놀랍게도 내 인생이 최고라고 생각하는 순간 삶은 한 순간에 바뀔 수 있었다. 머릿속으로 생각 하나를 바꾸는 지극히 단순한 방법이 나에게 기적같은 삶의 변화를 가져온 것이다.

나는 꽤 복잡한 사연에 의해 전과자라는 지울 수 없는 상처를 안게 되었고, 경제적으로 완전히 파산했으며, 막노동으로 생계를 유지하면서 살았다. 오래 전부터 천식을 앓고 있으며, 지독한 피부병으로 일주일에 두 번씩 대학병원에서 자외선 치료와 약물을 처방받고 있다.

그랬던 내가 지금은 내 이름으로 책을 출간하게 되었고 작가로서 새로운 삶을 살아가고 있다. 극적인 변화는 '오직 내 인생은 최고이며 세상 그 무엇보다 소중하다'는 생각에서 시작되었다. 삶에 큰 변화를 가져올 수 있는 중요한 사실을 다른 사람들에게 전해야겠다는 마음이 간절했고, 나와 비슷한 환경에서 절망하고 있는 사람들에게 조금이나마 용기와 희망을 주고 싶다는 생각이 들기 시작했다.

실패! 그것은 처절하고 고통스러웠으며, 냉정하고 참혹했다. 어렸을 적부터 온실 속의 화초처럼 지극히 평범한 중산층의 가정에서 살아온 나에게 실패가 주는 아픔의 정도는 다른 사람들의 그것보다 훨씬 견디기 힘들었다. 어쩌면 두 번 다시 정상적인 삶의 궤도로 들어서지 못하는 게 아닐까 하는 절망적인 생각만이 머릿속을 가득 채우고 있었다.

돈을 잃는 것에서부터 명예를 잃는 것까지 실패의 모습은 다양하기도 하지만, 중요한 것은 거의 모든 실패가 한꺼번에 들이닥친다는 사실이다. 마치 거대한 폭풍우가 비와 바람과 쓰나미를 함께 몰고 오는 것처럼 말이다. 나에겐 남은 것이 아무것도 없었다.

　성공에 이르는 방법들을 찾기 위해 자기계발 서적들을 수도 없이 읽었다. 나와 비슷한 경험을 가진 사람들이 어떤 방법으로 다시 일어섰는지, 그들은 어떻게 해서 삶을 되찾을 수 있었는지 읽고 또 읽었다. 그러나 내가 빠진 수렁의 깊이가 남달랐던 탓인지 도무지 헤어 나올 기미가 보이질 않았다. 오히려 발버둥 칠수록 더 깊은 절망 속으로 빠져들고 있는 것만 같았다.

　세상이 전과자를 바라보는 시선은 차가웠고, 파산자를 동정하지 않았으며, 막노동꾼에게는 일말의 희망도 주지 않았다. 그렇게 나는 세상으로부터 외면당한 채 절대적인 삶의 위기를 수년 간 겪을 수밖에 없었다. 너무나 아프고 힘겨운, 고통스러운 시간들이었다.

　결론부터 말하자면, 나는 작가가 되었다.『내가 글을 쓰는 이유』라는 제목의 자기계발서를 출간하게 되었고 그토록 소망하던 나의 꿈에 첫 발을 내딛게 된 것이다.

　내가 행동으로 옮긴 것은 오직 글쓰기였지만, 가슴 속에 흔들리지 않고 자리 잡았던 것은 오직 내 삶은 소중하다는 생각뿐이었다.

벗어날 수 없는 꼬리표를 달고, 완전한 파산에 이르렀으며, 막노동으로 하루하루 연명하던 내가 작가로서 새로운 삶을 살게 되었다는 사실을 세상 사람들에게 전해야만 한다는 생각이 들었다. 단순히 자랑삼아 내 이야기를 떠들고 싶어서가 아니다. 만약 그런 하찮은 이유에서라면 숨기고 싶은 과거를 떠벌릴 이유가 뭐가 있겠는가.

사람들이 자기계발서를 찾아 읽는 데는 여러 가지 이유가 있겠지만 내 경험을 바탕으로 몇 가지를 추려 본다면 다음과 같다. 첫째, 스스로 의지를 불러일으키기 부족할 때 뭔가 동기부여가 될 힘을 필요로 하기 때문이다. 둘째, 세상 어딘가 자신과 같은 시련을 겪은 사람이 있다고 믿고 그로부터 동변상련의 위로와 용기를 얻기 위함이다. 셋째, 성공한 사람들의 발자취를 따라 자신도 성공에 이르고 싶다는 강한 욕망 때문이다.

물론 개개인마다 더 특별하고 간절한 이유들이 있을 수 있겠지만 내가 자기계발서적들을 찾아 헤맸던 절박한 이유는 바로 이 세 가지 때문이었다. 마음의 위로도 많이 되었고, 성공에 대한 희망도 품을 수 있었다. 그런데 한 가지 주목할 것은, 아무리 많은 책을 읽어보아도 내

가 처한 상황이나 환경에 딱 맞아 떨어지는 사례는 찾기가 힘들었다는
사실이다.

　자신의 삶을 소중히 여기는 태도야말로 성공에 이르는 가장 중요하
고도 확실한 방법이란 메시지를 이 책에 담았다. 이것은 순수한 나의
경험이다. 돌이켜 보면, 끝도 없이 캄캄한 터널을 빠져나오는 동안 한
순간도 내 인생을 허접하게 여긴 적이 없다. 내 자신에게 있어서 나는
늘 소중했고, 그럼에도 불구하고 기특했으며, 순간순간 잘 버텨내 주
었던 고마운 존재였다.

　나는 확신한다! 내가 그토록 절망적인 시간을 보내면서도 결코 쓰러
지지 않았던 이유, 커다란 실패 앞에서도 좌절하지 않고 작가로 거듭날
수 있었던 원동력은 분명〈내 삶을 소중히 여기는 태도〉란 사실이다.

　자신의 삶을 소중히 여기지 않는 사람이 어디 있단 말인가 하며 반
박하는 사람이 있을 지도 모르겠다. 이 책을 읽다보면 생각보다 꽤 많
은 사람들이 얼마나 자신의 삶을 대충대충 소홀하게 살고 있는지 알게
될 것이며, 그런 사실에 놀랄 것이 분명하다. 다행인 것은, 스스로의
삶을 소중히 여기는 태도를 습관화 시키는 것이 그리 어렵지 않은 일
이며 모든 성공요인이 그러하듯 백지 한 장을 걷어내는 것만으로 충분

하다는 사실이다.

모든 사람들은 성공하기를 갈망한다. 그리고 성공에 이르는 수많은 방법들이 존재한다. 나는 엄청난 부를 이루었다거나, 훌륭하고 명예로운 지위를 갖춘 사람이 아니다. 단지 바닥에서의 삶에서 고개를 들어 이제 막 하늘을 올려다보게 되었을 뿐이다. 성공의 사전적 의미는 뜻한 바를 이루게 됨이라 한다. 비록 시작에 불과하지만 나는 작가가 되겠다는 나의 소망을 이루었다. 그리고 그 과정에서 깨닫게 된 중요한 사실을 사람들에게 전하고자 한다. 만약 나처럼(전과자, 파산자, 막노동꾼이 아니더라도) 삶의 무게에 지쳐 털썩 주저앉고 싶은 사람들이 이 책을 읽고 용기를 얻을 수 있다면 더 바랄 게 없겠다.

세상에서 가장 가치있고 소중한 것은 바로 당신 자신이란 사실을 결코 잊지 말길 바란다.
Bravo Yoyr Life!

2016년 4월 봄날에...

저자 **이은대**

Contents | 차 례

성공과 실패는 똑같은 말이다.
성공으로 가는 길 위에 수많은 실패들이
놓여져 있을 뿐이다.

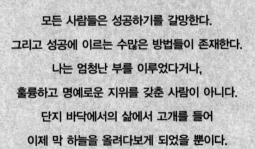

모든 사람들은 성공하기를 갈망한다.
그리고 성공에 이르는 수많은 방법들이 존재한다.
나는 엄청난 부를 이루었다거나,
훌륭하고 명예로운 지위를 갖춘 사람이 아니다.
단지 바닥에서의 삶에서 고개를 들어
이제 막 하늘을 올려다보게 되었을 뿐이다.

다시 세상 속으로 나왔을 때
나에게 남은 것은 아무것도 없었다.
물론, 재기를 꿈꾸며 부푼 희망을 간직하고
있었던 것은 사실이지만
현실은 나의 생각보다 훨씬 더 싸늘했고
사람들은 냉정하기만 했다.
자포자기 심정으로 퍼마신 술이
한 트럭은 될 거라 짐작한다.

01

나는 이렇게 버텨냈다

01

세상에 하나밖에 없는 나

다시 한 번 자신의 가치를 돈으로 환산해 보자.
혹시 아직도 그것이 가능할 거라고 믿고 있는가? 그렇다면 확실히 못을 박겠다.
한 사람의 가치를 돈으로 환산한다는 것은 애초에 불가능하다.

사업의 실패로 모든 것을 한 순간에 잃고 난 후 도저히 다시 일어설 수 없을 것만 같았을 때 작가가 되겠다는 결심을 했다. 물론 글쓰기가 나에게 가져다준 용기와 희망이 더할 수 없이 컸지만 반면 부딪치게 되었던 암울한 현실도 상당히 많았다. 사람들은 내게 너무나 쉽게 돌을 던졌다. 차라리 대놓고 "네까짓게 무슨 작가냐! 그냥 닥치고 노가다나 열심히 해라!"라고 말을 했다면 상처가 조금 덜했을 지도 모른다. 그들의 눈빛, 표정, 그리고 행동에서 느껴지는 비웃음과 모멸은 정말이지 내 가슴에 지울 수 없는 상처를 남겨놓았다. 게다가 출간을 도와주겠다며 원고를 보내라고 했던 몇몇 지인들은 아예 읽어보지도 않은 채 "알아보고 있으니 기다려라"라는 말로 희망 고문을 일삼았다. 내가 작가가 된다는 사실에 대해서는 어느 누구도 믿지 않았으며, 결국 길고 외로운 혼자만의 싸움을 할 수 밖에 없었다.

수많은 자기계발 서적을 읽은 덕분인지, 아니면 너무나 커다란 시련을 겪어본 경험 탓이었는지 모르겠지만 나는 단 한 순간도 내가 작가가 될 거라는 사실에 의심을 품지 않았다. 굳이 말하자면 긍정의 힘이라고 할 수도 있겠고, 포기하지 않는 열정이라고도 할 수 있겠지만 이런 말로는 크게 부족한 듯 하다. 세상의 차가운 시선과 절망적인 상황 속에서도 꿋꿋하게 버텨낼 수 있었던 가장 큰 원동력은 내 자신이 너무나 소중하고 고귀한 존재라는 믿음이었다. 누가 무슨 말을 해도 그것은 변함없는 진실이었으며 조금도 흔들리지 않는 법칙과도 같았다.

설령 지금까지 작가가 되지 못했다 하더라도 나의 마음은 변함이 없었을 것이라고 자신한다. 글쓰기는 그 자체만으로도 소중한 나를 지탱해줄 수 있는 힘이 있었으니까 말이다.

2014년 양파값이 폭락했다. 당시 막노동 현장에서 일을 하고 있었던 나에게 양파값의 폭락은 꽤 치명적인 사건이었다. 양파를 수확하는 기간에는 많은 일거리가 주어지기 때문에 동료들과 나는 내심 큰 기대를 하고 있었는데 예상과 달리 일할 기회가 사라졌기 때문이었다. 가격 폭락의 원인은 아이러니하게도 풍작이었다. 국내 물량이 너무 많은 데다 수입양파까지 더해져 헐값이 되어버린 것이다. 양파농사를 지은 농부들은 수확을 포기하고 아예 밭을 통째로 갈아엎어 버렸다. 농사를 망쳐도 안되지만 너무 잘 되어도 망해버린다는 결론이다.

세상에서 가장 비싼 자동차라는 제목으로 인터넷을 뜨겁게 달군 주인공이 있다. 바로 람보르기니 베네노란 차다. 가격은 무려 410만 달러, 우리나라 돈으로 환산하면 대략 42~44억 정도가 되겠다. 말 그대로 입이 떡 벌어질 가격이다. 자동차의 성능에 대해 전문적 지식이 전혀 없는 나로서는 언뜻 이해하기가 힘들었지만 딱 두 가지의 특징으로 고개가 끄덕여졌다. 첫째는 제로백 2.8초 즉, 시속 0km/h 정지 상태에서 시속 100km/h 까지 도달하는 시간이 2.8초라고 하니 놀랍지 않은가. 두 번째 특징은 전 세계적으로 딱 3대만 한정 생산했다는 말이다. 당연히 가격이 상상을 초월할 수밖에 없을 것 같다.

양파와 베네노의 이야기를 꺼낸 나의 의도를 짐작하리라 믿는다. 시장경제의 논리에 입각한 희소성의 원칙이다. 수요에 비해 공급이 많으면 가격은 내려가고, 반대로 공급이 줄어들면 당연히 가격은 치솟는다. 지극히 당연한 이 사실에 반론을 제기할 사람은 없을 것으로 본다. 시장에 가면 널린 게 양파이고 아무데서나 쉽게 구할 수 있으니 굳이 비싼 가격을 주고 양파를 구입할 사람은 아무도 없다. 같은 이유에서 베네노라는 차는 구경이라도 한 번 해볼 수 있다면 원이 없겠다는 사람도 있으니 그만큼 귀하디 귀한 자동차란 말이다. 따라서 가격은 부르는 게 값일 수밖에 없다.

이쯤에서 우리는 스스로를 돌아볼 필요가 있다. 희소성의 원칙에 입각해서 우리 자신의 가격을 매겨본다면 과연 얼마쯤 될까? '나'란 존재는 이 세상에 하나밖에 없는 유일한 존재이다. 너무나 뻔한 사실이라 잊고 지냈을 뿐이다. 숨을 쉬지 못하면 바로 죽음에 이른다는 걸 알면서도 공기 중에 산소가 있다는 사실의 고마움을 생각지 않고 사는 것과 마찬가지다. 너무 당연하면 소홀히 대하기 쉽다는 말이다.

자신의 가격을 십 만원이나 백 만 원쯤으로 여기는 사람이 있을까? 어쩌면 천 만 원이나 일억쯤 될 거라고 생각하는 사람은 있을지 모르겠다. 백억이나 천억이면 적당할까?

희소성의 원칙을 잠시 접어두고 보면 양파는 음식으로서의 기능이 있고, 베네노는 자동차로서의 성능을 지니고 있다. 그렇다면 우리 자신의 가치를 돈으로 환산하기 전에 우리가 할 수 있는 일이 무엇인지를 가늠해볼 필요도 있겠다.

당신은 무엇을 할 수 있는가? 모든 가능성을 열어두고 생각해 보자. 대부분의 사람들은 이 질문에서 닫힌 사고를 하기 마련이다. 예를 들어 "나는 외국어를 할 수 있다" 정도의 수준으로 말이다. 내가 의도하는 바는 이것이 아니다. 인간이란 존재가 할 수 있는 일의 범주를 말하고자 한다. 한 인간으로서 나란 사람이 할 수 있는 일은 과연 어디까지인가 라는 커다란 틀에서 생각을 해야 한다. 왜 그렇게 생각해야 하느냐 하는 문제는 따지지 말자. 우리 모두는 인간이며, 따라서 나 개인을 생각할 때는 항상 인간이란 근본존재에서부터 시작해야만 한다는 것이 이 책이 다루는 내용의 기본 전제이기 때문이다.

자 그럼, 다시 한 번 생각해 보자. 나란 사람의 가치를 가격으로 환산하기 위해 내가 할 수 있는 일, 나의 성능은 무엇인가. 혹시 생각하는데 어려움이 있을 지도 모를 것 같아서 도움이 될 만한 이야기 몇 가지를 제시하겠다. 우선 인간은 달나라에 다녀왔다. 그리고 화성에 탐사선을 보냈다. 암 환자를 수술해서 완치율을 높이고 있으며, 바다를 메워 육지를 만들었다. 움직이는 자동차 안에서 낯선 여인의 목소리를 통해 우리는 처음 가보는 목적지에도 길을 헤매지 않고 닿을 수 있다. 핵무기와 미사일, 이름도 낯선 초고성능 전투기들을 수도 없이 만들어 내는 것이 인간이다. 에베레스트 산을 비롯해 세계 최고봉을 오르내리는 등반가들이 있으며, 수영과 달리기와 사이클로 한계를 극복하는 철인들도 무수히 많다. 미개한 짐승들은 감히 엄두도 내지 못할 일들을 우리 인간들은 끝도 없이 해내고 있다. 우리는 그런 인간이란 존재 중한 명이다.

다신 한 번 자신의 가치를 돈으로 환산해 보자. 혹시 아직도 그것이 가능할 거라고 믿고 있는가? 그렇다면 확실히 못을 박겠다. 한 사람의 가치를 돈으로 환산한다는 것은 애초에 불가능하다. 희소성의 원칙으로 치자면 세상에 하나밖에 없는 유일무이한 존재이며, 그 성능으로 말하자면 한계가 없는 존재인데 어떻게 값으로 환산할 수 있다는 말인가. 어떤 가격이나 교환조건도 이루어질 수 없는 절대적 존재가 바로 나, 바로 당신이다. 바로 이 간단한 진실에서 성공으로 가는 길은 시작된다.

스스로를 소중하게 여기는 마음이 중요한 이유는 외부로부터 유입되는 온갖 모멸과 상처 따위를 쉽게 막아낼 수 있으며 때로 틈을 비집고 들어온 그것들을 쉽게 치유해낼 수 있는 능력까지도 생겨나기 때문이다. 자신의 삶을 최고로 여기는 마음을 제대로 가지고 있으면 크게 애쓰지 않아도 삶이 평화로워진다. 2등과 3등은 늘 1등을 따라잡으려 애쓰고, 1등과 비교하며, 자신들이 최고라며 내세우지만 최고는 말이 없다. 가만히 있어도 최고인데 무엇하러 최고라 굳이 말하겠는가. 우리는 때로 다른 사람들의 삶과 나를 비교하며 심란해하기도 하고 부러워하기도 하며 원통해하기도 한다. 그런 마음은 자신의 삶에 아무런 도움이 되지 못한다. 오히려 쓸데없이 시간을 낭비하여 자신의 인생을 더욱 비참하게 만들 뿐이다. 누군가 돈과 명예를 한 손에 쥐고 근사하게 살아가는 모습을 보게 된다면 그것은 내가 아닌 그의 인생일 뿐이다. 내 삶과 아무런 관계가 없는 존재를 두고 왜 내가 힘겨워해야 하는가. 나는 이미 나란 존재만으로도 충분히 고귀하며 가치가 있다는 사실을 명심해야 한다. 살아온 인생을 가만히 돌이켜보자. 나의 인생에 큰 도움을 준 사람들이 떠오를 것이다. 그런데 과연 그들이 나 자신만큼 내 삶에 절실했던가. 도움을 준 사실에 대해서는 고마워해야 하지만 그들이 내 삶을 대신 살아준 것은 결코 아니다. 아무리 좋은 말로 포장을 해도 결국 우리 인생은 스스로 살아가야 하며 내 자신을 인정하지 않는 한 굳건해질 수 없다는 사실을 잊어서는 안 된다.

다행스러운 것은 우리 모두에게는 스스로 견뎌낼 수 있는 충분한 힘이 있다는 사실이다. 단지 그것을 인식하지 못할 뿐이다. 힘이 들면 누군가에게 기대고 싶고, 위로받고 싶어진다. 인간의 본능이니 어쩔 수 없다. 하지만 그게 전부는 아니다. 헬스클럽에 가서 무거운 역기를 들어본 적이 있다. 15개씩 3회를 반복하는데 처음 2회는 겨우 해낼 수 있다. 마지막 3회째에는 팔에 감각이 없어지고 부들부들 떨리기 시작한다. 그럴 때 코치가 다가와서 가만히 손가락 하나를 역기에 걸쳐 함께 올려준다. 실제로 코치가 역기를 드는데 도와준 힘은 극히 미미할 뿐이다. 결국 운동은 스스로가 마무리해야 한다.

무슨 일을 하든 성공을 거두고 싶다는 인간의 욕망은 지극히 당연한 사실이다. 그런데 성공이란 것은 말처럼 쉽게 느껴지지 않는다. 그곳에 이르기 위해서는 특별한 방법이나 남다른 무언가가 있을 것만 같다. 절망과 시련에서 벗어나 작가로서 새로운 삶을 살게 된 나에게 있어서 그 방법이란 분명코 하나다. 내 삶을 그 무엇보다도 소중히 여겼던 마음 하나가 오늘의 나를 있게 했다. 앞으로 펼쳐질 나의 삶에 대해 조금도 두렵지 않다. 오히려 한계가 없이 펼쳐질 인생이 눈부시며 황홀하기까지 하다. 어렵고 힘든 시기는 누구에게나 있게 마련이다. 그 과정에 굴하지 않고 얼마나 잘 견뎌내는가 하는 것이 성공과 실패를 가르는 중대한 잣대가 된다. 여기서 가장 필요한 것이 자신을 최고라고 여기는 태도이다. 조금 어색하고 적응되지 않을 수도 있겠지만 오늘 이 순간부터 내가 최고라는 사실을 가슴에 새기는 습관을 들여 보자. 그 방법에 있어서는 뒤에서 계속 다룰 테지만, 우선 중요한 것은 내가 최고라는 사실을 의심의 여지없이 자리잡게 해야 한다는 것이다. 나는 최고다! 나는 최고다! 나는 최고다!

02

악착같이 살아내기

세상에 태어난 이상 우리 모두는 고귀한 존재이며 소중한 자신의 삶에
최선을 다해야 하는 책임이 있다. 끝날 때까지는 끝난 것이 아니란 말이 있듯이
거듭되는 실패에 주저앉지 말고 함께 도전해 보자.

멀쩡하게 잘 다니고 있던 대기업을 때려치우
고 아무런 경험도 없는 사업에 손을 댄 지 6개월 만에 나는 폭삭 망하
고 말았다. 투자한 돈을 전부 날린 것은 물론이고 빌린 돈을 메우기 위
해 여기저기서 상상을 초월하는 돈을 끌어와 돌려막기를 했다. 시간이
갈수록 빚은 어마어마하게 불어났고, 결국 나는 두 손을 들고 말았다.
때때로 사람들이 물어보곤 했었다. 왜 그렇게 위험한 짓을 저질렀는
가, 어쩌다가 그런 멍청한 짓을 하고 말았는가, 왜 조금 더 신중하게
생각하지 못했는가 하고 말이다. 크든 작든 실패를 경험해본 사람들은
공감할 지도 모르겠지만, 돈에 눈이 멀게 되면 아무것도 보이지 않는
다. 정상적인 사고를 전혀 할 수 없었다. 마치 어린 아이들이 뜨거운
소시지에 겁도 없이 손을 가져다 대는 것처럼 눈앞에 보이는 돈에만

미쳐 있었던 것이다.

채권자들은 하루에도 수없이 독촉을 해왔고 그 중에서는 악랄하기 그지없는 사채업자들도 포함되어 있었다. 아내를 데려다 파출부로 쓰겠다는 협박이며, 자식새끼 간을 팔아서라도 돈을 갚으라는 독설을 퍼붓기 일쑤였다. 빚을 갚기 위해 뭔가를 해야 한다는 생각은 들었지만 폭탄처럼 불어난 금액을 감당하기에는 물리적으로 도저히 불가능했다. 지금 이 글을 쓰고 있자니 다시 그 때로 돌아간 것 같은 환상에 손이 떨려오고 있을 정도다.

내가 직장을 그만두고 사업에 손을 댄 이유는 오직 돈 때문이었다. 그렇다고 해서 내가 지독히 가난하게 살았던가 하면 그것도 아니었다. 오히려 또래의 친구들보다 훨씬 빨리 자리를 잡았고 집도, 차도 남부럽지 않을 만큼 꽤 돈을 벌며 살고 있었다. 그럼에도 불구하고 내가 돈에 욕심을 부린 것은 어쩌면 돈 그 자체 때문이었는지도 모른다. 어느 정도 살 만큼 돈을 벌어보니 돈 버는 것이 그리 힘든 일이 아닌 것처럼 여겨졌다. 지금에서야 깨달은 것이지만 사업이란 돈을 목적으로 해서는 결코 성공할 수 없는 일이다. 이윤을 내는 것이 장사의 기본임은 분명하지만, 오직 돈만을 목표로 하는 일은 그것이 무슨 일이든 성공할 가능성이 지극히 낮다는 것이 나의 지론이 되었다. 일 그 자체가 나에게 의미가 있어야 하며, 삶의 이유가 되어야 한다. 그렇게 시작하면 사소한 실패는 디딤돌이 될 수 있으며, 나처럼 크게 실패할 가능성도 줄어들 것이다. 아무튼 돈 때문에 시작한 나의 사업은 끝도 없이 추락했으며, 쓰나미에 휩쓸린 나는 아무런 저항도 못한 채 세상의 뒤편으로 보내졌다.

다시 세상 속으로 나왔을 때 나에게 남은 것은 아무것도 없었다. 물론, 재기를 꿈꾸며 부푼 희망을 간직하고 있었던 것은 사실이지만 현실은 나의 생각보다 훨씬 더 싸늘했고 사람들은 냉정하기만 했다. 자포자기 심정으로 퍼마신 술이 한 트럭은 될 거라 짐작한다. 세상이 원망스러웠고, 도대체 내가 어쩌다 여기까지 왔을까 하는 한심한 푸념만이 나의 일상이 되어버렸다.

할 수 있는 일이라고는 과거를 전혀 묻지 않는 막노동, 그리고 글쓰기 뿐이었다.

글을 쓰면서 참 많은 생각을 했다. 그리고 그것이 삶을 대하는 나의 태도를 완전히 바뀌게 만들었다. 그 중에서 가장 중요했던 생각이 바로 '나'를 찾은 것이다. 『내가 글을 쓰는 이유』란 책에서 수도 없이 반복한 말이지만 글쓰기가 주는 최고의 선물은 내면의 목소리를 들을 수 있다는 점이다. 내가 나를 볼 수 있다는 사실은 세상을 대하는 나의 태도를 완전히 바꿀 수 있게 만들어 주었다. 내가 처한 모든 현실의 시작은 나로 인해 비롯되었으며, 그 책임과 의무 또한 온전히 내게 있음을 깨닫게 해주었다. 무엇보다 중요한 사실은 지독한 현실을 벗어날 수 있다는 강렬한 신념이 함께 일어났다는 것이다.

하루도 빠짐없이 글을 썼다. 막노동을 하고 집에 돌아오면 온 몸이 부서질 듯 아팠지만 그럼에도 불구하고 매일 글쓰기를 빠트리지 않았다. 나의 소소한 일상에서부터 과거와 현재, 그리고 미래를 아울러 내 삶의 전체를 구석구석 써내려갔다.

글쓰기를 통해 발견할 수 있었던 나의 모습은 처절한 현실 속에서 고개를 숙인 모습이 아닌 세상에 하나뿐인 고귀한 존재로서의 나였다. 비록 커다란 실패로 인해 지울 수 없는 상처를 남기긴 했지만 그렇다고 해서 모든 것이 끝난 것은 아니었다. 세상으로 돌아온 날 아버지께 큰 절을 올렸을 때 당신의 한 마디가 아직도 머릿속에 선명하다. "앞길이 구만리 같은데 조급하게 생각하지 말고 네 삶을 다시 일으켜 보도록 해라."

나이 마흔이 넘어 부모님의 인생마저 통째로 말아먹었다는 생각에 가슴이 터질 것만 같았지만 그럴수록 내 가슴 속에서는 전혀 다른 목소리가 울리고 있었다. 이대로 끝나는 삶이 아니다. 사람은 누구나 똑같은 백지 위에 그림을 그린다. 망쳐진 부분은 작품에서 제외하고 여전히 남아 있는 커다란 백지위에 새롭게 그림을 그려야 한다. 그 백지 위를 눈물과 회한으로 채울 것인지, 새로운 삶으로 채울 것인지는 오직 나만이 결정할 문제였다.

　나의 삶이 진정 소중하다는 생각이 머릿속을 가득 채우게 되자 더 이상 지나간 일들로 괴로워하고만 있을 수는 없었다. 그래서 생각을 거듭했다. 나에게 이토록 치명적인 실패를 겪게 한 데에는 분명 이유가 있을 거라고 믿었다. 훨씬 더 높게 비상하기 위해, 그리고 자만하지 않고 진솔한 삶을 살아갈 수 있도록 깨닫게 해 주기 위함이 분명했다.

　나의 이야기를 글로 쓰기로 마음먹었다. 사실, 이 부분에서 엄청난 갈등과 고민을 거듭했다. 누구나 마찬가지겠지만 자신의 치부를 세상에 들어낸다는 것이 쉬운 일이 아니었다. 사람들의 손가락질과 비웃음이 눈에 보이는 듯 했다. 그럼에도 불구하고 독한 마음을 먹고 책을 낸 것은 오직 한 가지 이유에서였다. 나와 같은 현실에 처해 절망하고 있는 단 한 명이라도 내 글을 읽고 용기를 내서 다시 세상 속으로 나올 수 있다면 그것만으로 충분했다. 수많은 사람들의 비난과 욕설은 중요치 않았다. 그런 사람들의 손가락질은 절대적으로 소중한 나의 삶에 조금도 상처를 줄 수 없었다. 생각이 이쯤에 이르자 글의 속도는 훨씬 빨라졌다. 여러 곳의 출판사에 원고를 보냈고 하루 만에 답신을 받았다.

　첫 번째 책을 내기로 하고 출판사와 계약을 한 후 나는 더욱 결심을 굳혔다. 나의 실패를 숨기거나 잊으려 하지 말자. 떳떳하게 밝혀내고 분석해서 다른 사람들이 성공을 향해 가는 길에 도움을 줄 수 있도록 하자. 그것이 나의 사명이 되었고 삶의 이유가 되었다.

나는 내 삶이 소중하다는 생각, 내가 최고라는 생각을 가진 덕분에 모든 것을 잃고 막노동을 하던 삶에서 작가로 거듭날 수 있었다. 자신의 삶이 최고라는 생각은 지극히 단순하면서도 쉽게 손에 쥐기 힘든 태도이다. 내가 만났던 수많은 사람들 중에서 진정으로 자신의 삶이 소중하다고 여기는 이는 놀랍게도 한 명도 없었다. 특히 세상의 뒤편이나 막노동의 현장에서 거칠게 살아가는 약자들일수록 정도가 심했다.

"사는 게 별거 있어, 그냥 이렇게 살다 가는 거지 뭐."

안타깝고 가슴이 저려오는 현실이다. 삶이란 절대 저절로 살아지는 것이 아니다. 악착같이 살아내야만 하는 것이다.

사람의 마음을 들여다볼 수만 있다면 짐작컨대 아마 자신의 삶이 소중하지 않다고 여기는 사람은 한 명도 없을 것이다. 그럼에도 불구하고 그저 지금처럼 흘러가는 대로 살아가는 것이 정답인 듯 말한다. 가슴 속에 담겨진 진실한 자신의 목소리를 외면한 채 현실과 타협해버리고 만다. 그것이 훨씬 쉽기 때문이다. 진실을 마주할 용기가 부족해서이다. 삶을 바꾸기 위해서는 용기가 필요하다. 변화에 익숙지 않은 우리는 늘 지금에 만족해 버린다. 이게 아닌데 라는 생각을 하면서도 어쩔 수 없다는 듯 고개를 끄덕이고 만다.

딱 한 번이다. 내 마음에 가려진 종이 한 장을 걷어내고 내면의 목소리를 듣는 순간 모든 것을 바꿀 수 있다. 책에서 읽은 내용도 아니고, 유명한 심리학자의 말을 인용하는 것도 아니며 오직 나의 경험을 이야기하는 것이다. 조금만 진지하게 생각해보라. 당신이 만약 전과자에다 완전한 파산자이며, 막노동을 하면서 생계를 유지하고 있다면 틈틈이 글을 써서 작가가 되겠다는 마음을 쉽게 먹을 수 있겠는가? 육체적으로는 말할 것도 없고 정신적으로도 얼마나 괴롭고 힘들겠는가. 그런데 나는 전혀 힘들지 않았다. 내가 가진 생각, 내가 가진 능력, 나의 삶, 나의 인생이 너무나도 소중하고 가치가 있으며 항상 최고라는 생각을 가지고 있었기에 가능한 일이었다.

스스로 최고의 삶을 인정하기 시작하면 아무것도 두려울 게 없다. 엄청난 실패를 겪게 되더라도 그것은 반드시 최고의 삶에 수반되는 필요조건일 뿐이라고 여기게 된다.

어떤 일이나 행동을 취함에 있어서 망설여지는 것은 여러 가지의 이유가 있을 수 있겠지만 근본적으로 불안이나 두려움 따위가 내재해 있기 때문이다. 혹시나 실패하지 않을까, 혹시 누군가로부터 비난을 받지는 않을까, 혹시 잘 되더라도 인정을 받지 못하는 것은 아닐까 등등 말이다. 자신감이 부족하거나 남의 시선을 지극히 의식하는 이들에게서 흔히 볼 수 있는 모습이다.

분명히 말하건대, 당신은 최고다. 최고가 하는 일에 이러쿵저러쿵 하는 사람은 아무도 없다. 신경 쓰지 말고 도전하라고 말하고 싶다. 얼마든지 실패하고, 얼마든지 넘어져라. 그리고 다시 일어서자. 내가 해보니까 별 것도 아니더라. 상처는 아프지만 치유가 된다. 소중한 내 삶을 다시 그려나가는 데에는 아무런 지장이 없다. 발레리나 강수진과 축구선수 박지성의 발가락을 기억하는가. 그들의 발가락을 보며 혐오스럽다고 말하는 사람이 있을까? 우리의 삶도 그들과 다르지 않다. 세상에 태어난 이상 우리 모두는 고귀한 존재이며 소중한 자신의 삶에 최선을 다해야 하는 책임이 있다. 끝날 때까지는 끝난 것이 아니란 말이 있듯이 거듭되는 실패에 주저앉지 말고 함께 도전해 보자. 한 번 뿐인 내 인생이다. 값으로 환산할 수 없는 소중한 삶을 조금은 진지하게 들여다볼 필요가 있지 않겠는가.

03

스토리 없는 인생은 없다

아무런 스토리가 없는 인생은 의미도, 재미도 없을 것 같다.
어차피 마주해야 할 시련이라면 고개 숙이지 말고 당당히 맞붙어보자.
성공이 가져다 주는 성취감과 희열은 훨씬 더 크지 않겠는가.

내가 겪은 실패는 꽤 상처가 깊었다. 물론 나보다 훨씬 더 힘겨운 과정을 겪은 사람도 있을 것이고, 나보단 덜하겠지만 본인이 느낀 감정의 정도가 더 심한 사람들도 있을 것이다. 모든 사람들은 자신이 겪는 일을 훨씬 더 심각하게 받아들이기 마련이다.

혹시 내가 그런 실패를 경험하지 않았더라면 이란 생각을 가끔씩 해본다. 만약 평범하게 직장생활을 하면서 굴곡없이 살아왔다면 지금쯤 나는 어디서 무얼하며 어떤 모습으로 살고 있을까? 별로 궁금하지도 않지만 그 답이 너무나 뻔하다. 당연히 넥타이를 매고 집과 직장을 오가며 살아가고 있겠지.

평범한 삶도 당연히 가치가 있다. 세상은 수많은 평범한 사람들 덕분에 움직이고 있으니까 말이다. 그런데 나의 경우는 조금 다르다. 시련이 지나갔기 때문에 속편한 소리를 한다는 사람들도 있을지 모르겠지만 나는 실패 덕분에 글을 쓸 수 있게 되었다. 이것은 분명한 사실이다. 내 인생에서 가장 힘겨운 시절에 글쓰기를 만났고, 글쓰기를 통해 내 자신을 소중히 여기는 삶의 태도를 갖게 되었으며, 나의 실패를 통해 다른 사람들의 성공을 돕자는 사명을 찾게 된 것이다. 만약 실패가 없었다면 지금의 내 모습, 사명을 다한다는 생각으로 글을 쓰고, 가슴이 떨리는 희열을 맛보며, 내 삶이 너무나도 소중하다는 생각을 갖지 못했을 지도 모른다.

살면서 한 번도 실패를 겪지 않고 늘 성공만을 거두며 살아갈 수 있을까. 어둠이 있어야 밝음이 존재하고, 남자와 여자가 있으며, 기쁨이 있기에 슬픔이란 감정을 느낄 수 있다. 실패는 성공이란 단어가 존재하기 위한 필수적인 요건이다. 따라서 우리의 삶은 늘 성공을 향해 나아가지만 그 과정에서 수반되는 수많은 실패는 절대로 피해갈 수 없는 관문이 된다. 실패가 없는 성공이란 존재하지 않는다.

복권에 당첨된다거나 카지노에서 잭팟을 터뜨리는 사람들이 있다. 그들에게 복권당첨과 잭팟이 과연 성공이란 이름에 어울리는 결과물일까. 성공은 우리가 지향해 나가는 목표가 될 수는 있지만 그것이 종착역은 아니다. 성공은 또 다른 성공을 위한 발판일 뿐이며 늘 더 나은 목표를 향해 가는 것이 우리 인생의 진정한 의미가 될 수 있다. 실패를 통해 교훈을 얻고 그래서 성공이 보다 훌륭한 가치를 가지게 될 때 우리는 더 높은 성공을 바라볼 수 있는 용기와 신념을 함께 가질 수 있다. 실패를 발판으로 삼지 않은 성공은 우리에게 아무런 교훈도 주지 않으며, 삶의 진정한 가치를 느낄 수 있게 해주지 않는다.

아무런 노력도 없이, 실패의 경험도 없이 그저 운이 좋아 이루게 되는 성공은 그것으로 끝이다. 복권당첨으로 하루아침에 부자가 된 사람들이 길거리에 나앉고, 잭팟을 터뜨린 사람들이 얼마 지나지 않아 다시 도박장으로 향하게 되는 것이 바로 그 때문이다.

대기업에 다니며 평범하게 직장생활을 하던 나는 어느 순간부터 돈을 많이 벌고싶다는 생각에 푹 빠져 버렸다. 특별한 계기가 있었던 것은 아니다. 단지 대기업에서의 연봉은 중소기업에 다니는 또래의 친구들보다 많았으며, 보너스도 두둑했기 때문에 돈을 번다는 사실이 그리 어려운 일이 아니라고 느껴졌을 뿐이다. 그래서 직장을 그만두고 무슨 일을 하든 충분히 더 많은 돈을 벌 수 있을 것만 같았다. 정해진 시간 동안 틀에 박혀 답답하게 직장생활을 하는 것보다 내 사업을 하면서 자유롭게 일하면서 큰 돈을 벌 수 있다면 더 이상 고민할 필요가 없을 것 같았다.

만약 내가 사업을 시작하기 전에 충분히 사전학습과 시장조사를 하고, 자본을 비롯한 모든 준비를 철저히 했더라면 아마 그렇게까지 큰 실패를 겪지 않았을 지도 모른다. 주위에서는 도대체 왜 내가 그런 무모한 일을 벌였는지에 대해 이해가 되지 않는 사람들이 수두룩했다. 나조차도 내가 이해되지 않으니 더 무슨 말이 필요할까. 여기에서 한 가지 주목해야 할 사실이 있다. 사람들은 자신의 일이 아니라면 충분히 객관적인 눈을 가질 수 있다는 점이다. 아주 논리정연하며 합리적이고 이성적이다. 상식에서 벗어난 판단은 절대로 하지 않을 것만 같다. 나도 그랬다. 실패를 경험하기 전까지는 누군가 내게 고민이나 문제를 상담해오면 항상 이성적이고 논리적이며 그럴 듯한 답변으로 조언을 해주는 사람이었다. 문제는 자신에게 닥친 문제에 있어서만큼은 두뇌가 그 작동을 쉽게 멈춰버린다는 사실이다. 사업을 시작할 당시를 돌이켜보면 내 눈에는 오직 돈 밖에 보이지 않았다. 많은 돈을 대출했으면서도 빚을 갚아야 한다는 사실보다는 훨씬 더 큰 돈을 벌게 되리라는 허영밖에 보이지 않았다. 심각한 현실을 바로 보아야 한다는 주변 지인들의 조언은 내 사업의 성공을 시기하는 사람들의 헛소리로밖에 여겨지지 않았던 것이다.

사업을 시작한 지 6개월쯤 지났을 무렵부터 어느 정도 제정신으로 돌아왔던 것 같다. 그러나 이미 엎질러진 물은 퍼담을 수 있는 정도가 훌쩍 지나 있었다. 빚은 상상을 초월할 정도로 불어나 있었고, 금융기관을 비롯해 지인들이며 사채업자들까지 채권자의 숫자가 셀 수 없을 정도였다. 독촉전화 벨소리에 눈을 뜨고, 협박과 욕설 속에 잠이 드는 일상이 계속되었다. 빚 때문에 사람이 죽는다는 게 이런 거구나 절실하게 느낄 수 있었다.

나는 할 수 있는 것이 아무 것도 없었다. 수중에 한 푼도 없었기 때문에 빚을 갚는다는 것은 불가능했고, 그렇다고 해서 상황이 이러하니 믿고 기다려달라는 말을 받아들일 채권자는 아무도 없었다. 그저 하루하루를 회피하고 도망다니며 오직 술에 의지한 채 세월을 보낼 수 밖에 없었다.

실패를 경험하기 전까지는 책을 가까이 하지 않는 사람이었다. 어찌 보면 당연한 일이었다. 책을 읽지 않아도 얼마든지 대학을 졸업하고, 대기업에 취직하여 잘 살고 있었으니까 말이다. 앞에서 말했듯이 쓰라린 경험이 뒷받침되지 않는 성공은 기초가 전혀 없는 집짓기와 마찬가지다.

만약 충분한 양의 독서와 공부를 통해 실패를 마주하는 법을 제대로 습득했더라면 그렇게까지 어리석게 시간을 낭비하지는 않았을 것 같다. 그것이 너무나 가슴 아프다. 내가 지금 이 글을 쓰고 있는 가장 큰 이유다. 아무리 혹독한 시련과 실패를 마주하게 되더라도 그것이 삶의 전부는 아니다. 누구에게나 한두 번쯤 강력한 쓰나미가 몰려올 때가 있다. 어떤 사람은 강인한 정신력과 여유로운 긍정의 힘으로 당당히 실패를 마주한다. 그들에게 실패란 별 대수롭지 않은 삶의 여정일 뿐이다. 잦은 실패를 거듭해도 끄떡도 않는다. 오히려 실패를 즐기는 것처럼 보이기까지 한다. 그러나 나처럼 아무런 내공이 없는 사람들에게 실패는 모든 것이 끝난 것처럼 무너져 내리고 만다. 마치 온 세상 시련의 화살들이 나에게로만 날아오는 것 같다. 당당히 마주대할 용기가 전혀 없어서 피하기 바쁘다. 결국 술을 마시며 비참한 자신의 인생을 한탄하기만 하게 된다.

감옥에서, 그리고 막노동의 현장에서 수많은 사람들을 만났다. 그들은 모두 한결같이 세상에서 가장 힘든 사람들이었다. 마치 서로 경쟁이라도 하듯 자신의 경험과 실패를 쏟아놓았다. 나는 그들의 이야기에 귀를 기울이지 않을 수 없었다. 대학을 졸업하고 대기업에 다니는 동안 한 번도 들어보지 못한 낯선 세상의 이야기들이었다. 드라마나 영화로도 접할 수 없었던 생생한 삶의 현장이기도 했다.

어이없게도, 나는 그들의 대화에 끼어들지 못했다. 나의 실패담을 이야기했다간 "어른들 말씀하시는데 어린노무시키가 끼어들고 있어!"라고 호통을 들을 게 뻔할 정도로 같지 않은 내용일 뿐이었다.

수도 없이 자살을 떠올릴 정도로 고통스럽고 견디기 힘들었던 나의 실패, 그것은 거칠게 살아가는 이 땅의 많은 사람들에게 그저 배부른 투정으로밖에는 여겨지지 않았던 것이다. 허탈한 웃음과 씁쓸한 빈 가슴으로 공허하기만 했다.

분명히 말하건대, 실패하지 않는 삶은 없다. 그래서 누구나 성공할 수 있다. 지금 이 순간 실패로 인해 힘겹고 괴로운 사람이 있다면 이제 그만해도 된다고 말해주고 싶다. 술 마시고 눈물 흘리는 시간들은 아무 소용이 없으며, 어떤 해결책도 제시해 주지 않는다. 피한다고 해서 누군가 해결해주지도 않고 저절로 해결되어 지지도 않는다. 당면한 문제를 해결할 수 있는 사람은 오직 자신뿐이다. 그리고 반드시 해결할 수 있다. 당신이 누구든, 어떤 사람이든, 어떤 문제에 직면해 있든 해결할 수 없는 문제는 없다. 더욱 좋은 소식은 일단 당신이 문제해결을 위해 조금이라도 움직이기 시작한다면 주변의 모든 환경과 조건들이 당신을 도와줄 거라는 사실이다. 이 세상에서 가장 소중한 사람, 절대적 가치가 있는 최고의 당신이 움직인다면 온 우주의 흐름이 당신을 따라 움직일 수 밖에 없다. 자신의 삶을 소중하게 여기는 태도가 중요한 이유가 바로 이것이다. 스스로 삶을 대수롭지 않게 여기는 사람들은 아무리 애를 써도 성과를 내기 힘들다. 정작 본인조차도 아무렇지 않게 대하는 사람을 어느 누가 도와줄 마음이 생기겠는가.

문제해결을 위해 팔을 걷어붙이고 나선다는 것이 얼마나 힘들고 큰 용기가 필요한 일인지 누구보다 잘 알고 있다. 사실 나도 내 현실을 직시하기가 너무나 두려웠다. 고개만 들어도 눈물이 치솟아 도저히 엄두를 내지 못할 것만 같았다. 그러나 한 순간 마음먹는 것으로 모든 것이 달라졌다. 나는 세상에서 가장 귀한 존재이고 무슨 일을 하든 최고다 라는 생각이 머릿속에 가득 차게 되자 행동으로 옮기는 데 주저함이 사라져 버렸다. 생각은 말이 되었고, 말은 행동이 되었으며, 행동은 삶을 바꾸었고, 바뀐 삶은 여전히 내가 최고라는 생각에 확신을 갖게 해주었다.

실패, 힘들고 괴로운 현실, 건강, 돈, 이성, 인간관계, 직장, 취업, 공부 등등 우리가 당면한 문제들은 수도 없이 많다. 그러나 이런 문제들은 이 세상 모든 사람들이 공통적으로 안고 있는 문제라는 사실을 명심하자. 왜 나만 이렇게 힘들어야 하는가 라는 질문은 처음부터 틀린 명제다. 내가 겪어본 지옥같은 현장 속에서라면 그나마 나는 괜찮은 편이구나 싶은 생각이 들 것이다.

아무런 스토리가 없는 인생은 의미도, 재미도 없을 것 같다. 어차피 마주해야 할 시련이라면 고개 숙이지 말고 당당히 맞붙어보자. 실패, 시련 그런 보잘 것 없는 단어들에 비해 성공이 가져다 주는 성취감과 희열은 훨씬 더 크지 않겠는가. 두려움과 공포는 머릿속으로 생각할수록 더욱 커지기 마련이다. 눈을 크게 뜨고 행동으로 맞서는 순간 두려움은 완전히 사라져 버린다.

04

위! 아래! 위, 위, 아래!

아래쪽의 삶을 바라보지 않는 사람들은 위쪽의 삶이
얼마나 행복하고 윤택한 지 알 길이 없다. 그래서 자신이 누리는 사소한 일상이
얼마나 값진 것이며 고귀한 것인지 느끼지 못하게 된다.

나는 꽤 충실하게 우리나라 교육현실의 계단을
밟아온 사람이다. 초, 중, 고등학교를 거쳐 지방의 4년제 대학을 졸업
했다. 게다가 남들은 어렵다고 여기는 대기업에 취업재수도 없이 한
번 만에 입사하기도 했다. 사무직으로 컴퓨터 앞에 앉아 10년을 근무
했다. 거친 일이라고는 해본 적도 없었고, 집에서 망치 한 번 들어본
적도 없는 사람이었다.

다시 세상 속으로 돌아온 순간 막막하고 답답한 현실은 또 한 번 나
를 힘들게 했다. 취직은 아예 생각도 하기 힘들었다. 그런 세상을 욕하
고 싶은 마음은 없다. 냉정하게 생각해보면 내가 회사의 인사담당자라
고 하더라도 나같은 전과자, 파산자를 채용하고 싶지는 않을 것 같았
기 때문이다. 당장 먹고 살 일이 걱정이었다. 무슨 일이라도 해야만 하

는데 도무지 답이 보이질 않았다.

처음엔 영업을 하리라 마음먹었었다. 완전히 무너져 내렸던 그 시절에 어떻게든 일어서 보려고 발버둥치며 내가 했던 일들은 보험, 화장품, 밧데리, 건강식품, 음식물처리기, 상조회사 등 온갖 종류의 영업이었다. 성공을 거두었던 적은 단 한 번도 없었지만, 그래도 직장생활 외에 내가 해본 일이라고는 영업이 전부였고 그나마 짧은 시간에 돈을 제대로 벌 수 있는 일은 영업밖에 없다고 생각했기 때문이었다.

평범한 사람들에게 영업은 아무런 밑천 없이 도전해볼 수 있는 사업이 될 수도 있겠지만 나에게 있어서 영업은 다른 사업과 크게 다를 바가 없었다. 우선 입고 나갈 정장이 마땅치 않았다. 당연히 옷을 살 만한 여유도 전혀 없었다. 게다가 고객을 만나게 되면 차라도 한 잔 대접해야 하는데 그것마저도 커다란 부담일 수밖에 없었다. 맨날 얻어먹으면서 영업을 할 수는 없는 노릇이었고, 고객을 방문하러 다니는 교통비조차 엄두가 나질 않았으니 그 때의 내 상황을 미루어 짐작할 수 있으리라 본다.

결국 내가 선택한 것은 막노동이었다. 선택이라기보다 달리 방법이 없었기 때문에 발을 들여놓을 수밖에 없었다고 보는 것이 맞는 듯하다. 망치 한 번 손에 들어본 적이 없던 내가 막노동을 하기 위해 인력시장으로 발을 내딛는 순간의 심정은 차마 말로 표현하기 힘들 정도였다. 사실 꽤 오랜 시간 망설이며 주저했었다. 도저히 용기가 나질 않아 새벽에 집을 나섰다가 그냥 돌아온 적도 있었고, 인력시장이라는 곳의 분위기를 보려고 낮에 그 주변을 둘러보기까지 했었다. 가족을 위해 당장 돈을 벌어야 한다는 책임감이 없었다면 아마 나는 절대로 그 곳에 가지 못했을 지도 모른다.

다행스럽게도 인력시장에 나간 첫 날 내가 배당받은 일은 대형마트 청소였다. 빗자루로 마트 바닥을 청소하고 쓰레기를 분리수거 하여 차에 실어 올리는 비교적 단순한 일이었다. 게다가 함께 일을 나간 사람들이 모두 여섯 명이나 되었으니 아무래도 크게 의지가 되었던 것이 분명하다. 오랜 시간 망설이며 주저했던 것에 비하면 첫 날의 일은 그리 힘들지 않았으며 막노동이라고 표현하기 힘들 정도로 꽤 수월했었다. 일을 마치고 내 손에 쥐어진 돈은 9만원이었다. 더러워진 옷을 그대로 입고 집에 갔다가는 가족들에게 심란한 마음을 안겨줄 것 같아 가까운 건물 화장실로 들어가 갈아입었다. 먼지가 묻은 머리도 대충 물로 씻고 아무 일 없었다는 듯 집으로 향했다.

그 날, 일을 마치고 집까지 걸어가는 나의 머릿속에는 수 만 가지의 생각이 스쳐 지나갔다. 주머니 속에 구겨 넣은 만 원짜리 아홉 장이 걸을 때마다 다리에 스쳤다. 눈물이 터져 나오려고 하는 것을 몇 번이나 목구멍으로 삼켜 넣었다. 나를 키우느라 평생을 고생하신 부모님, 나 한사람만 믿고 의지하고 있는 아내, 그리고 자식까지. 작업복과 안전화를 넣은 가방을 어깨에 메고 집까지 걸어가는 시간이 하염없이 길게 느껴졌다. 이것이 나의 길인가, 결국 이렇게 살아가야 하는 것인 가......

친구들은 이제 나이 사십이 넘어 각자의 위치에서 어느 정도 자리를 잡고 삶의 중반을 넘어 안정을 취하는 단계에 접어들었는데, 나는 세상의 바닥에서 처음부터 다시 시작해야 한다는 사실이 너무나 분통 터졌다.

다음 날, 이른 새벽에 인력시장으로 나갔다. 그 두 번째 날을 나는 아마 평생 잊지 못할 것 같다. 무슨 일인지 내용을 전혀 듣지 못한 상태에서 차를 타고 꽤 오랜 시간 이동했던 기억이 난다. 도착한 현장에서 먼저 아침밥을 차려주었다. 함께 일하는 사람들은 인력시장에서 온 사람들이 아니라 오늘 하게 될 일을 아주 전문적으로 하고 있는 사람들 같은 눈치였다. 그들이 나에게 웃으며 말을 했다.

"든든하게 드세요. 일이 꽤 힘들어요."

아마 나의 외모나 표정으로 봐서 이 바닥 일을 해오던 사람으로 보이지 않는다는 것을 알아차린 듯 했다. 산꼭대기에 철탑을 세우는 현장이었다. 자세한 내용은 알려주지 않았지만 어쨌든 내가 할 일은 비탈진 산기슭에서 길이 6미터짜리 쇠파이프를 수직으로 세워 철탑 위의 전문가들에게 올려주는 역할이었다. 쇠파이프의 무게만 해도 상당해서 그것을 수직으로 들어 올린다는 것은 나에게 너무나 힘겨운 일이었다. 게다가 두 발을 딛고 있는 땅이 평지가 아닌 비탈진 산이라 조금만 삐끗해도 쇠파이프와 함께 넘어지기 일쑤였다. 오기는 생겼지만 힘이 달리는 것은 어쩔 도리가 없었다. 오전 네 시간 동안 나는 그야말로 곤죽이 되어 버렸다.

점심식사를 하는 동안 현장을 총괄하는 반장이란 사람이 웃으며 말을 걸었다.

"이런 일 처음이지요?"

척하면 삼천리라 내가 초짜라는 사실을 숨길 수도 없을 것 같아 그저 민망스런 웃음으로 대답을 대신했다. 곁에서 함께 밥을 먹던 사람도 나에게 말을 건넸다. 그 사람은 철탑 위에 올라가 있는 사람들 중에서도 꽤 고참에 속한 듯 했다.

"처음엔 힘들지만 조금만 익숙해지면 다들 할 만 하다고 합니다. 밑에서 올려주는 사람이 제일 힘들지 뭐. 어느 정도 경력이 쌓여서 위로 올라가게 되면 그나마 힘도 덜 들고, 일당도 훨씬 많아집니다. 아래에서 수직으로 쇠파이프를 세울 때 한 번에 들어 올리려고 하지 말고 땅에다 꽉 박아 세웠다가 들어 올려 보세요. 훨씬 수월할 겁니다."

내가 오죽 힘들어했으면 이렇게 가르쳐줄까 싶어서 창피하기도 했고, 고맙기도 했다.

철탑공사 현장에서 일하는 사람들은 모두 경력이 꽤 오래된 전문가들로 구성되어 있었다. 아직 경력이 짧은 사람들은 나처럼 아래에서 쇠파이프를 들어 올리는 역할을 했고, 나름 전문 인력이 된 사람들은 위로 올라가 쇠파이프를 연결하는 작업을 했다. 아래에서 일하는 사람들의 꿈은 위로 올라가는 것이었다. 기공이 되면 하루일당이 22만원이라고 한다. 아래쪽에서 뼈 빠지게 쇠파이프를 올리며 받는 일당의 두 배가 넘는 금액이었다. 당연히 위를 바라보며 일을 하게 되는 것이리라.

사람들은 누구나 위를 바라보며 산다. 언젠가 그 위쪽에서 다른 사람들보다 풍요롭게 살고 있는 자신의 모습을 기대하며 살고 있다. 그렇게 위로 올라가기 위해서는 아래쪽에서 맡은 자신의 역할에 최선을 다해야만 한다. 위만 바라보며 아래쪽의 일을 소홀히 한다면 누구도 기회를 주지 않는다. 그렇게 혼신을 다해 아래쪽의 임무를 완수한 사람들은 위로 올라간다. 그러나 아래쪽에서 최선을 다한 경험 덕분에 위로 올라가더라도 아래쪽 사람들의 수고와 위험을 잊지 않는다. 늘 아래쪽을 바라보며 격려하고 응원을 아끼지 않는다. 아래쪽 사람들은 위를 바라보고, 위쪽 사람들은 아래를 격려하며 거대한 철탑은 완성되어져 간다.

나는 아래쪽에 있었다. 온 몸이 땀에 절어 마치 비를 맞은 듯 했다. 위를 바라보니 목이 아팠다. 부러웠다. 나도 위쪽에서 일하고 싶었다.

왜 나는 살면서 한 번도 아래쪽을 쳐다보지 않았던 것일까. 고단하고 힘겨운, 그러면서도 제대로 가치를 인정받지 못하는 아래쪽의 삶을 바라볼 수 있었더라면 오직 돈에 미쳐 환상을 좇는 어리석은 짓은 하지 않았을 지도 모른다.

아래쪽의 삶을 바라보지 않는 사람들은 위쪽의 삶이 얼마나 행복하고 윤택한 지 알 길이 없다. 그래서 자신이 누리는 사소한 일상이 얼마나 값진 것이며 고귀한 것인지 느끼지 못하게 된다. 오히려 자꾸만 더 높은 곳만을 바라보며 욕심을 갖게 될 뿐이다. 반면 아래쪽의 삶을 눈여겨보는 사람들은 자신만의 가치관을 가질 수 있게 된다. 더 높은 곳을 향하면서도 아래쪽을 잊지 않는다. 자신보다 못한 사람들이 있다는 생각으로 늘 자신의 삶에 경의를 표하고, 현재의 자신의 위치가 얼마나 소중한지 깨달을 수 있다. 스스로의 노력으로 이만큼 올라왔다는 대견함을 느끼고 자신이 흘린 땀과 노력의 댓가를 함부로 여기지 않는다.

아래쪽 삶을 바라보지 않았던 탓에 더 깊은 아래쪽으로 오고야 말았다. 다시 위쪽으로 올라가게 된다면 그 때는 지금 내가 밟고 있는 이곳의 삶을 잊지 않으리라. 한없이 높은 곳을 향해 혼신을 다하는 순간에도 늘 가슴 한켠에 지금의 나를 간직할 거라 다짐했다. 아무리 높은 곳에서 삶을 누리고 있을 지라도 아래쪽의 사람들에게 힘과 용기를 줄 수 있는 사람이 되어야겠다는 생각이 가득했다.

그렇게 하루종일 땀으로 범벅이 되었고, 산먼지가 온 몸을 뒤덮어 새카맣게 거지꼴이 되고 나서야 산을 내려올 수 있었다. 두 다리가 후들거려 제대로 걸을 수조차 없었다. 그렇게 일을 마치고 내가 받은 일당은 10만원이었다.

05

무엇을 위한 삶인가

———

세상에는 상처가 깊은 사람들이 많다. 그 상처는
아무리 잊으려 해도 지워지지 않고 가슴 속에 남는다. 같은 아픔을 겪은 사람들이
위로해주지 않으면 아물기 힘들어진다.

비가 내리는 날이면 인력시장에는 일거리가
거의 사라진다. 공사자재들이 빗물에 젖어 작업을 할 수가 없다는 것
도 이유가 될 수 있겠지만 무엇보다 위험요소가 너무나 크다는 점 때
문에 대부분의 업체가 차라리 하루 쉬는 쪽을 택하기 때문이다. 새벽
부터 추적추적 내리는 비를 맞으며 일말의 희망을 품고 기다리고 있는
데 마침 일을 배당받게 되었다. 차를 타고 이동하는 동안 다행히 비도
어느 정도 그쳤기 때문에 일을 하는 데에는 아무런 불편이나 위험이
없을 것 같았다. 오늘은 또 어떤 일을 하게 될까. 호기심과 불안함이
섞인 감정을 안고 현장에 도착했다.

차를 타고 한 시간 정도 달려 도착한 곳은 어느 시골 외진 곳에 위

치한 돼지 축사였다. 축사를 새로 지을 모양인가. 현장에 도착하기 전 가장 궁금한 점이 어떤 일을 하게 되는지, 그리고 일당은 얼마나 받을 수 있을지 하는 것이다. 물론 담당 업자에게 그냥 물어보면 되는 간단한 문제이기도 하지만 때로는 시시콜콜 물어보는 것을 못마땅해 하는 업자들이 많기 때문에 일도 시작하기 전에 괜한 질문을 해서 업자의 마음을 상하게 하면 단돈 만원이라도 덜 받게 되지나 않을지 염려가 되기도 한다. 이렇게 일을 시키는 사람의 눈치를 보게 된 것도 인력시장에 나오면서 생긴 새로운 버릇이다.

돼지 축사를 새로 짓거나 수리할 것이라는 예상은 보기 좋게 빗나갔다. 우리를 태우고 온 업자는 장화가 연결된 작업복 두 벌을 가지런히 펼쳐놓으며 어서 갈아입으라고 했다. 뭔가 심상치 않은 예감이 들었지만 어찌됐든 부딪혀 봐야 한다.

작업복으로 갈아입고 축사 맨 끝 동으로 이동하자 코를 찌르는 악취가 풍겨 나오기 시작했다. 일반적인 돼지 축사에서 나는 냄새와는 차원이 달랐다. 대략 짐작은 했지만 업자의 입을 통해 작업의 내용을 들었을 때 나는 발을 돌리고 싶었다.

"3일 전, 여기 축사 네 개 동에 화재가 났습니다. 한 동에 돼지가 약 사십 마리 정도 있었으니까 총 백오십 마리 조금 넘을 듯 하네요. 오늘 작업은 축사 안에서 불에 타 죽은 돼지를 몽땅 끄집어내서 땅에다 묻고 살균처리 하는 겁니다. 축사 안으로 들어가서 이 창문으로 죽은 돼지를 한 마리씩 들어내 던지면 바로 앞에 공장용 비닐이 깔려진 구덩이를 파 놓았으니 그대로 묻어버리면 됩니다. 아, 염려 마세요. 구덩이를 묻는 건 저쪽에 있는 포크레인으로 작업할 겁니다. 두 분은 죽은 돼지만 들어내시면 됩니다. 간단하죠."

뭘 염려말라는 소리인지, 뭐가 간단하단 말인지 이해하기가 힘들었다. 축사의 높이는 겨우 1미터가 조금 넘었다. 출입문은 화재로 내려앉아 열리지 않았고 창살을 잘라낸 창문의 크기는 겨우 한 사람이 기어들어갈 만한 크기밖에 되지 않았다. 그 창문으로 들여다본 축사 내부의 상황은 내가 살면서 보아 온 가장 참혹한 모습이었다.

머리는 축사 바닥에 고여 있는 오물 속에 잠겨 있고 밖으로 삐져나온 뒷다리는 뻣뻣하게 굳어 있었다. 화재가 났을 당시 아마도 돼지들은 뜨거운 열기를 피해 축사 바닥에 고여 있던 자신들의 오물 속으로 머리를 쳐 박았을 것이다. 그 상태 그대로 불에 타서 죽은 돼지들은, 그야말로 불에 바싹 타버린 돼지들은 차마 눈뜨고 볼 수가 없었다. 내장은 배를 뚫고 나와 엉겨 붙어 있었고 입에서는 거품과 기름덩어리가 흘러나오다 말고 굳어 있었으며 3일 동안 썩어 문드러진 냄새와 구더기의 향연은 저절로 구역질이 나게 만들었다. 그 축사 안으로 몸을 밀어 넣는 것은 상상조차 할 수 없었다. 아무리 돈을 벌기 위해 막노동을 다니는 나였지만 이미 뒤틀려 버린 속은 시작도 하기 전부터 신물을 토해내기 시작했다.

나와 함께 온 일꾼 한 명은 이미 축사의 반대편으로 저만치 물러나 있었다. 아무래도 오늘 작업은 이대로 접고 돌아가야 할 것 같다.

나는 함께 온 일꾼에게 말했다.

"도저히 안되겠네요. 저도 웬만하면 일당도 받아야 하고 어떻게든 일을 하고 싶은데 이런 일은 정말로 못하겠습니다."

장갑과 작업복을 벗고 업자에게 도저히 일을 할 수 없겠다는 말을 하러 가려는 순간 업자가 누군가와 이야기를 나누는 모습이 눈에 들어왔다. 돼지 축사의 주인인 듯 했다. 푸근한 인상에 덩치가 크고 마음씨 좋게 생긴 50대 아저씨였다.

"3월말에 보험이 만료된다는 연락을 받았습니다. 연장해야지, 해야지 하면서 계속 미루기만 했었지요. 누가 이런 일 생길지 상상이나 했겠습니까? 구제역이다 뭐다 겨우 피해나가고 이제 좀 살만하다 싶었더니......"

주인은 말을 하던 중 울컥했는지 눈물을 쏟아내고 말았다. 커다란 덩치의 사내가 눈물을 훔치는 모습이 낯설기도 하고 오죽하면 저럴까 싶은 생각이 들기도 했다. 날씨가 너무 더워져서 축사 안쪽으로 선풍기를 틀어뒀었는데 과열되는 바람에 불이 난 것 같다고 한다. 불에 탄 축사와 죽은 돼지로 인해 입은 손실금액이 약 삼천만원에 이르는데 농협에 가서 보상에 대한 상담을 해봤더니 지원해 줄 수 있는 금액은 이백만원 뿐이란다. 축사를 다시 짓는 비용의 일부만 지원해 줄 수 있다니 손실금액에 비해서는 턱도 없이 모자란 금액이었다. 주인은 말도 안 되는 소리라며 필요 없다고 하고 농협을 뛰쳐나왔다는데 지금은 그 돈이라도 받아야 되겠다며 한탄을 하고 있었다.

"사료 값에 예방접종까지 자식 키우는 심정으로 일했는데......이게 뭐냐구요......나이 오십이 넘어서 이렇게 죄다 망가졌으니 이제 앞으로 어떻게 해야 할지 눈앞이 캄캄합니다. 어찌 이리 복도 없는지......"

나는 함께 온 일꾼의 얼굴을 쳐다보았다. 우리 두 사람은 아무 말 없이 다시 돌아가 작업복과 장갑을 챙겨 입고 마스크까지 단단히 중무장 했다. 함께 온 일꾼이 먼저 창문을 통해 무너지기 직전인 축사 안으로 들어갔고 내가 뒤를 이었다.

축사 안은 밖에서 볼 때보다 훨씬 더 심각했다. 전기도 들어오지 않았고 화재로 인한 가스도 채 빠지지 않은 상태라서 숨쉬기도 곤란했으며 눈도 제대로 뜨기 힘들었다. 마스크를 쓰고 있었지만 역한 냄새가 그대로 코와 입으로 들어오는 듯 했다. 3일 동안 방치된 채 썩어가는 돼지와 그것들이 살아 있을 때 싸질러놓은 온갖 오물들이 내 무릎보다 높게 질퍽거리고 있었다. 배가 터져 흘러나온 내장들이 아직 돼지의 배에 들러붙어 있는 상태다. 저 모습 그대로 들어 올려야 한다. 대략 둘러보니 사십 마리 정도 되어 보였다. 이런 방이 4개라니 백 오십 마리는 족히 넘는다는 얘기다. 최대한 빨리 작업을 끝내는 것이 최선이라고 판단했다. 우선 창문 가까이에 있는 돼지들을 들어내어 통로부터 확보해야만 구석에 널브러져 있는 것들을 처리할 수 있었다. 축사의 주인은 한 마리의 무게가 약 30킬로그램 정도 될 거라고 했지만 직접 들어보니 훨씬 더 무거운 것 같았다. 밉살맞은 사람은 일을 맡은 업자였다.

"어차피 하는 일이니까 후딱 해치웁시다. 앞다리 하나, 뒷다리 하나씩 잡고 옆으로 들어 올린 뒤에 창문틀에 던지듯 올려놓고 그대로 밀어버리면 되니까. 자, 자, 서두릅시다."

'니가 해라 임마.'

목구멍까지 튀어나오는 말을 간신히 삼켰다. 어쨌든 하기로 결정한 일이니까 마음을 다시 추스르고는 눈 질끈 감고 돼지 다리를 잡은 뒤 번쩍 들어올렸다. 그런데 이게 웬일인가. 살짝 들어 올릴 때는 그나마 괜찮더니 힘을 주어 올리니까 몸뚱이는 그대로 바닥에 있고 내 손에 딸려온 것은 돼지다리의 껍데기 뿐이었다. 아래를 보니 시커멓게 탄 앞뒤 다리 한 쪽씩만 뽀얀 속살을 내비치고 있었다. 통째로 불에 타면서 마치 바비큐가 되듯 껍질과 속살이 분리가 되어버린 것이다. 결국 방법은 하나밖에 없었다. 미끌미끌한 돼지를 품에 안아 창문으로 내던져야 한다. 판단은 섰지만 몸은 꼼짝할 수가 없었다. 어떻게 저걸 품에 안는단 말인가. 불에 타죽은 돼지, 내장이 흘러나와 배에 엉겨 붙은, 입에는 거품인지 기름인지 모를 토사물을 물고 있는, 절반쯤 통통에 빠져 있는 돼지를 말이다.

축사 안에서는 허리를 펼 수가 없었다. 겨우 1미터 남짓 되는 높이 때문에 머리와 허리를 구십도로 숙인 채 작업을 해야만 했다. 허리가 끊어질 것 같아 잠시도 견디기 힘들었다. 오물 속에 머리를 처박고 있는 돼지의 사체를 양 손으로 끄집어 내 가까스로 품에 안고는 좁은 창틀 사이로 들어냈다. 밖에서는 우리를 태우고 온 업자가 돼지를 받아 바로 앞에 파놓은 구덩이로 던져 넣었다. 한 마리의 시체를 들어내고 나니 조금은 할 만 하다는 생각이 들기 시작했다. 어차피 온 몸은 엉망이 되어버렸고, 이젠 그만둘 수도 없게 되어 버렸다. 최대한 빨리 작업을 마치는 것만이 지옥 같은 곳에서 벗어날 유일한 방법이었다. 죽은 돼지의 사체를 모두 들어내고 축사 밖으로 기어 나오기 무섭게 쉴 새 없이 구역질이 났다. 마스크를 쓰고 있긴 했지만 이미 목구멍으로 넘어간 가스 때문에 기침과 콧물이 뒤섞여 아예 땅바닥에 뒹굴고 있었다.

일을 하지 않고 그냥 돌아갔다 하더라도 크게 문제될 것이 없었다. 하루 일당은 포기해야 하지만 내일부터 또 다른 일을 열심히 하면 된다. 그런데 왜 굳이 이렇게 최악의 일을 할 수 밖에 없었을까. 왜 함께 온 일꾼도 아무런 군소리 없이 축사 안으로 들어갔을까.

막노동의 현장에서 일하는 사람들의 공통점은 대부분 살면서 자신이 가진 모든 것을 잃어버린 경험이 있는 사람들이다. 그 때의 참담한 심정을 누구보다 잘 알고 있고, 공감할 수 있다. 축사의 주인에게는 아마 돼지 백오십 마리가 그의 전부였을 것이다. 자식을 키운다는 심정으로 돼지들을 먹였다니 그 심정은 충분히 짐작이 되었다. 그 순간만큼은 우리에게 돈이 전부가 아니었다. 물론 우리가 그냥 돌아갔더라면 또 다른 사람들을 불렀을 수도 있겠지만 그 만큼 축사 주인에게는 더 상처가 되었을 지도 모른다.

세상에는 상처가 깊은 사람들이 많다. 그 상처는 아무리 잊으려 해도 지워지지 않고 가슴 속에 남는다. 같은 아픔을 겪은 사람들이 위로해주지 않으면 아물기 힘들어진다.

포크레인이 땅을 덮어 돼지의 사체들이 완전히 눈앞에서 사라졌을 때에도 축사의 주인은 여전히 눈물을 흘리고 있었다. 그의 삶에 있어 모든 것들이 한꺼번에 사라지는 현장을 눈앞에서 바라보는 심정을 굳이 이해하려 애쓰지 않아도 너무나 잘 알고 있었다.

누군가의 상처를 위로해주고, 도와줄 수 있었다는 사실에 가슴이 따뜻해졌다. 비록 나는 지금 인생의 바닥에서 육체노동을 하며 살고 있지만 과거 잘 나가던 시절에는 상상도 할 수 없었던 묵직한 감정이 명치끝을 저려왔다. 삶이란 이렇게 살아야 하는 것이다. 이것이 제대로 된 삶인 것 같았다. 먼 길 오느라 수고했다며 일당보다 많은 금액을 봉투에 넣어주는 업체 사장과 축사 주인을 뒤로 하고 우리는 집으로 돌아갔다.

06

안타까운 사고

허씨 어른의 죽음, 그리고 여러 번 목격하게 된 심각한 사고들을 경험하면서
또 한 번 나의 지금 모습을 돌이켜보게 되었다.
육체노동을 하는 사람들은 아무것도 가진 것이 없다. 오직 몸뚱이 하나뿐이다.

허씨 어른은 말이 너무 많았다. 일을 하는 동
안 잠시도 쉬지 않고 잔소리를 하는 사람이었다. 그렇다고 해서 다른
사람들로부터 미움을 샀다거나 혹은 누군가와 시비가 붙는 일 따위는
전혀 없었다. 그의 잔소리는 그저 일을 제대로, 그리고 빨리 하기 위해
서 중얼거리는 일종의 기계소리와도 같았기 때문이었다. 의성에 위치
한 공장으로 처음 일을 하러 가서 그 곳의 터줏대감으로 일하던 허씨
어른이란 사람을 처음 만났을 때에는 솔직히 적응하기가 힘들었다. 쉴
새 없이 중얼거리는 말을 제대로 알아들을 수도 없었을 뿐더러 마치
나를 향한 잔소리처럼 들렸기 때문이다. 며칠 동안 의성 공장에서 일
을 하게 되면서 그저 그 분의 습관이란 사실을 알게 된 후부터는 별로
귀 따갑게 들리지 않았다.

일흔에 가까운 나이에도 불구하고 움직임에는 군더더기가 전혀 없었다. 먼지보다 더 작은 알갱이로 부서져 쏟아지는 금속가루를 커다란 자루에 담아 넣을 때도 그랬고, 1톤이나 되는 자루를 옮기는 기계장치를 조작할 때도 마찬가지였다. 늘 빠르고 단호했으며 조금이라도 효율적인 방법을 찾고자 노력하는 부분도 없지 않았다.

한 가지 흠이 있다면 성격이 너무 급했다는 점이다. 말을 할 때도 무슨 말인 지 알아들을 수 없을 정도로 빨리 했고, 이동을 할 때도 거의 뛰다시피 했다. 조금 느긋하게 하시라고 말을 건네고 싶었지만 워낙 나이 차이도 많은 데다 의성공장의 작업환경에 대해 나보다 훨히 알고 있는 분에게 이래저래 말씀을 드린다는 것이 조금은 아니다 싶어 그냥 입을 다물고 말았다.

며칠 동안 의성공장에서의 일을 모두 마치고 그 곳을 떠나던 날, 허 씨 어른이 점심을 먹으며 나에게 이런 말을 했다.

"막노동은 아무나 하는 게 아니야. 자네는 나이도 젊고 이런 일을 하면서 평생 살기엔 세월이 아까워. 기술이라도 배워서 독립하는 게 훨씬 나아. 우리 같은 늙은이들이야 이제 더 이상 길이 없으니 이러고 있지만 젊은 사람이 뭐하러 이 고생을 해. 경험삼아 하는 일이라면 얼른 때려치우고 제대로 된 기술을 배우도록 해. 아무리 좋은 말로 포장해도 노가다는 노가다일 뿐이다."

내 속사정을 알지 못해 하시는 소리긴 했지만 현장에서 듣기 힘든 따뜻한 배려였다. 땀 흘리며 고생을 함께 하는 사람들에게서 찾을 수 있는 유일한 정이었다.

의성공장에서 일하는 모 부장으로부터 허씨 어른의 죽음을 전해들은 것은 그로부터 불과 나흘 뒤였다. 기계에 문제가 생겨 수리를 하기 위해 2층 난간으로 올라갔다가 발을 헛디딘 모양이다. 머리에 안전모를 쓰고 있었지만 턱 끈이 풀린 상태였기 때문에 떨어지는 순간 벗겨지고 말았다고 한다. 불행히도 허씨 어른이 떨어진 곳은 금속가루가 담긴 자루를 옮기는 뾰족한 레일 위였고 구급차가 도착했을 때에는 이미 숨을 거둔 상태였다고 한다.

불과 나흘 전까지 함께 일했던 모습이 눈앞에 생생한데 도무지 믿기질 않았다. 아무리 사고라는 것이 부지불식간에 발생하는 것이라고는 하지만 내 주변의 사람이 이렇게 갑작스레 목숨을 잃었다는 사실을 받아들이기 힘들었다. 게다가 마지막 날 나에게 따뜻한 말을 건네준 사실까지 머릿속에 맴돌아 가슴이 더 저려왔다.

막노동의 현장에서는 함께 일을 하던 사람들이 사고를 당하는 경우를 종종 보게 된다. 4~5미터 정도의 높이에 있는 지붕위로 올라가 못을 뽑던 선배 한 사람은 발을 헛디뎌 아래로 추락하는 사고를 당했고 손목 인대가 끊어지는 중상을 입기도 했다. 바로 내 눈 앞에서 추락하는 모습을 그대로 보았기 때문에 충격이 훨씬 컸었다.

자재를 쌓아둔 발판을 딛고 2층으로 작업도구를 올리다가 발판이 무너지는 바람에 넘어지면서 얼굴이 못에 찍히는 사고도 가까이에서 목격했던 적이 있다.

막노동의 현장은 대단히 위험한 요소들로 가득 차 있다. 그래서 항상 안전모와 안전화를 착용하도록 교육받기도 하지만 워낙 땀이 많이 흐르고 일이 고되기 때문에 조금이라도 몸을 가볍게 하기 위해 때로 그런 안전장치들을 소홀히 하는 경우들이 있기도 하다.

허씨 어른의 죽음, 그리고 여러 번 목격하게 된 심각한 사고들을 경험하면서 또 한 번 나의 지금 모습을 돌이켜보게 되었다.

육체노동을 하는 사람들은 아무것도 가진 것이 없다. 오직 몸뚱이 하나뿐이다. 생계를 유지하는 수단으로 자신의 몸을 이용한다. 하루 열 시간의 중노동을 통해 받는 일당은 고작 십 만원 내외다. 휴일까지 포함해서 한 달 꼬박 일을 하면 삼백만원을 벌 수 있다. 그러나 일은 늘 주어지지 않는다. 어쩌다 일거리가 줄어들면 쉬어야 하고, 비가 오면 쉬어야 하고, 너무 더우면 쉬어야 하고, 너무 추워도 일이 없고, 눈이 와도 일이 없으며, 장마가 시작되면 열흘이고 한 달이고 기약 없이 놀아야 한다. 그렇게 치면 일 년 동안 막노동을 해서 버는 돈으로 먹고 산다는 것이 결코 쉽지만은 않다는 결론이다.

허씨 어른은 그렇게 세상을 떠났다. 온 몸으로 땀 흘리며 거친 현장에서 육체노동으로 먹고 살다가 어느 날 갑자기 숨을 거두었다. 허씨 어른의 삶에는 무엇이 있을까. 가족도 있을 것이고 친구도 있을 테지만 그런 주변의 모든 관계를 떠나 오직 자신의 삶만을 돌이켜본다면 과연 어떤 의미의 삶이었을까. 흔한 말로 죽도록 고생만 하다가 떠난 것이 전부일까. 아니면 내가 알지 못하는 그 분만의 특별한 의미가 존재했을까.

사람의 인생은 한 치 앞을 내다볼 수 없다. 나조차도 내일 당장 어찌 될지 모르는 것이 현실 아닌가. 어느 누구도 당장 내일의 일을 감히 장담할 수 없는 것이 우리의 삶이다. 이렇게 보니 인생이 참 허무하기 짝이 없다는 생각이 들었다.

그렇다면 우리는 과연 어떻게 살아야만 하는 것일까. 내일 당장 죽을 지도 모르니 오늘 하루 얼근하게 취해서 신나게 놀아야 하는 것일까. 삶의 마지막을 마주하는 순간 자신의 삶에서 아쉬움이 남지 않는 사람이 얼마나 될까. 만약 내가 당장 죽음에 이른다면 나는 결코 죽지 못한다. 아니, 죽을 수가 없다. 해야 할 일이 너무나 많고, 하고 싶은 일들이 너무나 많기 때문에 도저히 이대로 죽음을 받아들일 수가 없다. 진지하게 죽음을 생각하기 시작하자 내 삶이 너무나 소중하다는 감정이 치솟아 올랐다. 죽으면 모든 것이 끝난다. 살아 있음으로 내가 얻을 수 있는 것들이 얼마나 많은가. 살아 숨 쉬고 있다는 현실이 얼마나 고맙고 행복한가. 내가 무슨 철학을 전공한 사람도 아니고, 삶과 죽음을 논하는 거룩한 존재도 아니지만 '죽음'이란 것에 대해 진지하게 생각해 보는 것만으로 모든 것이 달라 보이기 시작했다.

우리는 자신도 모르는 사이 영원히 살 것처럼 지금을 살고 있는 지도 모른다. 죽음에 임박한 사람들은 삶의 가치를 다르게 느낀다. 나이가 많은 어른들 또한 지나간 시간들을 돌이켜 보며 시간을 소중히 여기라고 재차 강조한다. 하지만 건강하게 살고 있는 우리들은 항상 '살아가고 있다'라는 생각만 할 뿐, '죽어가고 있다'는 생각은 전혀 하지 못한다.

영원히 살 수 있다면 우리의 삶은 그다지 큰 의미를 갖지 않았을 지도 모른다. 삶은 한정된 시간 속에서 단 한 번뿐이기 때문에 지금을 소중히 여기는 자세가 필요한 것이다.

막노동의 현장에서 목숨을 잃는 모습을 보기도 하고, 심하게 다치는 안타까운 모습을 접하게 되면서 세상이 참 공평하지 못하다는 생각도 들었다. 어떤 사람들은 여름에는 시원하고 겨울에는 따뜻한 사무실에서 편안히 앉아 삶을 즐기며 살아가는데 한편에서는 죽도록 노동을 하면서도 언제 닥칠지 모르는 위험한 상황 때문에 늘 마음을 졸이며 살아가야 하는 것이 과연 공평한 세상일까.

브라이언 트레이시의 '12가지 성공법칙'이란 책을 읽으면서 이런 나의 생각을 완전히 바꿀 수 있었다. 그에 따르면 우리의 삶에서 일어나는 모든 결과에는 반드시 원인이 있다고 한다. 스스로 아무리 인정하지 않는다 하더라도 그것은 불변의 법칙이라고 말한다. 지금의 내 모습은 과거에 내가 행했던 모든 말과 생각과 행동의 결과라는 것이다. 어떻게 보면 참 받아들이기 힘든 사실일 지도 모르겠다. 도대체 내가 뭘 그렇게 잘못했기에 이런 모습으로 살아야 한단 말인가.

그런데 이 말을 달리 해석하면 나에게 참 반가운 일이 아닐 수 없었다. 지금의 내 모습이 과거의 나 때문이라면 미래의 내 모습 또한 지금 내가 행하는 말과 생각과 행동으로 얼마든지 만들어낼 수 있다는 뜻이된다.

죽음에 직면할 수도 있는 위험한 현장에서 하루 종일 땀을 흘리며 일하고 있지만 이것이 내 삶의 전부는 아니다. 세상 무엇보다 소중한 나의 가치를 지킬 수 있는 사람은 오직 나뿐이다. 내 스스로 이를 받아들이고 최고의 나를 이끌어 내기 위해 오늘을 살아야 한다. 이런 생각들로 인해 나는 허리가 끊어질 것 같은 고통 속에서도 매일 글을 써 나갔다. 힘들고 고통스러운 시간들 속에서도 내 삶이 가장 소중하다는 생각이 단연코 옳다는 증명을 해내기 위해 밤마다 백지를 채워나갔다.

출판사에서 연락이 왔고, 계약을 했으며 책을 출간하게 되었다는 사실이 아직도 믿기지 않지만 나는 이제 더욱 확신을 갖게 되었다. 자

신의 삶을 소중하게 여기는 태도야말로 성공에 이르는 가장 빠르고도

확실하며 중요한 자세라는 사실에 대해서.

07

정해진 것은 아무것도 없다

정해진 길, 정해진 삶 따위는 없다.
지금 내가 가고 있는 길이 최선의 길이며 가장 아름다운 인생이다.
나의 삶을 다른 사람의 그것과 비교하지 말자.

       사과나무가 잔뜩 심어진 넓은 과수원에서 울타리를 설치하는 작업을 한 적이 있다. 먼저 과수원 주변을 돌면서 똑같은 간격으로 기둥을 세우고 땅에 고정시킨다. 그 다음 기둥과 기둥 사이에 마름모꼴 펜스를 걸어서 팽팽하게 잡아당기는 작업이다. 땅을 파는 것은 굴삭기가 맡았지만 엄청난 양의 기둥을 세우고 다시 땅을 덮은 후 펜스까지 설치하려면 시간도 많이 걸리지만 보통 힘든 노동이 아니었다. 그런데 작업을 시작하고 얼마 지나지 않아 커다란 문제에 봉착하게 되었다. 기둥을 세워야 할 장소에 철조망이며 썩은 목재가 산더미처럼 쌓여 있었던 것이다. 처음엔 그 지역을 살짝 우회해서 기둥을 세우면 될 것 같았지만 가까이서 보니 도저히 그냥 두고는 작업이 불가능할 정도였다. 굴삭기를 이용해 철조망과 목재를 치우려고 했더니 마침 간이 화장실이 그 앞에 있어서 들어설 수조차 없었다. 답은 두 가지 뿐이었다. 철조망과 목재를 인력으로 모두 걷어내든지 아니면 화장실까지 통째로 들어내든지 해야했다. 과수원의 주인은 난감한 표정을 지었다. 수확철이 되면 이 곳에서 많은 사람들이 사과를 따야 하는데 화장실이 없으면 곤란하다는 말이었다. 결국 철조망과 목재를 치우는 일을 피할 수 없게 되었다. 함께 일을 갔던 사람은 나를 포함해 모두 세 명이었는데, 그 중에서 가장 나이가 어린 친구가 불평하며 나섰다.

"우리가 펜스 설치하려도 온 것이지 이런 쓰레기 치우려고 온 건 아니지 않습니까? 아무리 하루 일당 받고 일하는 사람들이지만 이렇게 미리 정해지지도 않은 일을 마구 시키려고 하면 안되죠. 나는 못하겠습니다. 어떻게든 알아서 걷어내고 다시 부르든지, 아니면 화장실을 포기하던지 난 모르겠습니다. 아무튼 난 못해요, 못해."

솔직히 그의 말이 전혀 틀린 것은 아니었다. 막노동이라고는 하지만 일을 하러 갈 때면 항상 어떤 일을 하게 될 것인지, 그에 따라 일당은 얼마인지 어느 정도는 합의가 된 사항이기 때문에 생각지도 않았던 일을 추가로 하게 되면 몇 배나 힘이 더 들기도 하고, 그렇다고 해서 쉽게 일당을 더 주지도 않기 때문이다. 잠시 망설이던 나는 다른 한 명의 일꾼과 함께 팔을 걷어부치고 나섰다. 두 시간 동안 땀을 흘린 후에야 철조망과 썩은 목재들을 모두 깔끔하게 치울 수 있었다. 우리 두 사람이 일을 시작한 지 얼마 못가서 불평을 했던 젊은 친구도 함께 도왔음은 물론이다.

직장생활을 할 때도 마찬가지다. 업무가 적어서 여유가 생기면 마음도 함께 여유로워지지만 바쁘고 급할 때는 눈 앞의 일을 처리하기에도 정신이 없다. 그럴 때 내 업무가 아니다 싶은 일이 함께 주어지면 화가 나고 짜증이 일어난다. 왜 하필이면 내가 이 일을 해야 하느냐는 생각이 머릿속에 가득 찬다. 누군가 다른 사람의 책임을 대신 떠안는 것 같아서 기분이 몹시 불쾌해 진다. 그렇게 되면 지금 하고 있는 일에도 당연히 영향을 미치게 되어 일의 능률도 대단히 떨어지기 마련이다.

수학문제를 풀 듯이 딱딱 떨어지는 삶이라면 얼마나 편할까. 정확히 여기까지는 나의 일이고, 다음으로 저기까지는 너의 일이라고 말이다. 하지만 우리의 삶은 그렇지 않다. 상황은 늘 수시로 변하기 마련이고, 일을 하다보면 너의 일, 나의 일을 구분하지 않고 함께 도와야 할 때도 있다.

하루종일 과다한 업무와 스트레스로 몸도 마음도 지쳐 퇴근했는데 아내가 집안 청소를 도와달라고 하면 머리 꼭대기까지 화가 난다. 하지만 아내 또한 하루종일 집에서 밥하고 빨래하며 아이들을 돌보느라 지치긴 마찬가지다. 조금만 힘을 내어서 함께 청소하고 나면 훨씬 평화로운 저녁을 맞이할 수가 있다. 참지 못하고 화를 내며 부부싸움을 하고 나면 청소도 제대로 되지 않은 지저분한 방에서 늦은 저녁을 먹을 수 밖에 없다.

내 소중한 삶을 성장시키는 과정 또한 마찬가지다. 정상에 이르는 길은 수도 없이 많다. 지금 내가 가고 있는 길이 반드시 정답일 리도 없겠지만 그렇다고 해서 오직 정해진 길로만 가야한다는 법칙도 없다. 많은 사람들이 편하게 다니는 등산로를 찾지 못했다고 해도 끊임없이 오르기만 한다면 반드시 정상에 도착할 수 있다. 쉬운 길을 찾겠다고 이 길, 저 길을 오르내리다간 중턱에도 못 가서 해가 저물게 될 지도 모른다. 이 세상에 정해진 길이란 없다는 사실은 너무도 당연한 소리다. 누가, 무슨 자격으로 그런 걸 정한다는 말인가? 도로의 신호등이나 교통표지판처럼 모든 사람들의 안전과 질서를 위해 약속을 해 둔 것을 제외하면 우리가 꿈을 향해 나아가는 데 정해진 방식이란 존재하지 않는다.

사람은 누구나 자신만의 독특한 삶을 살아가고 있다. 그래서 누구의 삶이 올바른 삶이라고 함부로 얘기할 수 없고, 그렇게 말해서도 안된다. 지금 자신의 삶이 조금 힘겹고 괴롭다고 해서 다른 사람의 인생을 쉽게 보고 섣불리 따라하다가는 목표에 이르기도 전에 삶을 망치기가 쉽다. 누가 뭐래도 내 삶은 고유의 가치를 지니고 있다는 사실을 잊어서는 안 된다.

세상에서 가장 소중한 것이 나의 삶, 나의 인생이란 생각을 갖는 것이 매우 중요한 이유는 바로 여기에 있다. 현대사회는 대단히 빠르게 변화하고 있으며, 버튼 하나로 정보를 얻을 수도 있게 되었다. 편리한 세상이긴 하지만 개인의 사적인 영역이 빈틈없이 노출되고 있다는 사실도 잊어서는 안된다. 나의 사생활을 침해당하는 것도 심각한 문제지만, 그보다 더 위험한 것은 내가 다른 사람의 삶을 쉽게 엿볼 수 있다는 데서 비롯된다. 사람은 누구나 자신의 상처나 아픔, 괴롭고 무거운 현실은 다른 사람의 그것보다 훨씬 심각하게 느끼며 살아가지만 행복과 즐거움, 편안하고 안락함 등은 다른 사람의 것이 훨씬 좋아보이기 마련이다. 그렇기 때문에 다른 사람의 삶을 엿보고 있으면 마치 그 사람은 지독히도 운이 좋아 보이고 별 노력없이 많은 것을 쉽게 얻은 것처럼 착각하게 된다. 그래서 내가 가진 삶의 방향을 완전히 놓아버리고 무작정 그 사람의 인생을 따라 모방하기 시작한다. 불과 얼마의 시간이 흐르지 않아 그의 삶 또한 역시 시련과 고통 위에서 성장했음을 알아차리게 되고, 이번에는 또 다른 사람의 삶을 좇기 시작한다.

정해진 길, 정해진 삶 따위는 없다. 지금 내가 가고 있는 길이 최선의 길이며 가장 아름다운 인생이다. 나의 삶을 다른 사람의 그것과 비교하지 말자. 누군가의 인생이 대단하고 좋아 보이는 것은 그 사람의 시각으로 삶을 바라보기 때문이다. 지금 우리의 삶을 평가할 수 있는 사람은 오직 우리들 스스로 뿐이다. 내가 내 삶을 위대하다고 보기만 하면 당연히 내 삶은 최고가 된다. 이 쉽고도 마땅한 진리를 미리 알아 차리지 못해서 나는 그 오랜 시간을 고통 속에서 돌아 왔다. 부디 나처럼 다른 사람들의 삶을 맥없이 바라보며 부러워하는 멍청한 짓을 당신은 하지 않기를 진심으로 바란다.

미래의 내 모습은 지금 이 순간부터 행해지는
나의 모든 생각과 말과 행동으로 만들어진다.
어떤 생각, 말, 행동을 하느냐에 따라
성공의 여부가 결정되어진다.
긍정적인 생각과 말, 그리고 행동은
우리의 미래를 훨씬 더 밝게 만들어 준다.
나의 손으로 나의 미래를
창조할 수 있으니 아무런 걱정이 없다.

02

소중한 삶을 위한 마음가짐

01

세상의 중심은 나 (中心思考)

자 이제 우리는 우리가 바라는 모든 것을 이룰 수 있다는
사실을 알게 되었다. 내가 세상의 중심이란 생각을 확고부동하게 가지기만
한다면 불가능한 일은 아무것도 없다.

성공에 이르기 위해 가장 먼저 가져야 할 태
도는 바로 내가 세상의 중심이란 사고방식이다. 내가 없는 세상은 아
무런 의미가 없다. 내가 존재함으로써 가족도, 친구도, 직장동료도, 세
상도 존재하는 것이다. 내가 없다면 내 주변의 모든 사람과 사물들은
동시에 사라진다. 생각해 보라. 내가 없는데 어떻게 내 친구가 존재할
수 있겠는가. 이것은 지극히 단순한 사고임이 틀림없지만 때로 우리는
이러한 진실을 잊고 지내는 경우가 많다.

한 가지 짚고 넘어가야 할 부분이 있다. 내가 세상의 중심이란 사고
방식을 자칫 이기주의와 연결시키려는 사람들이 있다. 이기주의란 자
기만의 이익을 중심에 두고, 다른 사람이나 사회의 이익은 고려하지 않
는 입장을 말하는 것이다. 내가 세상의 중심이란 생각은 다른 사람들이

나 사회적 시선을 의식한 나머지 자신을 지극히 초라하고 유약한 존재로 여기게 된 사람들의 정신을 일깨워주기 위한 사고방식이다. 따라서 어떤 물리적 이익과는 전혀 무관한 생각이란 점을 미리 밝혀둔다.

세상의 중심이라는 말에는 대단히 크고 위대한 존재로서의 의미가 포함된다. 세상의 중심이란 생각이 가슴 속에 자리 잡게 되면 못할 일이 없을 것 같은 자신감이 충만해 진다. 내가 원하는 대로 이 세상을 움직여 나갈 수 있을 것만 같다. 그래서 목표를 크게 세울 수 있고 두려움 없이 도전해 나갈 수 있다. 목표를 향해 나아가는 데 있어서 마주치게 되는 저항과 실패들은 대수롭지 않게 여겨지기도 한다.

어떤 일을 행함에 있어서 때로는 의욕적으로 열정을 가진 채 도전하는 경우가 있는가 하면 두려움과 불안으로 감히 시작해 보지도 못한 채 포기하는 경우도 있다. 우리가 열정적으로 도전하게 되는 경우는 행위의 결과에 대해 충분히 만족스러운 결과를 얻으리라는 확신을 가질 때이다. 내가 진행하고 있는 프로젝트의 결과가 대단히 훌륭하리라는 믿음이 있다면 훨씬 더 열정적으로 일을 해나갈 수 있다. 사랑을 고백할 때 상대방도 나를 사랑하고 있으리라 확신한다면 상처 입을 두려움 없이 다가설 수 있다. 의심의 여지없이 취업이 된다고 믿는다면 면접에서도 더욱 당당한 모습을 보여줄 수 있을 것이다. 그러나 안타깝게도 우리는 모든 일에 있어서 그 결과를 정확히 예측하기 어렵다. 물론 최선을 다한 노력의 끝에는 그에 상응하는 결과가 기다리고 있기 마련이지만 실제로 우리는 예상치 못한 실망스러운 결과를 마주한 적도 많기 때문이다. 아주 어렸을 때부터 작은 성공과 실패를 늘 경험하면서 성장하고 있는 것이다.

심각한 문제는, 만족스럽고 훌륭한 결과가 도출되었을 때보다 실망스럽고 보잘 것 없는 결과를 마주했을 때의 기억이 훨씬 더 오래 지속되며 선명하게 남는다는 점이다. 성공의 기억을 자주 떠올리는 것이 도전과 용기를 북돋우는 데 큰 도움이 되지만 자신의 의지와는 상관없이 안타까운 실패의 기억이 먹물처럼 가슴속에 번져가는 것을 막을 방법이 없다.

내가 세상의 중심이라는 사고방식은 바로 이런 점에 있어서 강력한 힘을 발휘한다. 세상의 중심이라는 생각이 가슴 속에 확고히 자리 잡고 있으면 무슨 일을 하든 최고의 결과를 기대할 수 있다. 어쩌면 이것은 너무나 당연한 이야기일 지도 모른다. 온 세상이 나를 중심으로 움직이고 있다. 내가 하는 모든 말이나 행동, 그리고 생각대로 움직이는 것이다. 모든 행위의 결과에 대해 조금도 의심할 필요 없이 내가 원하는 대로 이루어진다는 말이다.

내가 바라는 만큼의 성과가 이루어진다는 확신이 있으니 이제 더이상 주저하거나 머뭇거릴 필요가 사라졌다. 우리는 목표를 세우고, 그 목표를 달성하기 위해 노력하기만 하면 된다. 가슴 속에 간절한 바람과 목표를 이루겠다는 열정을 간직한 채 앞으로 나아가야 한다.

자 이제 우리는 우리가 바라는 모든 것을 이룰 수 있다는 사실을 알게 되었다. 내가 세상의 중심이란 생각을 확고부동하게 가지기만 한다면 불가능한 일은 아무것도 없다.

힘이란 그것에 어울리는 환경이 갖추어질 때 비로소 진정한 위력을 발휘한다. 어벤저스의 전사들이 뒷골목 양아치들이랑 담배 한 갑 놓고 치고받는 장면은 영화로서 매력이 없을 게 뻔하다. 크고 위대한 능력일수록 더 높은 이상을 위해 쓰여야만 한다.

내가 세상의 중심이란 생각을 가지게 되면 무슨 일이든 성취할 수 있다고 말했다. 이것은 사실 어마어마한 진실이다. 이렇게 놀랄만한 생각의 힘을 가지고 있으면서 별 볼일 없는 목표나 비전을 세운다는 것은 자신에게 부끄러운 일이다. 그 동안 살면서 마음속으로만 그려보았던, 차마 이루지 못할 꿈이라 여기고 접어두었던 도화지를 꺼내 펼쳐보자. 이제 우리가 바라는 모든 것이 이루어진다. 그러니 더 이상 감추거나 숨길 필요가 없다. 오히려 더욱 크고 높게, 그리고 선명하게 당신의 꿈을 그려보자. 혹시 아직까지도 일말의 의심이 솟는 사람들이 있을지 모르겠다. 분명히 말하는데 공부보다 중요한 것은 경험이다. 경험의 힘은 절대적이다.

나는 두 번 다시 일어서지 못할 것만 같은 시련을 겪었다. 시간을 두고 한 가지씩 겪은 것이 아니라 비와 바람과 쓰나미에 한꺼번에 휩쓸려 바닥으로 떨어져 버렸다. 한치 앞이 보이지 않는 참담한 상황에서 글을 쓰기 시작했고 결국 작가가 되었다. 어릴 적부터 글쓰기에 재주가 있었던 것도 아니고, 글쓰기를 따로 배운 적도 전혀 없었다. 요즘은 글쓰기 강좌가 많이 개설되어 있어서 하고자 한다면 얼마든지 배울 수 있는 환경이다. 그럼에도 불구하고 나는 인터넷을 통해 강의의 일부만 시청했을 뿐 제대로 글쓰기 강좌를 들어본 적조차 없는 사람이다. 처음 글쓰기에 매료되기 시작했을 무렵, 얼마나 글쓰기를 배우고 싶었는지 모른다. 조금만 더 제대로 배울 수만 있다면 훨씬 더 잘 쓸 수 있을 것만 같았다. 그러나 수중에 돈이 한 푼도 없었다. 아껴 쓰고 저축하느라 글쓰기 강좌를 들을 만큼 여유롭지 않았다는 말이 아니라 정말 한 푼도 없었다는 말이다. 그럼에도 불구하고 나는 글쓰기를 포기하지 않았다. 『내가 글을 쓰는 이유』라는 책을 출간하게 되었지만 사실 나는 그 책을 쓰기 전에 이미 네 편의 소설과 두 편의 에세이를 쓴 경험을 가지고 있었다. 소설이라고는 하지만 솔직히 어디 내놓기 부끄러운 수준이긴 하다. 하지만 그 소설들을 쓰는 짧지 않은 시간 동안 내가 느끼고 생각하게 된 많은 것들은 앞으로 살면서 그 무엇과도 바꿀 수 없는 소중한 재산이 되었다. 내가 세상의 중심이라는 생각으로 글을 쓸 때의 좋은 점이 두 가지 있다. 첫째는 그 내용에 있어서 지극히 솔직해질 수 있다는 점이다. 누군가 이 글을 읽게 되었을 때 혹시

나 뭐라고 하지는 않을까 하는 쓸데없는 고민을 전혀 하지 않게 된다. 오직 글쓰기 자체에만 집중할 수 있다는 사실이다. 세상의 중심이 나이기 때문에 내가 쓰는 글은 진정한 참일 수밖에 없었다. 그래서 굳이 글을 쓰면서 꾸미려고 한다거나 과장할 필요가 전혀 없었다. 그저 있는 그대로, 나의 내면에서 우러나오는 목소리를 그대로 받아 적기만 하면 되었다. 또 한 가지는, 완성된 글이 가지게 될 가치에 대해서 미리 염려할 필요가 없다는 점이었다. 한 때 나는 대중적으로 큰 인기를 얻을 수 있는 소설을 써서 조앤롤링처럼 엄청난 부와 명예를 안고 싶다는 기대를 갖고 글을 쓴 적이 있었다. 돌이켜보면 그 때만큼 글을 쓴다는 것이 힘겹고 고통스럽게 느껴진 적은 없었던 것 같다. 그러나 내가 세상의 중심이란 생각을 가지면서부터 내가 쓴 글이 다른 사람들에게 큰 호응을 얻어야만 한다는 강박에서 완전히 벗어날 수 있었다. 진실한 나의 삶을 그대로 글 속에 담아 나를 돌아보고 진정한 나와 만날 수 있다는 사실 자체만으로도 그것은 이미 훌륭한 기쁨이었다. 만약 내가 계속 글쓰기를 돈과 명예에만 연결 짓고 있었다면 아마 지금쯤 글쓰기와는 전혀 거리가 먼 삶을 살았을 지도 모른다.

위대한 작가를 비롯해 사회적으로 명성이 대단한 사람들에 대한 이야기를 보면 그들은 한결같이 결과보다는 과정에 의미를 두었다. 일하는 자체에서 기쁨과 의미를 찾았고, 글쓰기 자체만으로도 충분히 행복한 삶을 살아간다는 점을 눈여겨보아야 한다. 결과에 연연하지 않으면서도 늘 훌륭한 결과물을 창조해 내는 것, 그것이야말로 우리가 살아가는 최선의 방식이 아닐까 싶다.

앞에서도 말했듯이 내가 세상의 중심이라는 생각은 모든 것을 내 마음대로 해도 된다 라는 자만과 이기주의와는 구별되어야 한다. 꿈, 소망, 이루고자 하는 목표 등 가치 있는 삶을 향한 모든 것들이 노력하는 만큼의 성과를 가져올 수 있다는 점에서 중심사고는 큰 의미를 갖는다. 하지만 다른 사람들에게 피해를 끼치거나 그들의 입장을 전혀 고려하지 않은 채 오직 나의 이익이나 흥미만을 위해 내 멋대로 행동한다는 것은 자유와 방종의 차이를 구별하지 못하는 어리석은 행동일 뿐이다.

모든 사람들은 지금보다 더 나은 삶, 물질적으로 좀 더 풍요로워지길 바라고 행복해지길 바란다. 그렇게 되기 위해서는 끊임없는 도전을 아끼지 말아야 하며 두려움에 맞서는 용기가 필요하다. 중심사고, 즉 내가 세상의 중심이란 마음을 가슴 속에 새기게 되면 어떤 어려움도 능히 극복해낼 수 있는 단단한 심장이 만들어진다. 보잘 것 없는 하나의 부속품으로 세상이란 틀에 끼어 마지못해 하루하루를 보내는 유약한 삶을 걷어내고 이제부터는 내가 중심이 되어 세상을 움직여보자. 어쩌면 우리가 세상에 온 가장 큰 이유가 바로 이것일 지도 모른다.

02

모든 원인은 나에게 있다

지금의 내 모습은 과거 내가 행했던 생각과 말과 행동들의 결집이다.
모든 결과는 나로부터 비롯된다. 미래의 내 모습은 지금 이 순간부터 행해지는
나의 모든 생각과 말과 행동으로 만들어진다.

내가 가장 좋아하는 말이며 인생을 살아가는
데 있어서 이보다 더 멋진 말은 없을 것 같다. 모든 원인이 나에게 있
다니 이 얼마나 희망찬 말인가. 지금의 나의 모습, 내게 일어난 모든
일들의 원인은 나로 인해 비롯되었다. 이 말은 세상의 중심은 나라는
생각과 일맥상통한다. 내가 생각하고 말하고 행동한 모든 결과가 고스
란히 나에게 일어난다는 뜻이다. 이제 눈앞이 환희 트이는가?

지금 이 순간부터 행해지는 나의 모든 생각과 말과 행동이 1년 뒤,
3년, 5년, 그리고 생이 다하는 그 날까지의 내 모습을 창조해낼 수 있
다. 아무리 열심히 해도 도무지 이루어지지 않는다는 말은 이제 우리
삶에서 영원히 사라지게 될 것이다. 그런 일은 일어나지 않는다. 결과
를 만들어내는 근본 요소가 모두 나에게만 있기 때문에 목표를 정하고

오직 그것을 향해 나아가기만 한다면 성취라는 결과물은 어쩔 수 없이 만들어질 수 밖에 없다.

한편으로는 조금 위험한 말이 될 지도 모른다. 만약 우리가 조금이라도 부정적인 생각이나 회의에 빠져 불평과 불만을 쏟아놓거나 비관적인 생각을 가지게 된다면 그 결과가 너무도 뻔히 보이기 때문이다. 혹시 이런 말을 하는 사람이 있을 지도 모르겠다. 그 동안 살면서 긍정적인 생각을 많이 했음에도 불구하고 여전히 힘겹고 지난한 삶을 살고 있다고 말이다. 그래서 '열심히 살았지만 바라는 대로 되지 않았다' 라는 말을 우리는 쉽게 들을 수 있는 지도 모르겠다. 그것은 분명한 이유가 있기 때문이다.

간단한 실험으로 이를 증명해 보일 수 있다. 여기 검은 색의 잉크병이 하나 있다. 뚜껑을 열고 맑은 물을 한 방울 떨어트려 보자. 맑은 물이 검은 색 잉크병에 잔잔히 퍼져 나가는 모습이 눈에 보이는가? 아마 찾기 힘들 것이다. 그럼 이번에는 반대로 실험을 해보자. 컵에다 맑고 투명한 물을 가득 채우고 거기에다 새카만 잉크 한 방울을 떨어트려 보자. 이번에는 어떤가? 맑은 물속으로 쉴 새 없이 퍼져나가는 검은 잉크가 선명히 보일 것이다.

대부분의 사람들은 부정적인 생각보다 긍정적인 생각을 많이 하려고 한다. 어쩌면 그것은 인간의 본능일 지도 모르겠다. 그런데 부정적인 생각은 긍정의 그것보다 훨씬 더 막강한 힘을 가지고 있다. 늘 긍정적인 생각을 하던 사람이 어느 순간 부정적인 생각을 잠깐 떠올리는 것만으로도 우리의 가슴은 시커먼 잉크가 녹아들 듯 순식간에 흐려지고 만다. 시간적으로 보나 횟수로 보나 긍정적인 생각을 훨씬 더 많이 했음에도 불구하고 우리가 바라는 만큼의 결과를 이룰 수 없었던 것은 바로 이런 이유 때문이다.

여기서 또 하나의 문제가 발생한다. 아무리 긍정적인 생각을 의식적으로 많이 한다고 하더라도 사람인 이상 부정적인 생각을 단 한 순간도 떠올리지 않기란 거의 불가능하다. 수많은 시간 동안 긍정의 힘으로 마음을 다스려온 사람이 한 순간의 부정적인 잉크방울로 인해 실망스러운 결과를 안게 된다면 그것은 너무나 비능률적이고 받아들이기 힘든 삶이 되어 버린다.

이럴 때 우리에게 큰 도움을 줄 수 있는 친구가 있다. 바로 무의식의 힘이다. 잠재의식이라고 표현하기도 하는데, 이것은 우리의 의식에 비교할 수 없을 정도로 막강한 힘을 가지고 있다. 밀가루를 먹고 두통이 낫기도 하고, 전원이 꺼져있는 냉동차 안에서 사람이 얼어죽기도 한다. 연약해 보이는 여자가 자식을 구하기 위해 트럭을 들어올리기도 하고, 이미 의식이 다한 사람이 임종을 보기 위해 자식이 도착할 때까지 생명의 끈을 놓지 않는 경우도 있다. 과학적으로 설명이 불가능한 무의식의 힘이야말로 우리 인간이 가진 무한한 잠재력이라 할 수 있다. 긍정의 힘을 이용해 바라는 바를 이루고자 할 때 가장 쉽고 빠르며 확실한 방법이 바로 무의식의 힘을 이용하는 것이다.

맨 먼저 우리가 해야 할 일은 바로 글로 적는 것이다. 우리의 목표, 바라는 바를 정확하게 적어야만 한다. 무의식은 강력한 힘을 가진 마법사이기도 하지만 대단히 멍청한 바보이기도 하다. 그래서 생각하는 것만으로는 도무지 이해하거나 받아들이지 못한다. 반드시 글로 적어 눈으로 보여주어야만 한다. 그런데 글로 적는 데에도 지켜야만 하는 법칙이 있다.

– 돈을 많이 벌고 싶다!

이렇게 적는 목표는 아무런 의미가 없다. 시간 낭비다. 무의식은 이것이 무슨 말인지 이해하지 못한다. 마치 어린아이에게 가르쳐 주듯 명확하고 선명하게 적어야만 한다.

– 10억을 벌고 싶다!

이것도 무의식을 이해시키기에는 대단히 부족한 표현이다. 만약 이렇게 10억을 벌고 싶다고만 적는다면 무의식은 그저 피식 웃고 있을 뿐이리라.

– 2017년 9월 30일까지 10억을 벌고 싶다!

대단히 훌륭한 목표설정이다. 아마 대부분의 목표설정 경험자들은 목표를 적으라고 하면 이렇게 적을 지도 모르겠다. 하지만 이것만으로 우리가 바라는 바를 이루기에는 턱없이 부족하다. 완벽한 목표설정 문장에 대한 예시를 들어보겠다.

- 2017년 9월 30일 나의 대한은행 통장잔고는 정확히 10억이 되었다!

무의식은 숫자에 강하다. 정확한 목표달성 기한, 정확한 금액 등이 명시된 문장이 되어야만 우리의 무의식은 비로소 움직이기 시작한다. 또 한 가지 명심해야 할 법칙은 반드시 현재완료형 또는 현재진행형으로 적어야만 한다는 사실이다. 10억을 벌고싶다는 표현은 달리 말하자면 10억을 벌지 못해도 어쩔 수 없다는 말이 되어 버린다. 그래서 미래의 일임에도 불구하고 확고한 현재완료형으로 또는 진행형으로 적을 때에야 비로소 달성 가능한 목표가 된다.

참고로 덧붙이자면 나의 경험상 금전적 목표보다는 행위에 초점을 맞춘 목표를 세우는 것이 더욱 현명한 방법이라고 말하고 싶다. 10억이라는 돈을 가지게 된다는 목표를 받아들이고 나면 그 때부터 무의식이 해야 할 일이 너무나 많아진다. 우선 어떤 방법으로 10억을 벌게 할 것인지, 그리고 소망을 적은 사람의 특기는 무엇인지 등 무의식의 짐이 너무 커져버린다. 이것은 어쩌면 우리의 예상보다 훨씬 더 많은 시간을 소비하게 만들 지도 모른다.

- 2017년 9월 30일. 나의 이름으로 출간된 다섯 권의 자기계발 도서의 인세와 강연수입으로 나의 대한은행 통장잔고는 정확히 10억이

되었다!

　다음으로 할 일은 이렇게 글로 적은 문장을 눈에 띄는 곳곳에 붙여
두는 일이다. 언젠가 꿈을 꾼 적이 있다. 커다란 액자 속에 매화나무가
그려져 있었다. 그 모양이나 빛깔이 너무나 선명하게 느껴졌다. 꿈 속
에서도 참 신비로운 느낌이 들었던 기억이 난다. 한 번도 본 적이 없는
것 같았고, 내가 원래 그림에는 전혀 소질도 관심도 없었기 때문에 왜
그런 그림이 꿈 속에 나타났는지 이해할 수 없었다. 아침에 눈을 뜨고
난 후 그제서야 고개를 끄덕일 수 있었다. 그 액자와 그림은 내가 잠들
어 있던 방의 한 쪽 벽면에 걸려 있었다. 한 번도 그 액자를 눈여겨 본
적이 없었다. 그저 아침마다 드라이를 하거나 스킨로션을 바르기 위해
그림 곁을 지나쳤을 뿐이다. 그럼에도 불구하고 스쳐 지나는 동안 나
의 시각을 통해 보여진, 말 그대로 보여진 그 그림이 무의식 속에 잠재
되어 있다가 꿈 속에 등장했던 것이다.
　여기저기 붙여놓은 우리의 목표는 시각을 통해 무의식으로 전해진
다. 굳이 읽으려고 애쓸 필요도 없다. 그저 가만히 눈길만 한 번씩 주
는 것만으로도 이미 무의식은 그 목표가 진실인 것처럼 받아들인다.

　마지막으로 좀 더 강력한 의지를 불태우고 싶다면, 그래서 바라는
바를 더욱 확실하고 빠르게 이루고 싶다면 이제 그 목표를 큰 소리로

반복해서 외쳐보는 것이다. 처음엔 어색하고 민망하기까지 하다. 나도 그랬다. 이게 도대체 뭐하는 짓인지, 이렇게 해서 내가 원하는 바를 이룰 수 있다는 사실이 믿어지지 않았다. 얼굴이 벌겋게 달아오를 때도 있었고, 혹시 가족 중 누군가가 들을까봐 조심스러워했던 기억도 난다. 또 한 번 말하지만 나는 경험만을 이야기할 뿐이다. 작가가 되고야 말겠다는 나의 목표를 글로 적었고, 화장실 거울을 비롯해 곳곳에 붙여두었으며, 볼 때마다 조용히, 때로는 커다란 목소리로 반복해서 읽었다. 그리고 나는 지금 작가가 되었다.

모든 원인은 나에게 있다. 지금의 내 모습은 과거 내가 행했던 생각과 말과 행동들의 결집이다. 모든 결과는 나로부터 비롯된다. 미래의 내 모습은 지금 이 순간부터 행해지는 나의 모든 생각과 말과 행동으로 만들어진다. 어떤 생각, 말, 행동을 하느냐에 따라 성공의 여부가 결정되어진다. 긍정적인 생각과 말, 그리고 행동은 우리의 미래를 훨씬 더 밝게 만들어 준다. 나의 손으로 나의 미래를 창조할 수 있으니 아무런 걱정이 없다. 내가 아무리 열심히 살아도 내 인생을 결정하는 요인이 다른 곳에 있다면, 그래서 그 누군가의 힘에 좌우될 수 밖에 없다면 우리가 인생을 열심히 살아가야 하는 이유가 전혀 없어질 것이다. 다행스럽게도 우리의 삶은 자신의 힘에 의해서만 결정되어지기 때문에 더 이상 망설일 필요가 없다.

전과자가 되고, 파산을 했으며, 막노동으로 생계를 유지했던 그 모든 참담한 현실들은 결국 내가 생각하고 말하고 행동했던 결과였다. 받아들이기 힘든 현실이었다. 도대체 왜! 하필이면 내가! 얼마나 열심히 살았는데! 이런 원망과 회한으로 몇 년을 보냈다. 시간이 갈수록 나에게 돌아오는 것이라고는 여전히 가난하고 힘겨운 삶 뿐이었다. 힘겨운 삶, 원망과 후회, 또 다시 무거운 삶의 질곡, 그리고 또 후회......악순환의 반복은 나의 삶을 더욱 깊은 바닥까지 끌고 가 버렸다.

모든 원인이 나에게 있고, 나의 삶을 새롭게 창조할 수 있는 것 또한 오직 나의 두 손에 달려있다고 믿는 순간 삶은 한 순간에 바뀌었다. 세상의 중심에 내가 있고, 내가 바라는 대로 세상을 움직일 수 있다는 믿음을 가졌으며 목표를 세웠고 글로 썼으며 붙여놓고 읽었다. 그리고 글을 썼다. 이것이 내가 실천한 전부이다.

03

시크릿도 다락방도 행동을 이길 수는 없다

목표를 세우는 것과 그에 따른 행동을 실천하는 것은
성공을 향한 여정에서 절대로 떼어낼 수 없는 공통분모이다.
아무런 목표 없이 닥치는 대로 행동하는 것은 위험하다.

중심사고를 견지하는 것, 그리고 원하는 바를 적고, 붙이고, 읽는다는 것은 성공에 이르기 위한 가장 중요한 출발점 이다. 그러나 이것이 전부는 아니다. 정신적으로 충분히 강하다고 여 겨지는 주위 사람들이 어이없게도 실패에 이르는 경우를 종종 볼 수 있었다. 주춧돌은 집을 짓는 데 없어서는 안 될 필수적인 요소이긴 하 지만 그것만으로 집이 완성되었다고는 할 수가 없다.

작가가 되겠다는 꿈을 가슴 속에 선명히 새기고, 글로 적어 붙여놓 고, 수없이 반복하며 읽었던 내 모습을 기억하고 있다. 만약 내가 그렇 게 무의식을 작동시켜놓은 채 한 줄도 쓰지 않았더라면 어찌 되었을 까? 강력한 무의식의 힘을 빌어 지금처럼 작가가 될 수 있었을까?

작가가 되기 위해서는 써야 한다. 장사를 하기 위해서는 물건을 팔아야 한다. 시험성적을 높이기 위해서는 공부를 해야 하며, 취업을 위해서는 스펙도 쌓고 면접도 보아야 한다.

문맥의 흐름을 위해 이 글에서도 여러번 다루고 있긴 하지만 나는 개인적으로 희망이란 말을 싫어한다. 한자 그대로 풀이해보면 희망은 바란다는 뜻이다. 사전적 의미로 보면 앞일에 대하여 어떤 기대를 가지고 바람이란 뜻이다. 당연히 긍정적인 의미이며 우리 삶에 꼭 필요한 단어이다. 내가 말하고자 하는 것은 '희망' 이란 단어를 악용하고 있는 사례가 너무 빈번하지 않으냐 하는 것이다. 원하는 바를 이루기 위해 신념과 열정을 가지고 혼신을 다해 노력하는 가운데에서만 비로소 희망은 싹튼다. 방구석에 앉아 천정만 바라보고 코를 후비며 다 잘 될 거야 라고 생각하는 것은 희망이 아니라 망상이다.

핏빛처럼 선명하게 '상상' 하면 이루어진다. 그러나 '상상만' 해서는 결코 아무것도 이룰 수 없다. 머릿속의 생각은 반드시 말과 행동으로 이어져야 하며 오직 실천을 통해서만 목표를 달성할 수 있다. 긍정적인 사고의 중요성은 이제 두말 할 필요도 없다. 그러나 행동으로 이어지지 않는 긍정은 미약할 뿐이다. 타석에 들어서지 않고는 홈런을 칠 수 없고, 낚시줄을 물에 드리우지 않고는 물고기를 낚을 수 없으며, 복권을 사지도 않고 당첨을 기대할 수는 없는 노릇이다. 아무리 좋은 글귀가 적혀있는 책을 읽어도, 아무리 훌륭한 자기계발 강연을 들어도 스스로 움직이지 않는다면 변화를 일으킬 수 없다.

학창시절에 누구나 한 번쯤 겪어보았을 이야기를 해보려 한다. 시험기간을 앞두고 모처럼 공부를 해야겠다는 의지가 타올라 일요일 아침 독서실을 찾는다. 우선 자리를 깨끗하게 정돈하고 물티슈를 이용해 책상과 의자를 닦는다. 가방에 준비해온 교과서와 참고서를 가지런히 정돈하여 책꽂이에 꽂아둔다. 책상 바로 위에 부착된 형광등의 밝기를 조절하기 위해 연습장 한 페이지를 찢어 형광등을 감싸기도 한다. 이제 모든 준비가 끝났다. 본격적으로 공부를 시작하기 전 가볍게 커피한 잔을 마시기 위해 자판기로 향한다. 동전을 넣고 커피 한 잔을 뽑아 건물 옥상으로 올라간다. 시원한 바람과 따뜻한 커피 한 잔으로 마음을 다잡아 본다. 그리고 다시 책상으로 돌아와 앉는다. 시간은 이미 오전 열 시가 지났다. 무슨 과목부터 공부를 해야 할까 고민하다가 연습장을 펼치고 학습계획 시간표를 그려본다. 완성된 학습계획표를 칼로 잘라 책상의 옆면에 붙여둔다. 그리고는......두꺼운 영어사전을 꺼내 머리에 베고 엎어져 잠들어 버린다.

시험을 잘 치르기 위해서는 공부를 해야 한다. 목표도 중요하고 마음가짐도 중요하다. 할 수 있다는 자신감도 중요하고 계획을 철저히 세우는 것도 필요하다. 그러나 무엇보다 가장 필요한 것은 공부 그 자체를 해야만 한다는 사실이다. 아무리 거창한 목표와 마인드 컨트롤을 백날 해봐야 한 페이지라도 들여다 보지 않으면 결과는 뻔하다. 시험의 결과는 얼마만큼 학습을 했느냐에 달려있다. 이 사실은 모든 사람들이 알고 있지만 시험의 결과는 늘 커다란 차이를 보인다.

절망의 한가운데 놓여있을 때 내가 할 수 있는 일이라곤 아무것도 없었다. 그래서 지푸라기라도 잡겠다는 심정으로 수많은 책을 찾아 죽기살기로 읽었다. 끌어당김의 법칙에 대한 내용이 내겐 가장 절실했고 유사한 내용의 책들을 수도 없이 읽었다. 당장 필요한 것은 큰 돈이었고 간절하게 바라면 이루어진다는 책 속의 내용들은 잠시나마 나에게 부푼 희망을 안겨주곤 했다. 잠이 들기 시작할 무렵 정신이 흐려지며 노곤해지는 순간 머릿속으로 그려보는 선명한 이미지는 무의식에 전달되며 반드시 이루어진다는 내용을 읽고 밤마다 악착같이 노력했었다. 그러나 결과는 아무것도 없었다. 나는 머릿속으로 이미지를 형상화시키는 것 외에 아무것도 하지 않았기 때문이다. 어쩌면 나에게 닥친 참혹한 현실들은 당연한 것들이었는지도 모른다. 참신한 아이디어, 혹은 발로 뛰는 영업, 아니면 소액자본을 이용한 장사 등 무슨 일이라도 제대로 했더라면 조금은 나아졌을 지도 모를 일이다. 결국 아무 것도 해보지 못한 채 세상 끝까지 밀려나 버렸다.

세상은 냉정하고 차가운 듯 하지만 한편으로는 지극히 정상적인 자동판매기와도 같다. 동전을 넣으면 음료수가 나온다. 기계가 고장나지 않는 한 내가 넣은 금액에 해당되는 음료수는 반드시 나온다. 아무것도 넣지 않고 자판기 앞에서 하루종일 기다려봐야 물 한 방울 떨어지지 않는다. 자판기 앞에 서서 음료수의 이미지를 머릿속으로 형상화시키고 그 맛을 선명하게 상상해보라. 그리고 언젠가 반드시 시원한 음료수가 나올 거라는 강력한 믿음을 가지고 기다려 보라. 아마 당신이 그렇게 해서 음료수를 마실 수 있게 된다면 그것은 애타게 기다리는 당신을 불쌍히 여긴 누군가가 적선해준 것임에 틀림없다.

목표를 세우는 것과 그에 따른 행동을 실천하는 것은 성공을 향한 여정에서 절대로 떼어낼 수 없는 공통분모이다. 아무런 목표 없이 닥치는 대로 행동하는 것은 위험하다. 때로 우리는 주변에서 참 열심히 살고 있는 사람들을 만날 때가 있다. 새벽부터 늦은 밤까지 땀흘리며 일하고 잠시도 쉬지 않는다. 열심히 살면 언젠가 좋은 날 있겠지 하며 긍정적인 마음도 가지고 있다. 너무나 안타까운 현실이다. 아무런 목표 없이 그저 열심히 사는 것만으로 풍족하고 여유로운 삶에 이르기에는 그 시간과 노력이 너무 많이 소모된다. 한 번 뿐인 인생을 그렇게 살기에는 허탈하지 않은가. 만약 열심히 사는 것만으로 모두가 잘 살 수 있다면, 그것이 참인 명제라면 아마 세상 사람들 대부분이 충분히 풍족한 삶을 누려야만 마땅하다. 열심히 살지 않는 사람이 얼마나 되겠는가.

성공에 이르는 방식은 차량에 설치된 네비게이션에 비유할 수 있다. 아무런 목적지도 설정해두지 않은 채 출발해서 열심히 운전만 한다면 대체 어디로 가고 있는 지 알 수가 없다. 비가 오나 눈이 오나 멈추지 않고 운전을 하고 있지만 어느 순간 내가 어디를 향해 가고 있는지 전혀 모르고 있다는 사실을 깨닫게 된다면 그 허탈함과 절망감이 얼마나 클 것인가. 반대로 정확한 목표를 설정해 두긴 했지만 시동만 걸어둔 채 운전을 하지는 않고 가만히 팔짱을 끼고 앉아서 기다린다면 대체 언제 목표지점에 도달할 수 있을까.

목표를 선명하게 정하고 그것을 향해 부지런히 나아가는 것만이 성공에 이르는 가장 빠른 방법임을 잊지 말아야 한다. 많은 사람들이 성공하기 위한 요령과 기술, 그리고 어딘가 존재할 것만 같은 비법을 배우고 익히기 위해 책을 읽고 강연을 듣는다. 나도 마찬가지였다. 그러나 책과 강연의 내용은 특별한 것이 아니라 우리 모두가 이미 알고 있는 내용일 뿐이다. 그것을 체계화 시키고 감동적인 사례와 더불어 전달함으로써 미처 깨닫지 못한, 잠시 잊어버리고 살았던 기억들을 되살려 마음의 불씨를 지피는 계기가 되는 것이다.

목표를 세우고 반드시 이루어진다는 신념을 갖고 나면 이제 우리가 해야 할 일은 오직 목표달성을 위한 행동 뿐이다. 단, 행동에 앞서 늘 머릿속에 선명한 목표를 떠올리고 내가 바라는 궁극의 내 모습을 그리며, 한 순간도 잊지 말아야 한다. 그렇게 되면 우리의 말과 행동 하나하나는 무의식의 힘을 빌어 오직 목표만을 향해 나아갈 수 있게 된다.

모든 성공한 이들이 그렇듯 나 또한 작가가 되겠다는 신념에 의심을 가져본 적이 없다. 출판계약이 이루어지기도 전부터, 아니 초고가 완성되기도 훨씬 전부터 누군가를 만나면 나의 직업은 작가라고 말하고 다녔으며 많은 사람들 앞에서 동기부여과 글쓰기에 관한 강의를 하는 내 모습을 눈에 보이듯 떠올리고 지냈다. 어떤 때에는 혼자서 길을 걷다가 사람들에게 강연하듯 중얼거리기까지 했다. 지금도 마찬가지다. 바라는 바가 모두 이루어진 것처럼 말하고 행동하는 것, 그렇게 하면 머릿속의 신념에 품격과 교양까지 더해진다. 시간이 흐를수록 점점 목표에 다가서고 있다는 현실감이 증가한다. 처음에는 너무나 신비로운 경험이라 생각했지만 이제는 너무나 당연한 습관이 되어 버렸다.

성공에 이르기 위해서는 머릿속으로 생각만 하는 단계에서 벗어나 목표를 향해 매일 멈추지 않고 질주하는 행동력이 반드시 필요함을 잊지 말자.

04

가지기 위해서는 먼저 내려놓아야 한다

한 가지 희망적인 소식은 우리가 내려놓아야 하는 것들의 무게가 무거울수록
가지게 되는 것의 가치 또한 크고 화려하다는 사실이다.
잠시 내려놓은 것들은 후에 가지게 될 것들에 비하면 아무것도 아니다.

자식을 키우면서 참 여러 가지 일들이 있었다.

아들녀석이 서너 살 정도일 무렵, 나는 일주일에 한 번 주말이 되면
함께 마트에 가서 장을 봤다. 시식코너에서 이것저것 집어다 아들의
입에 넣어주면 맛나게 우물거리던 그 모습이 너무도 예뻤고, 카트에
올라앉혀 이리저리 태우고 다니는 맛도 아빠라면 누구나 경험해본 쏠
쏠한 재미가 아닐까 싶다.

볼일을 마치고 집으로 돌아가야 할 시간이 되면 한 가지 문제에 봉
착하게 된다. 아이들이 결코 방앗간을 그냥 지나치지 않는다는 것. 크
건 작건 뭔가 하나는 마음에 드는 장난감을 집어들어야만 곱게 집으로
돌아갈 수 있다는 사실이다. 대부분의 아빠가 그렇듯이 나 또한 그 당
시에는 몇 푼 되지도 않는 장난감 때문에 아들 눈에 눈물나게 하고 싶

지는 않았기 때문에 저렴한 가격의 완구 하나 정도로 합의를 보곤 했었다. 고사리 같은 양 손으로 꼬옥 쥐고 기쁨에 넘쳐 입가에 미소를 머금고 있는 아들을 바라보며 아빠로서 뿌듯함을 느꼈었다. 지금 생각해 보면 참 철없는 아빠였지만 말이다.

그런데 계산대 앞에 다가서면 또 한 번 난관에 부딪치게 된다. 아직 아무것도 모르는 아들녀석은 손에 쥐고 있는 장난감을 절대로 놓지 않으려 한다. 계산대에 올려 놓고 담당자가 바코드를 찍은 뒤 통로 옆으로 다시 내려놓아야 비로소 온전한 내것이 된다는 사실을 세 살짜리 아이에게 어찌 설명해야 하나. 잠깐만 달라고, 요것 찍고 바로 준다고 아무리 달래고 얼러도 도무지 통하질 않았다. 결국 잠시나마 한 번은 눈물을 쏟아내야 계산대를 통과할 수 있었다.

또 한 번은 이런 일도 있었다. 아들은 갓난아기 때부터 도통 먹질 않았다. 앙상하게 뼈만 남은 팔다리를 보면 참 답답했었다. 옛날 우리 부모님 세대나 저 멀리 아프리카 주민들처럼 먹을 것이 없어서 깡마르게 클 수 밖에 없다면 가슴은 아프지만 어쩔 도리가 없었겠지. 하지만 먹을 것 천지인 요즘같은 세상에 애가 아무것도 먹질 않으니 오죽 답답했을까 말이다. 어느 순간부터 마음을 독하게 먹고 직접 밥을 떠먹이기 시작했다. 아니 이유식부터 그랬었다. 관심을 다른 곳으로 돌리면서 한 입씩 떠먹이기도 하고 이런저런 공약을 걸어가며 밥 한그릇을 두 시간 동안 먹이기도 했었다. 방법이야 어찌되었건 그렇게라도 해서 먹였으니 다행스럽게도 영양은 부족하지 않게 잘 커 주었다.

너무 육식 종류로만 먹이다 보니 먹일 때까지는 좋았는데 며칠 뒤부터 변을 보지 못하는 상황이 발생했다. 아들의 배는 단단해지고, 아무리 변기에 앉혀 놓고 용을 써봐도 도통 배출하지 못했다. 혈색은 누렇게 뜨고 배가 아프다며 징징거리기까지 했다. 상황이 이쯤되면 더 이상은 아무것도 먹이질 못한다. 물만 먹어도 토해냈기 때문이다. 먹지도 못하고 싸지도 못하니 환장할 노릇이었다.

결국 병원까지 가서 애가 똥을 못싼다고 했더니, 의사는 변비약을 지어주면서 육식도 좋지만 채소와 과일도 함께 먹도록 해야한다고 말씀해 주셨다.

서론이 길었다.

사업이 뜻대로 되지 않아 모든 것이 엉망이 되었던 순간, 나에게는 집도 있었고 차도 있었고, 그리고 개똥같은 자존심도 남아 있었다. 10억이 넘어가는 순간부터 제대로 세어 보지도 못한 빚이 삶을 짓누르는 그 순간에도 나는 필사적으로 내 집과, 차와, 자존심 따위를 지키고 싶었다.

어떻게 마련한 집인데, 구입한 지 얼마 되지도 않은 새 차인데, 그리고......내가 누군데......

게다가 얼마 후에 있을 재판에서 구속이 될 거라는 사실도 이미 알고 있었다. 기적이 일어날 것만 같았다. 모든 일이, 모든 사태가 해결되고 제자리를 찾아 아무 일도 없었다는 듯 원래의 모습으로 돌아갈 것만 같았다. 어리석은 미련이었지만 나는 여전히 아무것도 놓지 못하고 있었다.

사람은 참 간사한 동물이다. 한 때에 불과했던, 소위 잘 나가던 때를 잊지 못한다. 상황에 맞게 처신을 해야 하는데 그러지 못하는 사람이 너무나 많다. 아마 나도 분명 그런 종류의 사람이었던 것 같다.

돌이킬 수 없는 현실을 직시하고 정신을 차렸을 때 내가 가장 먼저 찾아간 곳은 경찰서였다. 이미 진행된 재판 외에도 형사 건이 있으면 모두 정리해 달라고 했다. 경찰은 나를 보며 약간은 비웃듯이 말했다. 채권채무관계에서 비롯된 사기 건은 피해자의 고소가 없으면 아무것도 처리할 수 없습니다 라고. 사기라는 범죄는 자수라는 개념이 없다는 걸 그 때 처음 알았다. 다음으로 찾아간 곳이 법원이었다. 파산 신청을 했다. 모든 것을 잃고 감옥에 가게 되었으니 파산을 받아들여 달라고 부탁했다. 그 후로 집은 경매에 넘어갔고, 차는 저당잡혔던 곳으로 인계해 처리했다. 모든 것을 접고 나는 세상의 뒤편으로 자리를 옮겼다.

참 신기한 것은, 모든 것을 포기하고 내려놓고 나니 비로소 편안해졌다는 사실이다. 물론 가족들을 포함해 나 때문에 피해를 입은 사람들에게는 미안한 얘기지만 진심으로 마음의 평온을 찾았다는 것은 분명 사실이다. 시궁창으로 떨어진 나의 위신이나 십원짜리 하나 가진 것이 없다는 비참한 현실 따위는 중요하지 않았다. 오직 '나' 라는 인간 그 자체만 눈에 보였다.

아마 나는 앞으로도 이렇게 살 것이다. 혹시 살면서 뭔가 풍족하게 가지게 되고, 사람들 사이에서 또다른 모습으로 인정받게 되는 날이 오더라도 마음이 편치 않거나 욕심에 흔들리는 내가 된다면, 나는 반드시 모든 것을 비우고 내려놓을 것이다. 그 어떤 물질적 풍요로움이나 지위, 명예 따위도 조용하고 평안히 흐르는 내 마음과 바꿀 수는 없다는 것을 나는 그 때 절실하게 느꼈다.

지금도 아들에게 입버릇처럼 말하곤 한다.

첫째, 장난감을 가지기 위해 네가 가장 먼저 해야 할 일은, 우선 계산대에 장난감을 내려놓는 것이다.

둘째, 밥을 숟가락으로 퍼서 먹여주는 것처럼 너에게 뭔가를 채워주는 것은 누군가 도와줄 수 있지만 똥을 싸는 것처럼 네 자신을 비워내는 일은 아무도 대신해 줄 수가 없다. 스스로 비워내야만 한다. 비워내지 못하면 아무것도 다시 채워질 수 없다.

요즘은 연예인들 뿐만 아니라 일반인들까지 동안이 되기 위해 많은 애를 쓴다. 시술을 통해 눈가의 주름을 없애기도 하고 피부가 탱탱해지는 마사지를 받기도 한다. 나도 잘 알지 못하는 각종 최신기술(?)들을 동원해 피부를 곱고 젊게 유지하려고 하고 듬성한 머리카락을 심기도 한다. 그야말로 혼신을 다해 젊은 얼굴을 가지려 한다.

나는 동안이 되기 위한 첫 번째 비밀을 알고 있는데, 그것은 바로 나이를 먹어야 한다는 것이다. 초등학생이나 중학생들은 동안이 되려고 애쓰지 않는다. 젊은 얼굴을 가지려고 애쓰는 사람들은 모두 어느 정도 나이를 먹은 이들이다. 결국 동안이 되기 위한 첫 번째 조건은 나이를 먼저 먹어야 한다는 것이다.

우리는 살면서 수많은 선택을 하게 된다. 그 선택들을 통해 우리의 삶이 결정되어진다고 봐도 무방할 것이다. 그런데 선택이란 말의 또 다른 의미는 포기다. 무엇 하나를 선택한다는 것은 또 다른 하나를 포기해야 함을 의미한다. 나이에 비해 젊게 보이고 싶으면 나이부터 많이 먹고 봐야 한다. 둘 다 가지고 싶다는 건 시간이 멈추길 바란다는 얘기다. 그것은 불가능한 현실이고 개인의 욕심일 뿐이다. 선택은 곧 포기를 의미하며 그에 대한 책임 또한 반드시 스스로가 짊어지게 되어 있다.

친구들과 즐거운 한 때를 보낸다는 것은 공부를 포기하는 것이고, 술 한 잔을 선택하는 것은 다음 날의 맑은 정신을 포기하는 것이며, 폭식과 야식을 즐겨먹는 것은 건강과 날씬한 몸을 포기하는 것이다. 이러한 우리의 모든 선택들이 모여 삶이 되며, 선택에 대한 책임은 고스란히 우리의 몫으로 돌아온다. 따라서 모든 순간의 선택에 있어 신중해야 하며 뒤따르게 될 책임에 대해 의식적으로 고려해야만 한다.

시험에서 좋은 성적을 거두고 싶은 학생이 있다. 시험에서의 좋은 결과를 목표로 삼았을 때 이 학생은 여러 가지를 내려놓아야만 한다. 친구들과의 즐거운 시간, 늘어지는 수면, 깨알같은 문자메시지, 스마트폰과 PC방의 흥미진진한 게임들, 그리고 이성친구와의 달콤한 데이트까지. 이 모든 것들을 내려놓았을 때 비로소 본인이 원하는 소기의 성과를 거둘 수 있으며 그렇게 해서 얻은 우수한 성적은 그 학생의 미래를 바꿔놓을 지도 모른다. 만약 이 글을 읽고 그렇게까지 공부를 해야 한다면 차라리 포기하고 말겠다고 하는 친구가 있을 지도 모르겠다. 당연한 얘기다. 나는 지금 공부를 하라고 말하는 것이 아니다. 우수한 성적을 거두고자 하는 목표를 달성하기 위해서 내려놓아야 할 것들을 말했을 뿐이다. 만약 공부, 성적과 같은 것들을 내려놓고자 하는 사람들은 그 대신 다른 무엇을 하면 되는 것이다. 그리고 그에 따른 책임도 본인이 지면 그 뿐이다. 정답은 없다. 그러나 분명한 것은 세상의 모든 일은 우리의 선택에 따라 좌우되며 그 책임 또한 반드시 본인에게로 돌아온다는 점이다.

한 가지 희망적인 소식은, 우리가 내려놓아야 하는 것들의 무게가 무거울수록 가지게 되는 것의 가치 또한 크고 화려하다는 사실이다.

성공에 이르기 위해 목표를 세우고 그 목표를 향해 전진하는 과정에서 수많은 유혹과 곁길을 피해갈 수는 없다. 나도 처음 글을 쓰기 시작했을 때 얼마나 많이 포기하고 싶었는지 모른다. 글쓰기 자체가 가져다 주는 마음의 평온은 무엇보다 따뜻했지만, 힘겨운 육체노동을 마치고 늦은 밤까지 컴퓨터 앞에 앉아 글을 쓴다는 것이 여간 힘든 일이 아니었다. 그 때마다 나는 작가가 되겠다는 나의 결심과 목표를 수도 없이 되새겼으며 달콤한 잠과 휴식을 내려놓은 채 하루도 빠짐없이 글을 써나갔으며 지금도 마찬가지다.

잠시 내려놓은 것들은 후에 가지게 될 것들에 비하면 아무것도 아니다. 내 인생을 마음대로 움직일 수 있는 힘을 가지고 있으며, 세상의 중심에 내가 있고, 그런 나의 삶이 가장 소중하다는 생각을 간직하기만 한다면 잠깐의 유흥이나 휴식 따위는 결코 유혹이 될 수 없다. 모든 것을 가지길 원한다면, 먼저 내려놓는 법부터 배워야 할 것이다.

05

열정을 불태우자

삶의 목표를 설정하는 일은 대단히 중요하다.
진정 바라는 일을 찾고 그것을 이루기 위한 가슴 속의 열망을 불태워야 하며,
시작에 앞서 반드시 글로 적어보자.

우리는 어린 시절부터 줄곧 꿈에 관한 이야기를 들으며 성장해왔다. 나중에 커서 뭐가 되고 싶니? 너의 꿈은 무엇이니? 등과 같은 질문을 받으면 과학자 또는 의사가 되고 싶다고 대답을 했었다. 우주왕복선을 만드는 사람은 과학자였고 의사는 아픈 사람을 치료해주는 사람이었다. 돌이켜보면 나도 한 때 비행기조종사나 전자공학박사가 될 거라고 대답했던 기억이 난다. 만화영화를 너무 많이 본 탓이었던 듯 싶다.

꿈은 소중하다. 그것은 우리의 삶을 결정짓고, 우리의 운명을 창조하며, 세상에 태어난 목적과 사명을 깨닫게 만들어준다. 무슨 일을 하며 살아가는가 하는 문제는 단순히 얼마의 소득을 올리며 살아가느냐의 단순한 문제를 넘어선다. 스스로 삶의 이유를 깨닫고 존재의 가치

를 느낄 수 있을 때 우리는 진정 행복이란 감정을 충만히 느끼며 살아 갈 수 있게 된다.

그런데 여기에는 중요한 문제점이 한 가지 있다. 자신이 진정 하고 싶은 일, 즉 자신의 꿈이 무엇인지 정확히 알지 못하는 사람들이 너무 나 많다는 점이다. 아주 어렸을 때에는 보고 들은 바가 너무 적기 때문 에 그저 과학자나 의사, 비행기조종사나 전자공학박사와 같이 그럴 듯 한 대답을 하긴 하지만 실제로 그것이 가슴을 설레게 하는 우리의 진 정한 꿈은 아니었다. 말 그대로 대답을 위한 대답일 뿐이었다.

조금씩 성장하는 과정 속에서 즉, 중학교와 고등학교를 거치면서 우리가 하고 싶은 일이 무엇인지 찾아야만 했다. 그러나 현실은 전혀 그렇지 않았다. 물론 어린 시절부터 자신의 꿈을 확고히 가지고 오직 그 꿈을 향해 시종일관 도전하는 사람들도 없지는 않다. 하지만 그것 은 극소수의 이야기일 뿐이다. 나를 포함한 대부분의 사람들은 십대 청소년기를 거치는 과정에서 도무지 꿈을 찾을 만한 여유가 없었다. 중, 고등학교 시절 나의 꿈은 그저 좋은 대학에 진학하는 것 뿐이었다. 그것이 꿈이었는 지는 모르겠지만 아무튼 대학진학만이 유일한 목표 였고 그것을 떠난 삶의 방향이라곤 전혀 생각할 틈이 없었다.

그렇다고 해서 내가 공부를 대단히 잘했던 것도 아니다. 오히려 우 수한 학생들의 틈에는 한 번도 끼어보지 못할 정도의 중간이하 성적이 었다. 공부를 잘하건 못하건 상관없이 대학진학은 학생들 모두에게 당연시된 공통의 목표였고 사명이었다. 공부가 성향에 맞지 않으면 다른 길을 찾으면 된다 라는 생각은 당시의 시대적 환경이나 부모, 선생님의 확고한 사고에 감히 맞설 수 없었던 어불성설이었다. 대학에만 진학하면 마치 모든 것이 끝날 것 같은 분위기였다.

우리는 꿈을 찾는 일에 너무나 소홀하다. 공부만 잘하면 된다는 어른들의 말씀과 사회적 환경의 탓으로만 치부해 버리기에는 그 결과가 너무나 혹독하다. 초등학교부터 중,고등학교까지 12년이라는 짧지 않은 시간 동안 죽으라고 공부만을 강요받았기 때문에 그 외에 다른 삶이 너무도 많이 존재하고 있다는 사실을 알지 못했던 것도 사실이긴 하다. 그러나 스스로의 삶에 대해 다른 누군가에게 책임을 떠 넘길 수는 없는 노릇이다. 그 대상이 부모님이든, 선생님이든 내 삶을 대신 살아줄 수는 없다. 바꿔 말하면 어떤 환경 속에서도 우리는 끝내 우리의 꿈을 찾는 노력을 게을리 해서는 안되었다. 만약 아직까지도 스스로 어떤 삶을 바라고 있는 지 깨닫지 못하고 있다면 지금부터라도 그 꿈을 찾는 노력에 혼신을 다해야만 한다. 꿈을 찾지 못하면 목적지가 없는 여행을 하는 것과 마찬가지다. 목적지를 입력해 두지 않은 네비게이션을 따라 이리저리 방황하다 기름이 떨어지고 말 것이다.

꿈을 찾는다는 것은 결코 쉬운 일이 아니다. 세상의 모든 일들을 일

일이 경험해볼 수는 없기 때문에 나에게 주어지는 제한된 체험 속에서 꿈을 찾아야만 한다. 가급적 그 범위를 넓히기 위한 간접경험으로서 독서를 하기도 하고 영화를 보기도 하며 수많은 사람들과의 인간관계를 통해 보고 들으면서 나에게 가장 어울리는 옷을 찾아 입어야 한다. 때로는 이 길이 아니다 싶은 마음이 들 때도 있을 것이며, 세월이 한참이나 흐른 뒤에 새로운 꿈을 찾게 될 수도 있을 것이다. 비교적 어린 나이에 자신의 꿈을 찾고, 그 꿈을 향해 노력한 결과 다른 사람들보다 더 빨리 성공을 이룬 사람들도 많이 있다. 하지만 꿈이란 그것을 찾아가는 과정, 그리고 이루어가는 과정 그 자체에 보다 큰 의미가 있기 때문에 서두르거나 조급해할 필요는 전혀 없을 것 같다. 분명한 것은 지금 자신의 위치(나이, 성별, 직업, 환경 등)가 어디쯤인지에 관계없이 진정한 꿈을 찾는 노력을 게을리 하지 말아야 한다는 사실이다. 나 또한 커다란 실패를 경험하고 나이 사십이 넘어서야 비로소 세계최고의 동기부여 강사가 되겠다는 꿈을 찾게 되었다. 꿈을 찾기 위해 반드시 실패를 경험할 필요는 없겠지만 나의 경우에는 실패를 통해 진정한 꿈을 찾게 되었다는 사실을 부인할 수 없다.

진정 바라는 바가 무엇인지 정확히 알게 되었다면, 그래서 이루고자 하는 목표가 선명하게 새겨졌다면 이제부터 남은 것은 열정을 불태우는 것 뿐이다. 열정을 불태운다는 말은 뜻을 이루고자 하는 마음이 얼마나 강한가의 정도를 의미한다. 세계 최고의 동기부여전문 강사가 되겠다는 소망을 이루기 위해 가장 먼저 필요한 것은 그 소망을 향한 내 마음이 얼마나 간절한가 라는 질문에 대답할 수 있어야만 한다. 되면 좋고, 안되면 할 수 없고 정도의 마음이라면 시작할 필요도 없다. 시작해 봤자 이루어지지 않을 것이 너무도 뻔하기 때문이다. 어린 자녀가 크리스마스 선물로 장난감을 가지고 싶어 한다. 아빠가 큰 마음을 먹고 자녀에게 물어본다.

"○○야, 그 장난감이 정말 그렇게 갖고 싶어?"

"응? 아 그거? 글쎄, 사주면 좋고 안사주면 그뿐이지 뭐."

부모는 아이가 바라는 정도가 강렬할수록 장난감을 사주고 싶은 마음이 커지기 마련이다.

"○○야, 그 장난감이 정말 그렇게 갖고 싶어?"

"응! 아빠! 나 일 년 동안 그것만 생각했어. 산타할아버지한테 그 장난감 사달라고 매일매일 기도했어. 며칠 동안 그 장난감 꿈만 꿨어. 그것만 가질 수 있으면 엄마, 아빠 말도 더 잘듣고 공부도 열심히 할 거야. 제발 산타할아버지한테 아빠가 부탁 좀 해줘. 나 정말정말 그거 갖고 싶어!"

무의식과 우주가 우리를 바라보는 시선은 부모와 같다. 우리가 얼마나 강렬한 욕망으로 소망을 이루고 싶어 하는지 보여주어야만 한다. 반드시 이루어내고야 말겠다는 신념과 열정을 순간순간 불태워야만 하는 것이다.

원하는 것이 무엇인지 찾아내고 그것을 목표로 설정한다. 그리고는 더할 수 없는 강렬한 열정을 불태우며 반드시 이루어내겠다는 신념과 확신을 갖는다. 이제 다음으로 우리가 해야 할 일은 그 목표를 선명하게 글로 적는 것이다. 절망적인 시간을 보내는 동안 나는 목표를 글로 적는다는 사실에 대해 상당히 회의적이었다. 거의 모든 자기계발 도서에 공통적으로 제시된 이 주장을 믿지 않았다. 머릿속으로 목표를 설정하고 행동으로 옮기는 것만이 나의 소망을 이루기 위한 전부라 여겼다. 목표를 글로 적는다는 것이 내 꿈을 이루는 과정에서 별로 중요하게 생각되지 않았다. 그러나 지금 이 순간, 바라는 무언가를 글로 적지 않고 이루어낼 수 있다는 사실은 결코 믿지 않게 되었다.

세계적으로 가장 유명한, 나의 멘토이자 롤모델인 브라이언 트레이시의 말에 따르면 성인 중 97퍼센트가 문서로 된 목표목록을 가지고 있지 않다고 한다. 그러면서 우리가 빈 종이에 우리의 목표를 적기만 한다면 우리는 동시대인 중에서 상위 3퍼센트에 속할 수 있다고 말한다. 간단히 말해 종이와 펜을 가지고 10분만 투자하면 최고 엘리트 계층의 일원이 된다는 말이다. 이 말을 처음 접하게 되었을 때 나는 이렇게 반문했다. 만약 효과가 없다면? 그러자 몇 페이지 뒤에 그의 대답이 적혀 있었다.

"만약 효과가 없으면 우리는 종이 한 장과 몇 분의 시간을 잃는 셈이다. 하지만 만약 이 목표적기가 효과가 있으면, 인생이 완전히 달라질 것이다."

앞에서도 말했듯이 종이에 뭔가를 적는다는 행위는 우리의 무의식에 각인시킬 수 있는 가장 좋은 방법이다. 글을 쓴다는 것은 머리와 손과 가슴이 혼연일체가 되어 움직이는 행위다. 따라서 나의 집중력이 최고로 발휘되는 시간인 셈이다. 목표를 글로 적는다는 것은 내가 바라고, 이루고 싶은 것들에 대한 열망을 강력한 신호로 만들어 무의식에 전달하는 과정이다. 글로 보여진 이상 무의식은 이미 나의 소망을 이루어진 현실로 받아들인다. 따라서 앞으로의 모든 생각과 말과 행동을 이미 이루어진 소망에 맞추어 움직이게 만든다. 나는 목표를 향해 나아가고 있지만 무의식은 목표로 하여금 우리에게 다가오도록 잠재력을 발휘해 주는 것이다.

바로 여기에도 그 유명한 80:20의 법칙이 적용되어진다. 처음 목표를 세웠을 때, 그것이 크고 위대한 목표일수록 시작은 초라할 수 밖에 없다. 온 힘을 다해 하루, 그리고 이틀 목표를 향해 나의 노력을 경주하지만 그 길은 멀고도 험하게만 느껴진다. 도무지 현실감이 없다. 어쩌면 이루어지지 못할 지도 모르겠다는 나약한 마음이 들기 시작한다. 그것은 당연한 심리다. 목표를 향한 여정에서 처음 우리가 행하는 80퍼센트의 노력으로는 불과 20퍼센트의 거리밖에 도달하지 못한다. 그러나 그 후에는 불과 20퍼센트의 노력만으로도 80퍼센트의 거리를 충분히 완주할 수 있게 되는 것이다. 대부분의 사람들이 80퍼센트의 노력을 기울인 후 자신이 고작 20퍼센트의 거리밖에 전진하지 못했음을 확인하고는 포기해 버리고 만다. 남아있는 80퍼센트의 거리는 지금까지의 노력과 상관없이 한 발 자국만 더 움직이면 된다는 사실을 깨닫지 못하고 말이다.

삶의 목표를 설정하는 일은 대단히 중요하다. 진정 바라는 일을 찾고 그것을 이루기 위한 가슴 속의 열망을 불태워야 하며, 시작에 앞서 반드시 글로 적어보자. 이것은 모든 성공의 가장 밑바탕에 가리워진 초석이다. 확실하고 튼튼할수록 소망을 이루기 위한 시간과 노력이 훨씬 줄어든다는 사실을 명심해야 할 것이다.

06

어떤 사람이 되고자 하는가

———

부모가 자식을 키우는 마음으로 우리는 스스로를 돌보아야 한다.
이 세상에 나보다 소중한 존재는 없다. 엄청난 경쟁률을 뚫고 세상에 태어나
무엇 하나 이루지 못하고 떠날 수는 없는 노릇이다.

결혼을 앞둔 두 남녀가 있다. 각자의 집안에
인생의 반려자가 될 사람을 소개하는 시간을 가졌다. 두 사람은 먼저
여자의 집을 방문했다. 간단한 인사를 마치고 저녁식사를 한 후 차를
마시며 장차 장인이 될 사람이 남자에게 물었다.

"자네는 어떤 사람인가?"

"예, 저는 지금 대한병원에서 소아과의사로 일하고 있습니다."

장인은 매우 만족스러워하며 두 사람의 앞날을 축복해 주었다.

다음 날, 두 사람은 남자의 집으로 향했다. 이번에도 마찬가지로 시
아버지가 될 사람이 여자에게 물었다.

"자네는 어떤 사람인가?"

"예, 저는 교육학을 전공하고 지금은 유치원에서 아이들을 가르치

고 있습니다."

시아버지도 마찬가지로 흡족해하며 두 사람의 미래를 반겨 주었다.

두 사람은 결혼한 후 부족하지 않을 만큼 돈도 벌었으며 계획한 대로 두 명의 자녀를 낳아 행복하게 살았다. 그런데 몇 년의 시간이 흐른 후 뜻하지 않은 불화가 생기기 시작했다.

남자는 참을성이 부족하고 성격이 급해서 아내와 아이들에게 늘 잔소리가 심했다. 여자는 외모에 너무 지나친 신경을 기울이는 탓에 가정의 일을 소홀히 하기 시작했다. 부부의 불화는 자연스럽게 아이들에게까지 영향을 미쳤고 집안의 분위기는 심하게 악화되고 말았다. 결국 두 사람은 이혼하게 되었고 두 아이는 한 명씩 따로 맡게 되어 화목했던 가정은 부서지게 되었다.

남자와 여자는 어릴 때부터 가졌던 자신의 꿈을 이루기 위해 혼신을 다했다. 그 결과 남자는 의사가 되었고 여자는 유치원 교사가 될 수 있었던 것이다. 끊임없는 노력과 목표를 향한 지칠줄 모르는 열정이 두 사람의 삶을 성공에 이르게 했던 것이다.

우리는 직업으로 그 사람의 모든 것을 평가하는 사회에 살고 있다. 남자의 직업이 의사라면 대부분의 여자 집안에서 두 손들고 환영할 만하다. 여자의 직업이 유치원 교사라는 것도 마찬가지며, 수입이 안정적이고 전문적인 분야일수록 인생의 동반자로서 자격을 충분히 갖추었다고 보게 된다. 이것은 부정할 수 없는 문제다. 만약 당신이 딸을 가진 부모의 입장으로서 사위가 될 만한 재목을 고르는 중인데 남자의 직업이 막노동꾼이라면 쉽게 딸을 내어줄 수 있겠는가?

생계를 위한 안정적인 수입원을 가진 능력있는 사람이 대우받는 현실에 반목할 마음은 없다. 나 또한 자식을 키우는 부모의 입장이기에 절대적으로 공감하는 부분이다. 그러나 내가 하고싶은 이야기는 그 사람의 직업이 모든 것을 말해줄 수는 없다는 사실이다. 사람을 판단할 때는 그 사람의 직업도 중요하지만 그에 앞서『어떤 사람』인가에 대한 고찰이 필요한 것이다.

위에서 예로 든 바와 같이 어떤 사람인가에 대한 질문에 대해 우리는 자신의 직업을 이야기하는 관습을 가지고 있다. 의사라는 직업이 그 사람의 모든 것을 나타내주는 말이 되어 버린다.

"성격이 다소 급하고 인내력이 부족하긴 하지만 일에 대한 열정만큼은 누구보다 강하며, 특히 책임감이 뛰어나 사소한 문제들로 인해 가족을 저버리는 일은 절대로 없을 겁니다."

어떤 사람인가에 대한 질문에는 이런 대답이 어울린다. 직업이 무엇이냐고 묻는다면 당연히 의사라고 대답해야 하지만 어떤 사람인가라는 말은 직업을 묻는 말이 아니다.

우리는 살면서 수많은 선택을 하며 성장한다. 어떤 학교에 진학할 것인가, 어떤 회사에 취직할 것인가, 어떤 집, 어떤 자동차를 살 것인가, 어떤 배우자를 선택할 것인가 등등 거의 매일이 선택의 연속이다. 그럼에도 불구하고 정작 자기자신은 어떤 사람이 될 것인가에 대해 진지하게 고민해 본 적은 한 순간도 없었던 것 같다. 물론 사회적 인식이나 분위기가 어떤 사람이 될 것인가 보다는 어떤 구색을 갖추느냐에 더 초점이 맞추어져 있는 것도 사실이다. 그러나 자칫 형식이나 틀에만 지나치게 얽매이다 보면 정말로 중요한 자신의 모습을 잃게 될 수도 있다.

각박하고 바쁜 생활 속에서 현대인들은 스스로의 정체성을 잃는 경우가 많다. 거창하게 철학적으로 나는 누구이고 어디서 왔으며 어디로 가고 있는가 하는 문제를 다루고자 함이 아니다. 최소한 내가 바라는 이상적인 인간형을 가슴에 품고 닮아가기 위해 최소한의 노력을 기울여야 하는 것이라고 주장하고 싶다.

평생토록 어려운 공부를 해서 검사라는 꿈을 이루고도 성적인 질병을 이기지 못해 패가망신하는 경우도 볼 수 있으며, 힘겹게 의사로 성공하고서도 도박과 마약에 취해 비틀거리는 안타까운 인생을 보기도 한다. 화려한 겉모습 뒤에 감추어진 나약한 정체성으로는 올바른 삶을 살아갈 수가 없다.

나는 감옥에서, 그리고 막노동을 하면서도 매일 책을 읽었고 지금도 내 옆에는 도서관에서 빌린 책들이 쌓여있다. 어떤 사람이 되고자 하는가에 대해 나름의 방법을 추천한다면 나는 절대적으로 독서라고 말하고 싶다. 책을 읽는 것이 삶에 꼭 필요하고 도움이 된다는 당연한 사실을 나까지 소리높여 말할 필요는 없을 것 같다.

나도 어렸을 때부터 책과는 담을 쌓은 사람이었다. 두꺼운 책은 베게삼아 잠을 청하는데 이용했고, 그 유명한 홍길동, 신데렐라, 백설공주도 단 한 번 제대로 끝까지 읽어본 적이 없는 사람이었다. 내가 책을 찾은 것은 살기 위해서였다. 한치 앞도 보이지 않을 만큼 막막하고 처참한 현실 앞에서 제발 살려달라고 아우성칠 만한 상대조차 전혀 없었기에 책을 펼쳐보는 것만이 모든 것을 잃어버린 내가 할 수 있는 유일한 방법이었다.

책 속에는 모든 것이 녹아있었다. 책은 사람들의 경험 그 자체이다. 온 세상 사람들의 경험이 모두 집약된 것이 바로 책이다. 만약 당신이 다른 사람들에 비해 아주 특별하고 희귀한 경험을 하고 있다고 가정해 보자. 장담컨대 지금 당신의 경험 또한 반드시 누군가의 손에 의해 이미 책으로 엮어졌을 것이다. 우리가 안고 있는 모든 문제는 이미 누군가가 먼저 경험한 것이고, 또 틀림없이 해결했을 것이며, 그 답은 책 속에 있을 것이다. 재미를 위해, 마음의 양식을 쌓기 위해, 정보를 얻기 위해 우리는 책을 읽는다. 결국 독서를 하는 근본적인 이유는 간접 경험이다. 백년도 되지 않는 삶에서 우리가 직접 경험할 수 있는 일들은 한계가 있다. 단지 우리가 직접 겪는 일들로만 세상을 보게 된다면 지나치게 편협하고 단순한 사고로만 판단하게 될 지도 모른다. 이미 세상을 살다 간 수많은 위대한 존재들로부터 몇 백년, 몇 천년 동안의 그들의 경험과 삶의 노하우를 불과 몇 시간만에 얻을 수 있으니 인생의 지혜를 찾는데 이보다 더 훌륭한 방법이 또 있을까.

부모에게 있어서 자식보다 소중한 존재는 없다. 아이를 낳은 후 홀로서기까지 부모는 자신의 모든 것을 기꺼이 바친다. 아무런 보답도 바라지 않는 무조건적인 사랑이다. 더우면 부채질을 해주고 추우면 따뜻하게 감싸준다. 상처를 입으면 약을 발라주고, 다리가 아프다면 업어준다. 하루 세끼 식사를 챙겨주느라 자신은 배고픈 줄도 모른다. 금이야 옥이야 온갖 정성을 기울여 소중한 자식을 키워낸다.

부모가 자식을 키우는 마음으로 우리는 스스로를 돌보아야 한다. 이 세상에 나보다 소중한 존재는 없다. 엄청난 경쟁률을 뚫고 세상에 태어나 무엇 하나 이루지 못하고 떠날 수는 없는 노릇이다. 우리가 이 세상에 온 것은 반드시 그 이유가 있기 마련이고, 절대적 사명을 띄고 있다는 사실을 명심해야 한다. 다만 아직까지 그것을 찾지 못했을 뿐이다. 내 존재의 소중함을 깨닫는 순간 삶을 바라보는 눈이 달라진다. 아무렇지도 않게 행했던 사소한 생각이나 말과 행동들이 허투루 느껴지지 않는다. 살아있음이 감사하고 눈에 보이는 모든 것들이 눈물겹도록 아름답다. 과거에 나를 알았던 친구들이 이런 나의 말을 듣는다면 믿지 못할 것이다. 그 만큼 나는 삶을 진지하게 바라보지 않았고 내 삶을 소중하게 여기지 않았었다.

이토록 소중한 나의 삶에 정성을 쏟는 것은 당연한 일이다. 부모가 자식에게 정성을 다하는 것은 무엇보다 소중하기 때문이다. 내 자신에게 관심과 애정을 갖는 것은 너무도 당연한 일임에도 불구하고 소홀히 대하는 사람들이 대부분이다. 진지하게 자신의 삶을 돌아보고, 늘 내면의 소리에 귀를 기울이며 살아 숨쉬고 있음에 감사하는 마음을 가져야만 한다. 그렇게 함으로써 나라는 존재가 지닌 근본적인 욕구와 잠재력을 이끌어낼 수 있다.

자신이 바라는 인간상에 도달할 수 있는 방법으로 독서를 권했다. 책을 읽는 것보다 훨씬 더 차원이 높고 목표에 도달할 수 있는 시간과 노력을 급격하게 줄일 수 있는 방법이 바로 글쓰기다. 나는 글쓰기를 통해 내 자신의 삶이 이토록 소중하고 세상의 중심에 내가 있으며 무엇보다 내가 최고라는 마음가짐을 가질 수 있었다. 독서가 다른 사람들의 삶의 지혜를 배울 수 있는 최고의 방법이라면, 글쓰기는 내가 다른사람들의 삶을 행복하게 만들어 줄 수 있는 최선의 방법이라 할 수 있다. 다른 사람들의 글을 읽고 내 삶이 바뀔 수 있었다면, 누군가는 내가 쓴 글을 읽고 자신의 삶을 더욱 행복하고 가치있게 바꿀 수도 있다는 점을 깨달아야 한다. 그렇다고 해서 무슨 거창한 글을 쓴다거나 문학적 가치가 높은 위대한 작품을 쓰라는 것이 아니다. 그저 자신이 겪은 삶의 경험을 있는 그대로 글 속에 담으면 된다. 우리들 각자가 겪은 경험은 세상 어느 누구도 경험해보지 못한 고유의 그것이며, 이것은 어쩌면 누군가에게 큰 힘이 되어줄 지도 모른다. 내가 쓴 글이 누군가에게 용기와 희망을 줄 수 있다는 생각을 믿기만 한다면 글을 쓴다는 것이 얼마나 가치있고 행복한 일인가를 깨달을 수 있을 것이다.

어떤 직업을 갖느냐 하는 것도 물론 중요한 문제이긴 하지만 그보다 앞서 어떤 사람이 되느냐, 얼마나 가치있는 삶을 살아가느냐 하는 것이 우리가 고민하고 선택해야 하는 훨씬 더 차원높은 이상이 아닌가 생각한다.

07

우연은 없다

모든 결과에는 원인이 있다.
삶은 우리가 생각하고 말하고 행동하는 모든 행위들의 결과들로 이루어진다.
내 주변에서 일어나는 모든 일들의 원인은 나에게 있다.

최악의 상황이 닥쳤음을 깨달았을 때에는 이미 너무 늦어 버렸다. 10년간 일해서 모은 전 재산을 한 순간에 잃어버렸고 산더미 같은 빚만 남아있을 뿐이었다. 뭔가를 해보려는 의지는 전혀 없었고 마치 꿈을 꾸고 있는 듯 했다. 믿어지지 않았으며 잠을 자고 일어나면 모든 것이 제자리로 돌아와 있을 것만 같았다. 매일 술에 취할 수 밖에 없었고 술 없이는 잠을 이루지도 못했다. 돌이켜보면 참 어리석고 멍청한 시간들이었다.

그 당시 내가 미쳐 있었던 것은 술 말고도 한 가지가 더 있었는데 그것이 바로 복권이다. 평범한 삶을 살아가는 사람들에게 복권은 그저 일주일에 한 번쯤 재미삼아 기대해 보는 즐거움이지만 당시의 나에게는 목숨을 걸고 당첨되기를 기대해야만 하는 마지막 카드일 수 밖에 없었다. 우습게도 최악의 상황에 직면하게 되니 마치 이번 주에는 꼭 내가 당첨될 것만 같다는 환상이 강하게 되풀이 되었고, 복권에 당첨되기만 하면 모든 상황을 되돌릴 수 있다는 망상으로 매일의 생활은 더욱 엉망이 되어갔다. 매주 토요일밤이 지나고 나면 악몽같은 일주일을 다시 시작해야만 했다. 아마 내 생애 가장 고통스럽고 무의미한 시간들이 아니었나 싶다.

마흔 다섯 개의 번호 중에서 여섯 자리의 번호를 똑같이 맞추어야 한다는 것을 확률로 받아들이는 사람들이 많다. 팔백만분의 일이라는 확률, 어쩌면 그 주인공이 내가 될 수도 있다는 생각을 지극히 현실적으로 느끼고 있다는 말이다. 두 사람이 마주앉아 1부터 45까지 번호가 적혀진 카드를 바닥에 뒤집어 놓고 섞는다. 먼저 상대방이 그 중에서 여섯 장의 카드를 골라 번호를 적고 다시 뒤집어 섞은 후 이번에는 내가 여섯 장을 고른다. 두 사람이 고른 여섯 개의 카드가 정확히 일치할 수 있을까.

이런 사실을 받아들임에도 불구하고 우리는 매주 복권을 산다. 어떤 방식으로든 매주 당첨자는 분명히 나오고 있으니까 말이다. 그게 내가 될 지도 모른다는 생각만큼은 버릴 수가 없는 것이다. 복권에 당첨되는 것은 확률이 아니라 우연이다. 동전이나 주사위를 던지는 게임이야 확률이란 용어를 사용하는 것이 맞을지 모르겠지만 복권당첨을 확률로 이해하기에는 경우의 수가 천문학적으로 많다는 뜻이다. 우연이란 길을 가다 뜻하지 않게 옛 친구를 마주치게 되는 정도를 말한다. 우리 삶을 그런 우연에 맡길 수는 없는 노릇이다.

세상의 중심에 내가 있고 모든 원인은 나에게 있다는 생각을 가져야 한다. 다시 말해 우리 인생을 움직일 수 있는 힘은 오직 자기 자신만이 손에 쥐고 있는 것이다. 어쩌다 한 두 번 발생하게 되는 우연에 기대 소중한 내 삶을 곪게 해서는 안된다. 중요하게 여겨야 할 사실은 우리 자신의 내부에 잠들어 있는 잠재력과 무의식의 힘, 그것이 가진 능력은 무한하다는 것이다. 우리가 하고자 하는 일은 무엇이든 할 수 있으며, 도달하고자 하는 목표는 그게 무엇이든 반드시 이루어낼 수가 있다. 이런 강력한 힘을 가지고 있음에도 불구하고 굳이 우연이란 불확실한 단어에 생을 맡길 필요가 무엇 있단 말인가.

생활의 달인이라는 TV 프로그램을 즐겨 보던 때가 있었다. 거기에 출연하는 주인공들은 하나같이 자신의 일에 있어서 프로들이다. 접시를 닦는 손이 눈에 보이지 않을 정도이고, 주차하는 모습을 보면 김 한 장 들어갈 틈조차 없어보인다. 공중으로 날아오르는 생선은 정확히 손님의 장바구니에 들어가고, 복잡한 사람들 사이를 뚫고 지나가는 배달원은 마치 초능력의 소유자 같기도 하다. 우리는 그들을 바라보며 처음엔 신기해 하기도 하고 재미있어 한다. 그리고 그들의 대단한 능력에 박수를 보내기도 한다. 하지만 프로그램이 끝날 때쯤 보여지는 그들의 숨은 노력을 알고 나면 가슴 속에 진한 감동과 함께 저절로 고개가 숙여진다. 달인들은 그들의 직업에 있어서 오랜 시간 피나는 노력을 기울인 끝에 자신만의 노하우를 찾은 사람들이다. 다른 사람들이 영화를 보거나 TV를 시청하고 친구들과 즐거운 시간을 보내며 술 한 잔 기울일 때 달인들은 그런 대부분의 즐거움과 휴식을 포기한 채 치열한 삶을 선택했던 것이다. 바로 그 선택의 결과가 달인이라는 영광스런 이름으로 남아있게 만들어 준 것이다.

명심해야 할 것은 달인들이 가지고 있는 능력을 우리 모두 똑같이 가지고 있다는 사실이다. 그들은 힘겨운 준비과정과 피땀어린 노력을 통해 자신의 잠재력을 삶의 가운데로 이끌어냈을 뿐이다. 우리에게는 지금까지 살아오면서 알고 있는 자신의 능력보다 훨씬 위대하고 엄청난 능력이 숨어 있다. 모든 것을 할 수 있으며, 모든 것을 이룰 수 있다. 막노동을 하면서 매일 밤마다 4시간씩 글을 쓴다는 것이 어떻게 여겨질지 모르겠지만 나로서는 한계를 극복해 나가야만 하는 엄청난 노력이 필요했다. 꼭두새벽부터 열 시간 이상의 중노동을 마치고 집으로 돌아오면 허리가 끊어질 것 같다. 퉁퉁 부어오른 손은 제대로 쥐어지지도 않았으며, 발바닥은 아예 감각조차 없었다. 아무리 씻어내도 콧속으로 들어간 시커먼 먼지와 온 몸에 달라붙은 석면가루는 쉽게 떨어지지 않았다. 글을 쓰기 위해 컴퓨터 앞에 앉으면 눈꺼풀이 저절로 내려와 달라붙었다. 내가 쓰고 있는 글이 책으로 출간된다는 아무런 보장도 없는 상황에서 오직 나를 찾기 위해 쓰고 또 썼던 것이다.

예전에는 나도 성공한 사람들을 곱지 않은 시선으로 바라본 적이 많았다. 똑같은 조건에서 그들은 단지 운이 좋았을 뿐이라고 생각했다. 나도 지독히 열심히 살아가고 있는데 저들만 특혜를 보는 것 같아 시기와 질투심을 지울 수가 없었다. 그들의 뒤에 숨어 있는 오랜 시간 동안의 끊임없는 노력들이 나에겐 전혀 보이지 않았던 것이다. 박지성의 화려한 골만 볼 줄 알았지 과거의 피나는 노력은 볼 생각도 하지 않았다.

실패하는 사람들의 공통점이 바로 이것이다. 자신이 잘되면 노력의 덕분이고 남이 잘되면 운이 좋은 탓이라 여긴다. 자신이 잘못되면 운이 없다 여기고 남이 잘못되면 그럴 줄 알았다며 노력의 부족으로 치부한다.

성공에는 변하지 않는 절대적인 법칙이 있다는 사실을 이제야 겨우 이해할 수 있게 되었다. 그것은 우연이란 절대 존재하지 않으며 기울인 노력만큼의 결과가 반드시 주어진다는 사실이다. 조금 부족한 노력을 기울이고 만족스런 결과를 기대해서도 안되며 최선을 다했음에도 아무런 보상이 주어지지 않는 경우도 없다. 말 그대로 이것은 법칙이다. 변하지 않는 진리란 말이다. 어쩌면 이 말 즉, 성공에 이르기 위한 법칙이 존재한다는 사실이 우리에게 반가운 소식일 지도 모르겠다. 결국 내가 노력한 만큼의 보상은 반드시 이루어진다는 말이기 때문에 성공을 향해 나아가는 과정에서 전혀 의심할 필요가 없기 때문이다. 무한한 능력을 가진 내가 원하는 것을 이루기 위해 열망을 가지고 힘을 쓰기만 하면 반드시 이루어진다는 간단한 진리에 이르게 된다.

성공을 향해 나아가는 과정에서 또 한 가지 잘못된 습관을 가진 사람들이 있다. 그것은 성공한 사람들은 마치 그들만의 비법을 가지고 있을 거라고 착각하는 경우다. 나도 한때 이 잘못된 사고방식 때문에 많은 시간을 허비했던 기억이 난다. 성공에는 비법이 없다. 바로 이 사실이 절대적인 비법이다. 성공의 비법을 담고 있다는 수많은 책을 찾아 읽어보라. 거기에 적혀 있는 공통적인 글귀가 있을 것이다. 반드시 성공하리라는 절대적인 믿음을 갖고 끊임없이 노력하라! 피식 웃음이 나는 사람들이 있을 지도 모르겠지만 세상의 모든 성공한 사람들은 바로 이 단순하고도 명백한 진리를 실천에 옮긴 사람들이란 사실을 명심해야 할 것이다.

모든 결과에는 원인이 있다. 삶은 우리가 생각하고 말하고 행동하는 모든 행위들의 결과들로 이루어진다. 내 주변에서 일어나는 모든 일들의 원인은 나에게 있다. 앞으로의 삶을 어떤 모습으로 그려나갈

지는 전적으로 내가 어떻게 하느냐에 달려있다. 어쩌다 지금의 내 모습이 되었을까 라고 고민하는 것은 아무런 쓸모가 없다. 지나간 시간들은 바꿀 수 없다. 아픈 상처는 가슴 한켠에 묻어두고 이제는 앞을 바라보아야만 한다. 후회와 원망으로 흘려보내는 지금 이 순간들의 결과가 나의 미래다. 후회는 지금을 잃게 하고, 잃어버린 지금은 후회하는 미래를 만드는 악순환이 반복될 뿐이다. 선명한 목표를 정하고 글로 적어 머릿속에 각인하며 그 목표를 향해 쉬지 않고 노력할 때 미래는 화려하게 장식될 것이 분명하다.

비록 지금 시작하는 우리의 노력이 작고 보잘 것 없이 보일 수도 있겠지만 그것에 연연할 필요는 없다. 물이 증발하여 수증기로 변하고 하늘로 올라가는 모습은 눈에 보이지도 않는다. 그러나 하늘에서 뭉쳐진 거대한 구름은 세상을 물바다로 만들어 버릴 만큼 강력한 폭우를 쏟아내기도 한다. 당장 눈앞에 결과가 보이지 않는다고 해서 조급해하거나 실망할 필요도 없다. 언젠가 자신이 쏟은 땀의 가치를 느끼게 될 만한 성과가 반드시 돌아오니까 말이다.

소설을 쓰겠다고 결심한 후 지금까지 내가 쓴 작품은 모두 네 편이다. 그 질적인 측면으로 보자면 누군가에게 보여주기 창피스러울 만큼 유치하기도 하고 문장력이 형편없기도 하다. 그러나 나에게는 그 무엇보다 소중한 나의 '작품' 들임에 분명하다. 양적인 부분만 말하자면 나의 소설 네 편은 A4용지로 400매가 된다. 글자의 크기는 모두 10포인

트 기준이다. A4용지 한 장이 대략 원고지 8매 정도라고 하니 원고지로 환산하면 3,200매가 되겠다. 물론 전문적인 작가나 글쓰기를 업으로 삼는 사람들에게 이 정도는 아무 것도 아닐지 모르겠지만, 매일 막노동을 해가며 밤마다 써내려간 소설이란 점을 잊지 말아 주길 바란다. 그 많은 양을 쓰는 동안 나는 어떤 결과를 바라고 있었을까. 소설을 책으로 출간하고 베스트셀러가 되어 해외로 판권이 수출되며 영화와 뮤지컬로 제작될 거란 기대를 전혀 하지 않았다면 거짓말이겠지만 그저 재미있는 상상 정도로 그칠 뿐이었다. 왜냐 하면 그 소설들을 쓰는 과정에서 나는 이미 내가 얻을 것을 모두 얻었기 때문이었다. 글은 많이 쓸수록 문장력이 늘어난다. 아직도 많이 부족하긴 하지만 최소한 사람들에게 나의 뜻을 쉽게 전하는 데에는 불편함이 없다고 스스로 생각한다. 당장 책으로 낼 수 있는 것도 아닌데 뭣하러 글을 쓰고 있는 것인가 라는 생각을 하고 있었다면 아마 나는 결국 글쓰기를 포기하고 말았을 것이다. 작가가 되겠다는 꿈, 그리고 세계적인 동기부여 전문 강사가 되겠다는 나의 소망 앞에서 당장의 결과는 큰 의미가 없었기 때문에 계속 글을 쓸 수 있었고, 지금은 작가가 되었다.

끊임없는 노력은 절대로 배신하지 않는다. 인생의 모든 성공 방정식은 단순한 진리에 담겨 있다. 목표를 정하고 계속 노력하면 이루어진다는 기본적인 진리를 가슴에 새기고 한 걸음 더 나아가야 한다.

08

실패는 두려운 존재가 아니다

아무리 강도가 센 실패가 다가오더라도
그 뒤에 숨어있을 성공이나 또 다른 가치들에 대한 확신이 있기 때문에
오히려 두 팔 벌려 환영할 수 있다.

두려움은 사람을 움츠러들게 만든다. 도전하고자 하는 의욕을 상쇄시키며 더 나은 삶을 포기하게 만든다. 한 발자국도 앞으로 나가지 못하게 묶어버리고 몸과 마음을 병들게 한다. 모든 일에 있어서 두려움은 가장 강력한 적이며 극복해야만 하는 장애물이다.

두려움의 종류에는 여러 가지가 있다. 실패에 대한 두려움, 다른 사람들로부터 비판을 받게 될 지도 모른다는 두려움, 자신의 비밀스런 치부가 드러나게 될 지도 모른다는 두려움, 일이 잘못 되어 더 큰 시련과 고통을 받게 될 지도 모른다는 두려움, 내가 가진 것을 잃게 될 지도 모른다는 두려움 등 그 수가 헤아릴 수 없을 정도다. 육체적인 두려움은 물론이고 정신적인 두려움까지 모두가 우리를 나약하고 불안에

떨게 만든다.

인간이 느끼는 두려움의 종류가 이토록 많음에도 불구하고 과학적으로 증명된 원초적 두려움은 두 가지 뿐이라고 한다. 하나는 소리에 대한 두려움이며 다른 하나는 높이에 대한 두려움이라 한다. 한밤중에 인적이 드문 산길을 걷고 있을 때 주변에서 뭔가 수상한 소리가 들려오면 우리는 두려움에 떨게 된다. 30층의 건물 꼭대기에서 아래를 쳐다보면 아찔함을 느끼게 된다. 이 두 가지는 인간의 본성에 따른 근본적인 두려움이기 때문에 근본적으로 제거할 수는 없을 것 같다. 소리를 지르거나 깜짝 놀라는 정도로 두려움에 반응하는 우리 몸을 있는 그대로 적응시킬 수 밖에 없다.

이 두 가지를 제외하고서 우리가 느끼는 모든 두려움은 경험에서 비롯된 것이라 할 수 있다. 누군가에게 세게 한 대 얻어맞은 경험이 있다면 주먹을 들어올리는 위협만으로도 몸이 움츠러들게 된다. 뜨거운 불길에 손이 닿아본 사람들은 불이라는 존재가 위험하다는 사실을 알게 된다. 아주 어렸을 적부터 직,간접적으로 경험한 것들에 의해 우리는 두려움이란 감정을 가슴에 간직하게 되었다.

사업에 실패한 직후부터 엄청난 빚 독촉에 시달리기 시작했다. 특히 사채업자들의 독촉은 집요하면서도 악랄했고 숨도 쉴 수 없을 정도로 그 압박이 강했다. 모든 것을 잃고 나약할 대로 나약해진 당시의 나는 매일 그들에게 빌고 애원하기를 반복했었다. 어쩌다 마련한 금쪽같은 돈 마저 말도 안되는 크기의 이자로 뜯기면서도 한 마디 따져묻지를 못했다. 달라는 대로 주면서도 빚은 전혀 줄지 않았다. 부당하고 원통하다고 생각하면서도 아무런 대응을 하지 못한 채 그들에게 끌려다닐 수 밖에 없었다. 영화나 드라마에서 비슷한 모습을 보게 되면 저런 바보같은 녀석이 있나 하며 혀를 찼지만 막상 내 앞에 닥친 현실을 마주하고 보니 도저히 그럴 용기가 나지 않았다. 적당히 타협하고 눈앞의 위기만 피해가면 된다는 생각으로 현실을 회피했고 그럴수록 더 큰 굴욕감과 절망감만이 쌓여갈 뿐이었다.

모든 것을 내려놓고 삶을 정리하겠다고 마음먹었을 때에야 비로소 한심한 내 모습을 똑바로 알아차릴 수 있었다. 나는 사채업자들에게 속된 말로 호구였던 것이다. 달라면 달라는 대로 내주었고, 불법적인 행위임을 알면서도 한 마디 대항하지도 못했기 때문이다. 스스로가 얼마나 어리석고 멍청했었는지 지금 생각해 보아도 온 몸이 붉어진다. 도대체 뭐가 그렇게 두려웠던 것일까!

두려움은 우리로 하여금 포기를 하게 만드는 최악의 적이다. 두렵기 때문에 포기하고 만다. 그러나 포기를 하게 된 이유가 두려움 때문이란 사실을 결코 인정하지 않는다. 포기를 했다는 사실조차 받아들이지 않을 때도 있다. '생각을 바꾸면 인생이 달라진다' 라는 책의 저자인 예린홍은 신 포도 반응이란 이름으로 아래와 같은 예시를 들었다.

너무나 굶주린 여우 한 마리가 몰래 포도밭에 들어갔다. 포도는 아주 탐스럽게 익어 있었고 햇빛을 받아 보석처럼 반짝였다. 여우는 먹고 싶어 견딜 수가 없었다. 하지만 너무 높이 달려 있어 어떻게 해도 따먹을 수가 없었다. 한껏 약이 오른 여우는 이리저리 머리를 굴려보았지만 뾰족한 수가 생각나지 않았고 오히려 힘만 빠져 배만 더 고파졌다. 여우를 이리저리 맴돌다 결국 포기하고 포도밭을 나왔다. 여우는 스스로를 위로하며 투덜거렸다.

"저까짓 포도 누가 먹기나 하겠대? 보기에만 맛있어 보이지 분명 신 포도일 거야. 먹었다간 분명 이빨까지 썩어버릴 걸. 차라리 안 먹는 게 나아."

우리는 스스로 포기한 일에 대해 최대한 과소평가 한다. 포도를 먹기 위해 좀 더 용기를 내어 힘껏 점프를 하거나 직접 높은 곳으로 올라가는 노력을 시도하지 않는다. 먹고싶다는 마음만 가득할 뿐 위험을 감수하고 포도를 따겠다는 도전은 전혀 하지 않는다. 포기하고 좌절한 후 포도의 맛을 과소평가하며 스스로를 위로한다.

두려움이란 물러서야 할 감정이 아니라 맞서야 할 상대다. 맞서서 열심히 싸워야 할 존재가 아니라 그저 맞서는 순간부터 사라지는 감정임을 명심해야 한다. 아무리 두려운 마음이 들더라도 정면으로 마주서게 되는 순간 그것은 깜쪽같이 사라진다.

자전거를 타다가 넘어지면 상당히 아프다. 특히 무릎이나 팔꿈치같은 관절이 땅바닥에 부딪치면 정신을 차리기 힘들 정도로 욱신거리기도 하고, 심하면 깁스를 하거나 수술을 해야 할 지도 모른다. 그래서 처음 자전거를 배울 때에는 당연히 넘어지고 다치는 상황에 대한 두려움을 안을 수 밖에 없다. 그렇지만 막상 안장 위에 올라 자전거를 타기 시작해 보면 넘어지고 다치는 상황에 대한 두려움은 전혀 없다. 재미있고 신나게 달리는 자전거의 매력에 푹 빠지고 만다. 만약 그런 두려움 때문에 자전거 타기를 회피한다면 죽을 때까지 자전거를 배울 수 없다.

프로야구 선수들, 특히 투수가 던지는 공의 속도는 시속 120킬로미터가 넘는다. 만약 그 공에 얼굴이나 몸이 맞게 되면 얼마나 치명적일까. 생각만 해도 아찔하다. 운동선수들은 몸이 생명일텐데 그 많은 타자들은 무서워서 어떻게 타석에 들어서는 걸까.

스피드 스케이트 선수들이 빙상 위를 질주하는 모습을 보면 내 마음까지 시원해 진다. 말 그대로 쾌속질주를 보는 듯 하다. 그들이 신고 있는 스케이트의 날은 칼이나 도끼보다 날카로워 보인다. 여러 명의 선수들이 질주하던 중에 넘어지고 부딪치면 그 스케이트 날이 너무나 위험하지 않을까. 도대체 스케이트 선수들은 무슨 정신으로 그 위험한 스포츠에 인생을 걸었단 말인가.

축구선수들이 차는 공에 맞으면 시력을 잃을 수도 있고 코뼈가 내려앉을 수도 있는데 그들은 제정신으로 축구를 하는 것일까.

아이를 낳다가 잘못 될 수도 있는데 왜 위험을 무릅쓰고 출산을 할까.

회사에 가다가 교통사고로 죽을 수도 있는데 왜 위험을 감수하고 매일 출근을 할까.

어떤 질병에 걸려 죽을 지도 모르는데 우리는 왜 살고 있을까.

두려움을 느끼기 시작하면 끝도 없다. 어쩌면 그것은 두 가지의 원초적 감정을 제외하고는 모두 우리가 만들어낸 허상일 지도 모르겠다. 보이지 않고, 실존하지 않는 감정 그 자체일 뿐이란 말이다. 다만 어떤 일에 있어서 포기하거나 좌절할 만한 핑계거리를 찾지 못해 만들어낸 유용한 도구일 수도 있다.

실패에 대한 두려움을 안고 사는 사람들이 꽤 많은 듯 했다. 나는 거의 병적으로 실패를 인정하지 못하는 성격이었다. 대기업의 명함과 먹고 살 만큼의 소득수준이 나를 그렇게 만들었던 것인지도 모르겠다. 진정 하고 싶은 일에 도전한다는 것 자체가 나에겐 아무런 의미가 없었다. 혹시라도 실패하게 된다면 이란 생각이 머릿속에 가득차 있었기 때문이다. 그럼에도 회사를 그만두고 엉뚱한 사업에 손을 댄 것은 돈에 눈이 멀었기 때문이었다. 오히려 실패가 눈앞에 훤히 보였음에도 불구하고 그 때의 내 눈에는 아무 것도 보이지 않았었다. 그토록 실패를 두려워했던 내가 완벽하고 처절하게 실패를 경험하게 된 것은 비록 지금 생각이긴 하지만 아무래도 운명이었던 것 같다. 별 것 아니니까 한 번 온 몸으로 겪어보라는 신의 계시였을 지도 모르겠다. 아무튼 그렇게 폭삭 내려앉은 실패로 인해 나는 많은 것을 배울 수 있었다. 금전적인 손실, 마음의 상처, 지울 수 없는 기록들......실패가 가져다 준 결과물들은 아직도 내 어깨를 무겁게 하고 있다.

그런데 실패를 하게 됨으로 인해 내게는 없던 습관들이 생겼다. 그 첫 번째가 글쓰기다. 만약 실패가 없었더라면 나는 평생 글쓰기를 만나지 못했을 지도 모른다. 글쓰기를 만나지 못했더라면 지금처럼 내 삶이 소중하다는 생각도 전혀 하지 못했을 것이다. 지금 내가 가진 생각들은 앞으로의 삶을 누구보다 행복하고 가치있게 만들어 줄 것이기 때문에 굳이 따지자면 실패를 한 것이 다행인 셈이다. 두 번째 습관이 바로 더 이상 어떤 실패도 두렵지 않게 되었다는 사실이다. 얼마든지 부딪쳐볼 용기가 생겼다. 아무리 강도가 센 실패가 다가오더라도 그 뒤에 숨어있을 성공이나 또 다른 가치들에 대한 확신이 있기 때문에 오히려 두 팔 벌려 환영할 수 있다. 정면으로 부딪쳐본 실패의 경험이 내 삶의 소중한 자산이 된 것이다.

　물론 일부러 실패를 경험해볼 필요는 없다. 하지만 자신의 꿈과 소망을 이루어가는 과정에서 실패는 자연히 따를 수 밖에 없는 금붕어 똥과 같고, 결코 두려워하거나 회피해야 하는 존재가 아니란 사실을 명심해야 한다. 그 생긴 모습이 다소 험악하고 거칠다고 해서 미리부터 주눅들 필요가 전혀 없다. 실패와 마주해 본 모든 사람들의 의견이 공통적일 거라 믿는다. 주사는 맞기 전에는 두렵지만, 주사를 맞고 나온 사람들의 표정은 싱글벙글이다. 아무것도 두려워하지 말자. 세상이 나를 두려워하도록 눈을 크게 뜨고 달려가 보자. 그렇게 살아보니 두려움에 떨던 세월보다 훨씬 살만 하더라.

책 속에 길이 있다.
책은 나에게 모든 것을 주었다.
삶을 긍정적으로 바라보기 시작하였으며,
나에겐 또 다른 사명의식이 생겼다.
내가 책을 통해 절망과 시련을 이겨낼 수 있다는
마음이 생겼으니 다른 사람들에게도
내가 받은 선물을 전해주어야만 한다는
생각이 그것이었다.

03

소중한 삶을 대하는 태도

01

내 삶에 밥을 주자

하루 세끼 식사를 하는 것이 너무도 당연하듯 책을 읽는 것과
다른 사람의 말에 귀를 기울이는 것은 할까 말까 망설여지는 선택의
문제가 아니라 반드시 해야만 하는 필수 요소이다.

집에서 키우는 애완동물에게도 때가 되면 밥
을 준다. 내가 키우는 동물이 사랑스럽기도 하고 소중하기도 하며 삶
의 동반자로 여기기 때문이다. 소중하지 않다면 무엇하러 밥을 주겠는
가. 굶어죽든 말든 무슨 상관이겠는가 말이다. 배를 채워주는 것은 가
장 기본적인 삶의 조건이다. 내 인생이 가장 소중하다는 마음을 가졌
다면 이제부터는 내 삶이 배를 곯는 일이 없도록 해야 한다.

어린 아들과 함께 종종 등산을 한다. 산을 올라갈 때보다 내려올 때
가 더 조심스럽다. 길이 가파르고 미끄러워 넘어질 위험이 크기 때문
이다. 내려올 때는 항상 아들에게 이렇게 말을 한다.

"아빠 발자국을 그대로 보면서 따라 걷도록 해라. 그러면 안전할거

야."

책 속에 길이 있다. 우리가 안고 있는 모든 문제는 이미 겪은 사람들이 있고, 해결한 사람들이 있기 마련이다. 성공한 사람들의 발자취를 그대로 따라 가는 것이 성공에 이르는 가장 현명하고 빠른 길이다. 삶의 여정 동안 우리가 직접 경험할 수 있는 일들은 제한되어 있다. 그러나 책 속에는 무한한 세상이 펼쳐져 있으며 우리는 독서를 통해 짧은 시간동안 그것들을 모두 체험할 수 있다.

모든 것을 잃어버렸을 때 나는 꽤 오랜 시간 술에 빠져 있었다. 아침부터 저녁 늦게까지 술을 마셨으며, 술을 전혀 입에 대지 않은 날이 일 년에 열흘도 채 되지 않았었다. 술을 마시면 온전한 정신을 잃어버린다. 덕분에 내가 처한 현실을 회피할 수 있었고 머리가 아프도록 고민스럽지도 않았다. 시간은 잘도 흘러갔고 그렇게 나는 수렁 속에서 헤어나지 못하며 점점 깊이 빠져들었다. 알코올 중독자, 술주정뱅이라고 보아도 부족할 것이 전혀 없었지만, 대부분의 사람들이 그렇듯이 나 또한 스스로를 위로하며 최악은 아닌 것이라고 연민을 가졌었다. 조만간 모든 일이 괜찮아질 거야. 원래대로 되돌려지면 그 때 가서 술도 줄이고 다시 일상으로 돌아가면 되는 거지. 지금은 힘들어. 술이 유일한 친구가 되어주는 거야. 이렇게 혼자서 되뇌이는 동안 얼마나 내 삶이 형편없어졌는지 안타깝기 그지없다.

만약 내가 그렇게 술과 함께 흘려보낸 수많은 시간 동안 책을 읽었더라면 아마도 작가가 되겠다는 꿈을 좀 더 일찍 이룰 수 있지 않았을까 라는 아쉬움이 남는다. 평생토록 책을 읽는다고 하더라도 도서관에 채워진 책의 절반도, 아니 삼분의 일도 다 읽지 못할 것이다. 하루에 한 권씩 읽는다고 해도 일년에 365권 밖에 읽지 못하며 십년을 읽어도 3650권밖에 읽지 못한다. 삼십년을 매일같이 읽어야 만 권에 이를 수 있으니 책읽을 시간이 얼마나 부족하겠는가. 그럼에도 불구하고 우리나라 사람들은 한 달에 두 권도 채 읽지 않는다고 한다. 세상에서 가장 소중한 나의 삶에 한 달에 두 번도 밥을 주지 않으니 어찌 건강한 삶을 살고 있다고 자신할 수 있겠는가 말이다.

책을 읽으라고 권해보면 그런 말을 꺼내지도 말라며 두 손을 휘젓는 사람들이 많이 있다. 내가 만난 사람들 중에서 특히 생활이 힘들고 어려울수록 그런 경향이 더 큰 것 같았다. 너무나 안타까운 현실이다.

드라마나 영화에 등장하는 이른바 성공한 사람들의 집에는 항상 서재가 등장한다. 그 곳에는 온갖 책들로 가득차 있으며 주인공은 대부분 책 속의 문장을 줄줄 외우며 중요한 순간에 인용하기도 한다. 반면 삶의 무게에 지쳐 힘들고 어렵게 살아가고 있는 사람들의 초라한 집에서는 책보다 먼저 TV가 눈에 띈다. 당장 끼니를 걱정해야 할 정도로 빈곤하게 살고 있음에도 불구하고 방의 한 가운데에 떡하니 TV가 자리잡고 있다.

만약 이렇게 힘겹게 살고 있는 사람들이 어느 날 갑자기 복권에라도 당첨되어 큰 집과 살만한 여유를 가지게 된다면 책으로 가득찬 서재를 들여놓을까. 반면에 성공한 사람들이 실패에 부딪쳐 바닥의 삶을 살게 된다면 책을 멀리하고 TV앞에 앉아서 시간을 보낼까.

성공한 사람들은 성공했기 때문에 서재를 마련하고 책을 읽은 것이 아니다. 그들은 책을 읽었기 때문에 성공할 수 있었고 그래서 성공하기가 무섭게 서재를 마련했던 것이다. 또한 그들은 몇 번이고 다시 실패하더라도 이미 수많은 책을 통해 성공의 공식을 잘 알고 있기 때문에 TV앞에 앉아 멍청하게 시간을 보내는 짓은 하지 않는다. 책은 삶에 필요한 모든 진리와 지혜를 담고 있다. 눈이 아프다, 졸음이 몰려온다, 머리가 깨질 것 같다 등과 같은 허접한 핑계를 그만두고 당장 책을 사서 읽도록 하자. 눈앞의 현실이 송두리째 바뀔 것이다.

내 삶에 밥을 주는 또 하나의 방법은 바로 다른 사람들의 말에 귀를 기울이는 것이다. 6개월만에 사업을 몽땅 말아먹고 여기저기 돈을 빌리러 다니는 동안 나에게 조언을 해준 사람들이 꽤 많이 있었다. 하지만 나는 그들의 말에 전혀 귀를 열지 않았다. 오히려 나중에 사태가 해결되고 나면 어디 두고보자는 식으로 마음에 원한만 쌓아갔다. 아무것도 모르면서 괜히 내 삶에 끼어들려 하지 말라고 속으로 욕을 했었다. 네 인생이나 똑바로 살아라 하며 그들의 말을 신경쓰지도 않았다. 물론 내 눈이 이미 뒤집혀 있었기 때문이기도 했지만 아무튼 나를 위해 충고해 주는 말들을 하나도 듣지 않았기 때문에 그렇게 나는 세상의 뒤편으로 밀려나 버렸는 지도 모른다.

나에게 조언을 해주는 사람들을 평가할 필요는 전혀 없다. 고고한 학자나 명성이 자자한 대학교수의 말에만 귀를 기울여야 한다는 법도 없다. 오히려 나와 같은 평범한 삶을 살아가고 있는 동료들의 말을 귀 담아 듣는 것이 훨씬 효과적일지 모른다. 설령 그들의 말이 나의 문제 해결에 전혀 도움이 되지 않는다고 하더라도 그 마음만으로도 충분히 힘을 얻을 수가 있다. 어떻게 받아들이는가 하는 문제는 오직 내게 달 려있기 때문에 귀담아 듣고 난 후 선별해 나가면 그 뿐이다.

개인적으로 말을 많이 하는 사람을 별로 달가워하지 않는다. 무엇 에나 간섭하기 좋아하고 쓸데없는 말을 하루종일 조잘 거리는 사람들 은 무게가 없어 보이기도 한다. 자신이 무슨 말을 했는지 기억조차 못 하며 지키지도 못할 약속들을 쉽게 내뱉는다. 그런 사람들의 이야기에 까지 온 힘을 다해 귀를 기울일 필요는 없다. 그러나 나에게 닥친 문제 가 스스로의 힘으로 도저히 해결이 불가능하다고 판단될 때 진지하게 조언해 주는 주위 사람들의 이야기에는 반드시 마음을 여는 자세가 필 요하다.

대화를 해 보면 참 답답한 심정을 느끼게 되는 사람들이 있다. 자신의 고민을 털어놓으며 어떻게 했으면 좋을지 모르겠다고 한숨을 내쉰다. 나는 내 실패의 경험과 책을 통해 얻은 지혜를 여러 가지로 생각한 끝에 결론을 짓고 그에게 조심스레 말을 건넨다. 내 말을 들을 때는 열심히 고개를 끄덕이며 듣는 듯 하지만 이야기가 끝나고 나면 전혀 엉뚱한 반응을 보인다.

"앞으로 내가 무얼 하며 살아야 할지 모르겠어요. 이렇게 아무것도 하지 않고 통장에 있는 돈만 축내며 살아가는 내 모습이 너무 한심하기 짝이 없어요."

"하고 싶은 일이 무엇인지 생각해 보는게 좋겠어. 혹시 아직까지 하고 싶은 일이 무엇인지 찾지 못했다면 조금은 마음의 여유를 가지고 이것저것 경험해 보는 것도 좋지 않을까. 가능하다면 혼자서 며칠 여행을 다녀오는 것도 좋은 방법이 될 것 같은데......"

"휴......뭐 하고싶은 일도 없고, 뭘 해야 될 지도 모르겠고.....나 같은 놈은 죽어도 싸요. 암튼 다 짜증나고 답답해요."

정신병원에 가보는 것 말고는 방법이 없어 보인다. 마음을 열고 귀를 기울인다는 것은 조언을 해주는 사람의 말을 실천으로 옮겨보겠다는 의지를 갖는 것이다. 어차피 누가 무슨 말을 해도 따르지 않을 거라면 뭣하러 고민을 털어놓는단 말인가. 문제를 해결하는 방법은 여러 가지다. 가만히 앉아서 해결될 문제가 아니라면 무슨 방법이라도 취해 보아야 한다. 스스로의 머릿속에서 해결을 위한 방법이 전혀 떠오르지 않는다면 다른 사람들이 말해주는 방법에 따라 움직여볼 필요가 있다. 사람은 누구나 살아가면서 개인만의 고유한 경험을 하기 마련이다. 그래서 똑같은 문제를 놓고도 그 해결방법이 다양하게 나올 수 있다. 내가 알지 못하는 또다른 방법이 다른 사람들의 이야기를 통해 도출될 수도 있는 것이다. 나를 제외한 모든 사람들의 말을 무시할 거라면 차라리 모든 소통을 막아버리고 혼자서 끙끙 앓으며 시간을 보내는 것이 스트레스를 줄이는 방법이다.

경청, 즉 타인의 말에 귀를 기울이는 것은 이 세상을 살아가는 방법 중 대단히 유용한 것이 아닐 수 없다. 그것은 누군가에게 자신의 삶을 기대 편히 살아가고자 하는 것이 아니다. 경험의 공유를 통해 당면한 문제를 빠르게 해결하고 나아가서 나의 경험을 또 다른 누군가를 위해 전파할 수 있는 훌륭한 기회가 될 지도 모른다.

나는 엄청난 실패를 겪고서야 비로소 교훈을 얻었다. 역경을 겪으며 박살이 나서야 비로소 변화가 필요함을 알게 되었다. 세상의 모든 사람들이 나처럼 혼쭐이 나고서야 성공하는 것은 아니다. 실패가 주는 교훈도 상당히 값지긴 하지만, 그렇다고 해서 하지 않아도 될 실패를 굳이 경험할 필요는 없다. 독서와 경청은 타인의 경험을 내 것으로 소화할 수 있는 최선의 방법이다. 독서와 경청을 통해 내가 겪은 참혹한 실패를 피해갈 수 있다면 당연히 그렇게 하는 것이 옳지 않을까.

독서와 경청은 내 소중한 삶에 밥을 주는 행위와 같다. 하루 세끼 식사를 하는 것이 너무도 당연하듯 책을 읽는 것과 다른 사람의 말에 귀를 기울이는 것은 할까 말까 망설여지는 선택의 문제가 아니라 반드시 해야만 하는 필수 요소이다. 성공을 향해 가는 여정에서 독서와 경청은 빠질 수 없는 우리의 습관이 되어야만 한다.

02

매일 성장하는 삶

목표를 세우는 것은 성공에 이르기 위해
반드시 필요하며 중요한 과정이지만 실천이 따라주지 않는다면
그것은 시간낭비에 불과하다.

열 두 살인 아들의 키가 하루가 다르게 크고
있다. 한쪽 벽면에 키를 표시해 두고 있는데 어느새 나와 머리 하나 정
도밖에 차이가 나지 않을 정도로 커버렸다. 제 엄마의 덩치보다는 훨
씬 더 커버려서 이제 어른들의 옷과 사이즈를 같이 입게 되었다.

사람은 태어나서 나이가 들어감에 따라 성장한다. 키는 물론이고
마음까지도 지속적으로 커 나간다. 어느 순간 성인이 되고 남녀 신체
적으로는 더 이상 변화가 없지만 마음은 계속해서 연륜이 쌓여간다.
여기서 우리가 주목해야 할 사실 하나는, 몸과 마음이 성장해 가는 동
안 우리의 능력 또한 함께 성장해 간다고 착각하기 쉽다는 점이다. 집
중적으로 교육을 받는 학창시절을 제외하고 나면 우리 스스로 뭔가를
지독히 배워나가는 과정이 거의 없음에도 불구하고 스스로 늘 성장하

고 있다는 오해를 갖고 살아간다는 말이다. 존 멕스웰은 그의 책 '사람은 무엇으로 성장하는가'에서 바로 이 점을 지적하며 찰리 브라운의 말을 인용했다.

"인생의 비밀을 알아낸 것 같아. 그냥 지내다 보면 익숙해진다는 거야."

나는 그의 책에서 이 문장을 읽고 망치로 머리를 맞은 것처럼 멍해졌던 기억이 난다. 익숙해진다는 말은 달리 표현하자면 아무것도 나아지지 않는다는 말이다. 그냥 현재의 상황에 만족하며 더 이상의 성장을 하지 않는다는 뜻이다. 성공을 향해 가는 과정에서 익숙해진다는 말처럼 위험한 표현은 없다.

돌이켜보면 20대가 되었을 때 나는 세상의 모든 이치와 진리를 알고 있는 것처럼 행동했었다. 누구를 만나든 뭔가를 배우겠다는 자세를 갖지 않고 그저 함께 어울려 놀기에 바빴다. 그 때까지 배운 지식과 살면서 우연히 접하게 된 상식들로만 무장한 채 겁 없이 세상 속에 어울렸다. 서른이 되자 스무 살짜리 후배들이 너무나 어리고 철없이 보였으며, 마흔을 넘기자 서른 또한 그렇게 보였다. 지금의 나를 바라보는 어른들은 나를 얼마나 철없는 아이로 바라보고 있을까. 성장의 노력을 전혀 기울이지 않고 세월만 흘려보내며 나이를 먹은 사람들은 결코 수준이 높지 않다. 보다 나이가 어린 사람들과 비교해 보면 당연히 그보다야 나을지 모르겠지만 세상에서 가장 소중한 나의 삶에 임하는 태도로 보자면 그냥 두고 넘어갈 문제가 아니다. 어제보다 나은 오늘, 하루하루 조금씩 성장해가는 삶을 만들어야 한다. 그것이 내 소중한 삶을 대하는 진지한 태도이며 성공에 이르는 기본적인 자세다.

소중한 내 삶을 성장시키기 위해서는 원대한 목표가 있어야 하며 목표를 달성하기 위한 원칙이 있어야 한다. 그리고 목표를 달성해 가는 과정을 매 순간 평가해야 하고 그 평가는 변함없는 일관성을 갖추어야 한다.

목표

세상에서 가장 소중한 것은 나의 삶이며, 이 세상의 중심에는 내가 있다. 온 우주를 움직일 수 있는 강력한 잠재력이 내 안에 있으며 우리는 바라는 모든 것을 이룰 수가 있다. 그렇기 때문에 우리는 보다 크고 웅장한 목표를 세워야만 한다. 이해를 돕기 위해 금전적인 목표를 세워보자. 천만원, 일억 정도의 금액도 경우에 따라 작은 금액이 아닐 수 있다. 하지만 다시 생각해야 한다. 우주를 움직일 만큼의 잠재력을 가진 우리에게 일억이란 돈은 큰 돈일 수는 있겠지만 목표로 설정할 만큼의 수준에는 턱없이 부족하다. 지금까지의 삶이 아무리 가난했다 하더라도 미래의 내 모습과는 아무런 상관이 없다. 기억하는가? 모든 원인은 나에게 있다. 앞으로 일어날 모든 일의 결과는 오직 나로부터 비롯된다. 내가 어떻게 하느냐에 따라 미래의 내 모습은 원하는 대로 바뀔 수 있다는 말이다.

목표는 크고 웅장할수록 달성가능성이 높아진다. 목표의 크기가 클수록 우리 가슴 속에 불타는 욕망의 덩어리도 함께 커지며 달성하고자 의지 또한 더욱 강렬해지기 때문이다. 자신이 생각하기에 말도 안될 정도로 상상을 초월하는 금액을 목표로 삼아보자. 극단적으로 만약 우리가 실패한다 하더라도 최소한 목표금액의 절반 이상은 이루게 될 것이다.

바라는 목표를 세우고 난 후에는 그것을 달성하기 위한 원칙을 만들어야 한다. 작가가 되겠다는 목표를 세우고 난 후 매일 다섯 장의 여백을 채우겠다는 원칙을 만들었다. 또한 어떤 경우에도 이를 실천하지 않는 날이 없을 것이라는 원칙도 함께 세웠다. 그리고 지금까지 단 하루도 빠짐없이 실천해오고 있다. 때로는 글을 쓰다가 지쳐 잠이 들기도 했는데 그런 날도 네 장 이상은 글을 썼다. 원칙이란 예외를 허용하지 않는다는 뜻이다.

스스로를 평가하는 것처럼 어려운 일은 없다. 가장 냉정한 심사위원이 되어 조금의 예외도 허용하지 말아야만 한다. 이것은 매 순간 이루어져야 하며 단 하루도 소홀히 다루어서는 안된다. 평가는 늘 한결같은 기준에 의해 이루어져야 하며 변함없이 일정한 패턴을 가져야 한다. 조금

피곤한 날은 세 장만 쓰고, 휴일에는 하루 쉬기도 하고, 그래서 일주일에 60장만 채우면 된다는 식으로 자신을 너그럽게 대해서는 안된다. 어쩌면 숨이 막힌다고 느껴질 지도 모르겠지만 시간이 흐르고 난 뒤 자신이 이루어놓은 과정을 되돌아보면 이 단계만큼 흡족한 부분도 없다는 것을 알게 될 것이다.

위에서 말한 목표설정까지의 단계가 끝나고 나면 이제부터는 오직 실천만이 남아 있다. 목표를 세우는 것은 성공에 이르기 위해 반드시 필요하며 중요한 과정이지만 실천이 따라주지 않는다면 그것은 시간 낭비에 불과하다. 존 멕스웰은 그의 책에서 실천의 중요성에 대해 이렇게 말했다.

어린시절 아버지께 자주 들은 수수께끼가 하나 있다.

"통나무 위에 개구리 다섯 마리가 앉아 있었어. 그 중 네 마리가 뛰어내리기로 마음먹었어. 그럼 남은 개구리는 모두 몇 마리일까?"

처음 그 질문을 받았을 때 나는 "한 마리!"라고 큰 소리로 대답했다. 아버지는 빙긋이 웃으며 말했다.

"아니, 다섯 마리야. 왜냐고? 마음먹는 것과 행동하는 것은 다르기 때문이지!"

사람들은 대부분 마음먹는 것과 행동하는 것을 동일시하는 과오를 저지른다. 공부를 열심히 하겠다고 마음먹고 계획표를 열심히 작성하는 것은 공부를 위한 준비과정일 뿐이지 공부 그 자체가 아니다. 시험 성적은 오직 공부를 하는 실천행위를 통해서만 좌우될 뿐이다.

미국의 정치인 프랭크 클라크는 "모든 사람이 마음먹은 대로 실천했다면 세상에는 상상을 초월하는 업적들이 남았을 것"이라고 했다. 그 만큼 위대한 결심을 하는 사람은 많지만 실천하는 사람은 드물다는 얘기다.

마음 속으로 결심한 내용들을 실천에 옮기지 않는 사람들에게는 여러 가지 핑계가 있다. 첫째는 아직 때가 아니라는 핑계다. 이들은 목표를 달성하기 위해 취해야 하는 행동을 뒤로 미룬다. 돈을 벌고 나면, 승진하고 나면, 사업이 좀 안정되고 나면, 이사를 한 후에, 애들을 좀 키우고 난 후에, 지금 하고 있는 일을 마치고 나면 등등 온갖 이유들을 끌고 와서는 정작 자신의 성장을 위해 가장 필요하고도 중요한 실천은 뒷전으로 밀어놓고 만다. 이미 충분히 경험을 해보았겠지만 뒤로 미뤄둔 일들은 미루는 그 순간부터 실천에 옮기기 더욱 힘들어지고 만다.

둘째는 자신감의 부족이다. 성장을 위한 목표를 세우긴 했지만 달성하기 힘들게 느껴진다. 지금까지와의 삶과는 다른 강력한 변화를 이끌어내야 하기 때문에 몸과 마음이 저항을 일으킨다. 아침 다섯 시에 기상을 해야 하지만 그렇게 일찍 일어나는 것이 과연 자신의 성장에 얼마만큼 영향을 미칠 수 있을까 의심스러워지기 시작한다. 결국 달콤하고 따뜻한 이불 속으로 다시 기어들어가고 만다. 목표를 세우고 실천을 하지 않는 병폐가 반복될 뿐이다.

셋째는 목표에 이르는 좀 더 쉽고 빠른 방법이 없을까 하는 요령을 찾는 습관이다. 산의 정상에 오르는 방법은 오직 한 걸음씩 전진하는 방법 뿐이다. 올라가다 보면 조금 빠른 길을 찾을 수 있기도 하겠지만 그것 역시 산을 오르는 행위가 있고 난 이후의 발견이다. 등산로의 입구에 서서 산꼭대기를 눈으로만 쳐다보며 지름길을 찾아봤자 절대로 찾을 수 없다. 실천에 옮기지 않고 목표에 이르는 방법을 찾고자 하는 것은 성공할 마음이 전혀 없는 사람들과 마찬가지다.

이 세 가지 외에도 자신의 성장을 위한 실천을 미루는 핑계들은 수도 없이 많다. 마음이 움직이지 않는다고 하는 사람들도 있고, 이미 성공을 이룬 사람들을 바라보며 의기소침해지는 경우도 있으며, 비록 시작은 해보았지만 생각보다 만만치 않은 여정에 일찌감치 포기하는 사람들도 있다. 결국 핑계를 위한 핑계일 뿐이며 이 중에서 어느 하나도 실천을 하지 않는 이유가 되지 못한다는 사실을 우리 모두 너무나 잘 알고 있다.

분명한 것은 우리가 지금 성장시키고자 하는 것은 다른 사람이 아니라 바로 우리 자신, 그것도 이 세상에서 가장 소중한 나의 삶이다.

조금은 힘들고, 조금은 용기를 내야 하는 일일지도 모른다. 하지만 이를 극복하고 매일 끊임없이 노력한 끝에 얻을 수 있는 우리 삶의 성취가 주는 희열과 행복은 이루 말할 수 없을 정도다. 막노동을 하면서 생계를 유지하던 내가 처음으로 갑의 입장에서 출판계약서에 싸인을 할 때의 심정을 어떻게 말로, 글로 표현할 수 있겠는가!

03

좋아하는 일보다 잘하는 일을 하자

잘 하는 일은 비교적 **빠른** 시간 안에 성취감을 느낄 수 있다.
일단 성취감을 느끼게 되면 가슴 속에 열정이 불타오른다. 열정은 우리로 하여금
더 높은 곳을 향해 나아갈 수 있게 한다.

동물들이 모여사는 숲 속에서 올림픽을 열기로 했다. 동물들은 제각각 가장 자신있는 종목에 출전을 하기로 하고 열심히 연습을 했다. 원숭이는 나무타기에 소질이 있어서 조금만 더 연습을 하면 금메달을 딸 수 있을 것 같았고, 물고기는 수영을 잘했기 때문에 수영에서 3관왕을 노리고 있었다. 그런데 어느 날 나무타기를 하던 원숭이가 수영연습을 하는 물고기와 만나게 되었다. 빠르게 물살을 헤치며 수영을 하는 물고기를 보며 원숭이는 너무나 수영을 하고 싶었고, 반면 물고기는 스릴 넘치게 움직이는 원숭이의 나무타기가 너무 부러웠다. 원숭이와 물고기는 서로 좋아하는 종목으로 바꾸기로 했다. 결국 올림픽에서 원숭이와 물고기는 아무런 메달도 목에 걸지 못했다.

좋아하는 일과 잘하는 일을 두고 어떤 쪽을 선택해야 할까에 대해 많은 고민을 한다. 특히 인생의 기로에 서 있는 청소년들에게 이 문제는 대단히 신중히 선택해야 할 결정적인 요소다. 많은 인생의 선배들이 여기에 대해 조언을 아끼지 않는데 만약 누군가 나에게 이런 질문을 한다면 대답은 단연코 잘 하는 일을 선택하라 이다.

사람은 누구나 타고난 저마다의 소질이 있다. 오죽하면 국민교육헌장에까지 이 문구가 들어가 있겠는가. 아직까지 자신의 소질이 어떤 것인지 계발하지 못한 사람들도 있을 수는 있겠지만 그것을 찾는 것은 시간문제다. 조금만 관심을 갖고 자신을 들여다 보면 얼마든지 잘 하는 일을 찾을 수 있다. 좋아하는 일을 하면서 삶의 성공을 이룬 사람들도 많이 있다. 너무나 당연한 일이다. 자신이 좋아하는 일을 하면 발전 가능성이 높고 늘 기쁜 마음으로 일을 할 수 있기 때문이다. 그럼에도 불구하고 잘 하는 일을 선택하라고 권하는 이유는 무엇일까.

잘 하는 일은 비교적 빠른 시간 안에 성취감을 느낄 수 있다. 일단 성취감을 느끼게 되면 가슴 속에 열정이 불타오른다. 열정은 우리로 하여금 더 높은 곳을 향해 나아갈 수 있게 한다. 결국 한 단계 위의 성취를 다시 이룰 수 있고 지속적으로 발전할 가능성이 매우 높다. 최고의 자리에 오를 수 있다는 가능성은 우리의 잠재력을 최대한 끄집어낼 수 있는 훌륭한 동기부여가 된다. 게다가 잘 하는 일을 경멸하거나 싫어하는 경우는 드물다.

물론 더 좋아하는 일이 있을 수 있다. 하지만 좋아한다는 개념은 언젠가 바뀔 수 있다는 가능성을 내포한다. 아무리 좋아하는 일이라 하더라도 나의 능력이 미치지 못한다면 좌절을 맛보게 될 수도 있고 그렇게 되면 성공에 이르는 시간이 훨씬 늘어나게 될 지도 모른다. 오직 한 가지 일을 두고 성공에 이르는 방정식과 연결짓고자 한다면 몇 번이고 실패를 거듭한다 할지라도 다시 도전해서 얼마든지 성취할 수 있다고 말할 수 있지만 지금은 잘 할 수 있는 일과 비교중이다. 선택이라는 것을 해야만 하는 상황이라면 잘 할 수 있는 일을 먼저 하되 좋아하는 일은 취미삼아 얼마든지 할 수 있다고 권해주고 싶다.

사람은 누구나 자신만의 강점을 타고 난다. 설령 아무런 재주가 없다고 하는 사람들도 살면서 후천적으로 재능이 계발되는 경우가 허다하다. 반면 아무리 노력해도 실력이 늘지 않는 약점 또한 모두가 지니고 있다. 잘 하는 것이 있으면 못하는 것도 있기 마련이다. 안타까운 것은 대부분의 사람들이 자신의 취약점을 보완하기 위해 많은 시간과 노력을 투자하고 있다는 사실이다. 오히려 강점을 더욱 부각시키고 학습하여 그 분야에서 탁월한 존재가 되기 위해 노력한다면 훨씬 성공하기가 쉬울 텐데 말이다. 자신만의 강점이 무엇인지 찾아내서 최고가 되기 위한 노력을 아끼지 말자. 다른 사람들과의 경쟁에서 유리한 고지를 차지하고 짧은 시간 안에 위대한 성과를 이룩해 낸다면 그 성취감에 희열을 느낄 것이며, 더 높은 곳을 향해 가려는 의지가 불타 오를 것이다. 당신이 성공에 이를 수 있는 최고의 방법은 당신만의 강점을 찾아내 발전시켜야 한다는 점을 잊지 말자.

힘겨운 삶의 한 가운데서 좌절과 절망의 시간을 보내고 있을 무렵 나는 짧은 시간에 많은 돈을 벌기 위해 영업조직에 몸을 담은 적이 있었다. 영업조직에서는 사람들을 모집할 때 흔히 '누구나 할 수 있는 일'이라며 '차근차근 배워서 일해나간다면 머지않아 큰 성공을 거둘 수 있을 것'이라고 강조한다. 틀린 말은 아니다. 그러나 당시의 내가 속한 조직에서는 도저히 영업과는 어울리지 않는, 영업으로는 성공을 할 수 없을 것 같은 사람들이 많이 있었다. 그럼에도 불구하고 그 사람들은 마치 금방이라도 성공할 것처럼 믿고 있었다. 나는 수많은 책에서 자신의 단점을 극복하고 기어코 성공해낸 영업인들에 대한 이야기를 읽었다. 그들의 성공은 당연히 훌륭하며 박수를 받아야 마땅하지만, 모든 사람이 그렇게 될 수 있다는 이야기에 현혹되어서는 안된다. 이렇게 주장하는 데는 타당한 이유가 있다.

영업에 소질이 없는 사람들이 영업에서 성공하기 위해서는 일을 해나가는 과정 자체에 의미를 두고 흥미를 가져야 한다. 그런데 현실은 그렇지 않았다. 오히려 커다란 성과를 내는 우수한 영업사원들은 결과보다는 과정에 충실한 경우가 많았지만, 영업에 전혀 소질이 없어 보이는 사람들은 오직 성과보상에만 눈이 멀어 있었던 것이다. 가망고객을 확보하기 위해 수없이 통화를 하고, 약속을 잡고, 사전 준비를 철저히 하며, 약속시간에 절대 늦지 않고, 완벽한 프리젠테이션을 하고, 정직하게 계약하며, 후속관리에 소홀함이 없어야 함에도 불구하고 사무실에서 노닥거리는 시간이 훨씬 많다. 그들은 아무것도 하지 않았음에도 불구하고 늘 다음 달 커미션을 계산하고 있다.

일을 함에 있어서 성공하기 위해서는 두 가지가 필요하다. 바로 열정과 보람이다. 일을 하는 동안 저절로 흥이 나고 집중되어야 하며, 보상과 상관없이 보람을 느낄 수 있어야 한다. 작가가 되어 글을 쓴다는 사실이 즐겁고 사람들에게 꿈과 희망, 그리고 용기를 줄 수 있다는 사실에 보람을 느껴야 한다. 단지 책을 팔아 인세를 챙긴다는 개념으로만 글을 쓴다면 수백 페이지에 이르는 양을 채운다는 것은 실로 고단한 육체노동일 뿐이다.

자신이 잘 할 수 있는 일을 찾았다면 이제는 실천만이 남았다. 과연 언제 시작해야 하는가? 바로 지금 당장이다. 나중에 라는 말은 집어치우고 지금 당장 시작해야 한다. 아직 준비가 덜 되었다는 말도 꺼내지 말고 지금! 지금! 시작해야만 한다. 일단 시작하기만 하면 저절로 준비되어진다. 시작만 하면 더 좋은 길도 보이기 마련이다.

나도 한때 모든 변화의 시작을 뒤로 미룬 적이 있었다. 나중으로 미루는 것은 오직 습관 때문이다. 우리는 당장 시작하지 못할 아무런 이유가 없다. 내 소중한 삶을 성장시키기 위한 실천을 뒤로 미루면서까지 해야 할 급한 일이 뭐가 있단 말인가. 모든 것을 뒤로 미루고라도 우리의 삶을 성공으로 이끌기 위한 실천을 당장 시작해야 한다. 그게 무엇이 되었든지 상관없다. 시작만 하게 되면 더 나은 방법도, 더 완벽한 준비도 즉시 따라온다. 글을 쓰기 시작하면 작가가 되는 방법이 보인다. 이것은 나의 경험이기도 하면서 변하지 않는 원칙이기도 하다.

　자신이 잘 하는 일을 찾기 위한 노력을 해야 하며, 그렇게 해서 찾게 된 강점을 최대한 살리고 강화시켜 완벽에 가깝도록 무장시켜야 한다. 이를 위해 지금 당장 연습과 노력을 시작해야만 한다. 소중한 내 삶을 성장시키고 우리가 세운 목표를 달성하기 위한 유일한 방법이다.

　물론 그 연습과 노력의 과정이 쉽지만은 않다는 사실을 인정한다. 힘들고 괴롭다. 잠도 자고 싶고, 술도 마시고 싶다. 친구들을 찾아 실컷 놀고 싶기도 하고, 하루종일 누워 TV만 보고 싶기도 하다. 추리소설을 읽으며 머리를 식히고 싶을 때도 많고 맥주와 치킨을 먹으며 영화를 보고 싶은 마음이 간절하다. 그런 즐거움을 선택하지 않고 책상에 앉아 컴퓨터를 켠다. 한 줄씩 여백을 채워가면서도 여전히 많은 유혹에 흔들리기도 한다. 마침내 한 권의 책이 완성되었을 때, 그 충만한 희열은 어떤 즐거움에도 비교할 만한 것이 못 된다.

　나라는 존재가 가진 강점을 찾는 과정 또한 쉽지 않을 수 있다. 도 대체 내가 잘하는 게 뭐지? 오랜 시간 동안 고민해 보아도 답을 찾지 못하는 경우도 있다. 그러나 결코 실망할 필요가 없다. 잠재된 능력은 반드시 깨어난다. 우리는 자신의 능력을 찾기 위한 노력을 게을리 하 지 않기만 하면 된다. 항상 자신을 돌아보고, 스스로와 대화하며, 하루 의 시작과 끝에서 자신의 삶을 격려해 나간다면 머지않아 숨은 소질과 능력이 스스로 깨어날 것이다.

　가만히 앉아 머릿속으로만 생각한다고 해서 우리 내부의 강점이 어 느 날 갑자기 툭 튀어나오지는 않는다. 지금 하고 있는 일이 무엇이든 그 안에서 답을 찾을 수 있다. 하기 싫은 일을 억지로 한다고 생각지 말고 운명이라 여기고 최선을 다해 임해보자. 그렇게 하다 보면 지금 하고 일과는 전혀 상관없는 자신의 능력을 발견하게 될 수도 있다. 나 는 감옥에서, 그리고 막노동을 하면서 글쓰기를 찾았다. 감옥, 막노동 과 글쓰기가 무슨 상관이 있는가? 아무런 연관관계도 없는 곳에서 뜻 밖의 발견을 하게 된다. 무언가에 열중하여 최선을 다하면 그 모습을 인지한 무의식이 저절로 나의 강점을 안내해 주기도 한다.

　어떤 일을 하면서 살아야 하는가에 대해 신중하게 고민하고 늘 관 심을 갖는 태도를 버리지 않는다면 길지 않은 시간 안에 해답을 찾을 수 있을 것이다. 좋아하는 일보다는 자신의 강점을 살려 성취감을 이룰 수 있는 일을 찾고, 그 분야에서 최고가 되기 위해 성장을 멈추지 말자. 우리 삶은 생각보다 훨씬 고귀하고 가치가 있다. 그래서 소중하다. 내가 살아있다는 이유만으로 무한한 가능성이 열려있다. 무슨 일이든 해낼 수 있으며, 어떤 목표든 반드시 달성할 수 있다. 이런 상황에서 내가 잘 할 수 있는 일에 도전한다면 아마 최고가 되는 것에 그리 오랜 시간이 걸리지는 않을 것이다.

04

어린 아이들의 세상 속으로

어린 아이들의 마음과 시선으로 세상을 대할 때 우리는 훨씬 더
자유롭고 창조적인 삶을 마주할 수 있다.
내 소중한 삶을 쓸데없는 걱정과 고민으로 낭비하는 일은 더 이상 없어야겠다.

어린 아이들의 시선으로 세상을 바라보며 살
아갈 수만 있다면 우리 삶은 훨씬 더 풍요로워질 수 있을 거라고 생각
한다. 아이들은 모든 사물에 대해 호기심을 가지고 본다. 참새 한 마리
가 총총거리며 지나는 모습조차 아이들에겐 신기하고 특별한 느낌으
로 보여진다. 대수롭지 않게 여기는 일이 없으며 하루가 궁금하고 재
미있다. 똑같은 사물을 보고 느끼는 바가 아이들마다 크게 다르며 무
엇이든 만져보고 먹어보고 신기해 한다.

아이들은 하고 싶은 일이 있으면 언제나 하고 싶다고 말한다. 어른
들이 소리를 지르며 야단을 치기 전에는 누구의 눈치도 보지 않는다.
그저 자신이 하고 싶은 일을 망설이지 않고 행한다. 더불어 하기 싫은
일에 대해서는 당당하게 하기 싫다고 말한다. 굳이 말하지 않아도 그

들의 표정을 보면 금방 알 수 있듯이 하기 싫은 일을 즐거운 듯 하지는 않는다. 하기 싫은 일을 억지로 하면서 시간을 낭비하는 경우가 아이들의 삶에는 존재하지 않는다.

조금이라도 힘이 들면 엄마를 찾는다. 누군가의 도움을 받는 것을 꺼리지 않는다. 스스로의 힘으로 할 수 있는 일은 혼자서 하지만 그렇지 않을 때에는 항상 타인의 도움을 받는다. 도움을 받는다는 사실에 대해 부담을 느끼거나 거부감을 느끼지 않는다. 그래서 일을 해결하는 속도가 빠르며 결과도 어설프지 않다.

아이들은 매일 엄청난 속도로 성장한다. 호기심을 가지고 적극적으로 세상을 바라보기 때문에 배우는 속도도 빠르며 흡수력도 대단하다. 신체적인 성장도 물론이지만 정신적인 성장도 어른보다 그 속도가 훨씬 빠르다.

어른들은 긍정의 힘을 대단히 강조하지만 아이들은 긍정이 무엇인지조차 모른다. 그럼에도 불구하고 어른들보다 훨씬 긍정적이다. 자신이 하는 모든 일은 다 잘 될 거라고 믿으며, 설령 결과가 좋지 않을 때에도 금방 잊어버린다. 성공에 이르는 방법을 제시한 거의 모든 책과 강연에서 우리는 긍정의 힘이 가지는 효과와 그 필요성에 대해 지나칠 정도로 많이 듣고 보게 된다. 그래서 무슨 일을 할 때 긍정적인 마음을 갖기 위해 노력하게 된다. 물론 긍정의 힘은 우리 삶을 단단하게 해주고 원하는 결과를 낳게 하는 절대적인 마음이 분명하다. 그러나 자연스럽게 우러나오는 긍정이 아니라 억지로 주입시켜 만들고자 하는 의도가 너무 강할 때에는 강박증에 시달리게 될 지도 모른다. 나는 할 수 있어! 라는 생각과 말을 억지로 하다보면 결과는 좋을지 모르겠지만 그 과정에 있어서 내 마음이 지치게 될 수도 있다. 아이들은 자신의 마음에 억지로 긍정의 힘을 불어넣지 않는다. 그들은 자연스럽게 긍정한다. 즐겁고 신나는 마음이 늘 녹아있기 때문에 무의식 자체가 늘 즐겁다.

아이들은 쉽게 눈물을 흘린다. 그래서 스트레스를 해소하기 쉽다. 예전처럼 산과 들을 마음껏 뛰어놀던 아이들에 비하면 요즘은 닫힌 도시생활 탓에 그만큼 스트레스가 심해졌을 지도 모르겠지만 어른들의 그것과 비교한다면 해소하는 명확한 방법 하나는 분명 가지고 있음에 틀림없다. 눈물을 흘린다는 것, 그것은 자신의 감정을 표출하는 가장 기본적인 방법이며 큰 소리를 내며 우는 것은 스트레스 해소에 큰 도움이 되기 때문이다.

아이들은 실수와 실패를 두려워하지 않는다. 이것이 어린 아이들의 본능이다. 그런데 시대가 변하면서 우리 부모들은 아이들에게 큰 잘못을 저지르고 있다. 시험결과가 부모의 기대에 미치지 못하면 어김없이 혼쭐을 낸다. 인생에 있어서 초등학교 시험성적이 좌우하는 부분은 얼마나 될까. 초등학생의 시험결과에 우리 부모들이 기대하는 정도는 과연 무엇일까. 자신의 아이가 전국에서 1등을 하면 만족할까? 그럼 2등은? 10등은 어떤가? 그럼 100등은? 내가 주위 사람들에게 이렇게 물어보면 대부분 100등이란 숫자에서 눈동자가 흔들린다. 전국에 초등학생이 몇 명이나 될까. 그 중에서 100등이라면 엄청난 상위의 수준임을 누구나 알 수 있음에도 불구하고 부모라는 이름의 우리들은 100이라는 숫자에 예민해지기 시작하는 것이다. 우리 아이들이 어렸을 때부터 실수와 실패에 두려워하지 않고 항상 도전하는 마음과 자세를 잃지 않도록 성장시키기 위해서는 부모와 사회의 노력이 절실히 필요하다.

어린 아이들은 잘못을 받아들이는 것에 익숙하다. 부모나 학교 선생님, 그리고 어른들에게 꾸지람을 들으면 금새 고개를 숙이고 잘못했다고 말한다. 그것으로 끝이다. 더 이상 일어난 사건에 대해 고민하지도 않고 후회하지도 않는다. 잘못을 받아들임으로서 모든 책임을 지는 것이다.

아이들의 진가는 놀이공원에서 발휘된다. 그들은 지치지도 않는다. 잠시도 멈추지 않고 뛰어다닌다. 얼굴은 시종일관 웃고 있으며 목소리의 톤도 한층 높아진다. 아이들의 모습에서는 활기와 열정이 느껴지며 세상 모든 기쁨을 간직하고 있는 듯 느껴진다.

나는 한 때 어린 아이들의 감정을 믿지 않았다. 그래서 아이들의 눈으로 세상을 바라보는 것이 내 소중한 삶에 얼마나 필요한 것인지 깨닫지 못했다. 그 이유는 아이들의 감정이 모두 그럴 듯 하게 꾸며진 거라 여겼기 때문이다. 특히 눈물에 있어서 말이다.

아이들은 아프면 운다. 슬프거나 짜증이 나도 눈물을 흘린다. 원하는 것을 갖지 못했을 때도 울고, 자신의 고집대로 뭔가를 할 수 없을 때에도 운다. 엄마 아빠에게 혼이 났을 때도 울고 친구랑 싸웠을 때도 운다. 뭔가를 잃어버렸을 때도 마찬가지고 겁이 났을 때도 눈물을 흘린다. 그런데 단 한 가지, 아이들에게 없는 눈물이 있었다. 그것은 감동의 눈물이었다. 어른들은 슬프거나 가슴아픈 영화를 보고도 눈물을 흘리지만 감동적인 영화를 보면서도 눈물을 흘릴 때가 있다. 그런데 어린 아이들은 아무리 감동적인 영화나 이야기를 듣고도 눈물을 흘리는 모습을 볼 수가 없었다. 내가 아이들의 눈물을 믿지 않았던 이유다. 시간이 지나 수많은 책을 읽고 내 아이를 지켜보며 대화를 나눠본 결과 어린 아이들에게 감동의 눈물이 없었던 이유를 알게 되었다. 그것은 단지 경험의 부족 때문이었다. 우리 어른들은 살면서 수도 없이 희로애락을 겪었다. 그래서 감동이 주는 감정을 알게 모르게 간직하고 있다. 그것이 영화나 스토리를 통해 터져나오는 것이다. 하지만 아이들에겐 그런 경험이 없었다. 단지 좋으면 웃고 싫으면 운다. 지극히 단순한 감정만을 가지고 있는 것이다. 감동이란 어린 아이들이 느끼기엔 다소 복잡한 그것이었기 때문에 아직 경험이 부족한 상황에서 감동의 눈물이란 있을 수 없었다.

더할 수 없는 고통의 시간을 보내면서 나는 아이들의 시선으로 세상을 바라보는 법을 배우고자 했다. 그래서 지금 당장 내가 할 수 있는 일을 제외하고는 아무런 신경을 쓰지 않으려 노력했다. 한 번에 한 가지씩, 힘들다는 것을 인정했고, 잘못했음을 받아들였고, 지나간 시간들에 연연하지 않겠다고 다짐을 거듭했다. 다른 사람들이 나를 어떻게 생각하든 신경을 쓰지 않으려 애썼고 내가 진정 하고 싶은 일이 무엇인지 찾고자 했다. 글쓰기는 이런 나의 모든 결심과 각오를 실천하는 데 큰 도움을 주었으며 조금씩 아이들의 시선과 비슷한 눈을 가질 수 있었다.

우선 가장 큰 도움이 되었던 것은 다른 사람들의 시선을 의식하지 않게 된 것이다. 나는 비슷한 나이를 가진 사람들에 비해 비교적 빨리 자리를 잡았고 남부럽지 않게 살았다. 대기업에 입사하여 부러운 시선도 많이 받았고, 경기도에 마련했던 마흔평의 집과 신형 자가용은 겉으로 보기에도 근사한 중산층의 삶으로 인정받기에 충분했다. 어쩌면 그 때부터 실속있는 삶보다는 누군가에게 보여주기 위한 삶에 더 중점을 두고 살았는 지도 모르겠다. 그렇게 어깨에 잔뜩 힘이 들어갔던 내가 한 순간에 몰락하게 되었을 때의 참담한 심정은 이루 말할 수 없었다. 진정 내가 잃은 것들에 대한 안타까움이나 앞날을 생각하기보다 다른 사람들이 얼마나 나를 비웃을까 하는 점에 대해 심각하게 괴로워했었다. 아마도 대부분의 사람들이 그럴 줄 알았다 하며 고소해할 거라고 생각하니 잠을 이룰 수가 없었다.

그런데 최악의 상황이 더해져 세상의 뒤편으로 보내지고 파산에 이르렀으며 결국 막노동을 하면서 생계를 유지할 수 밖에 없는 삶을 살게 되면서 다른 사람의 시선을 의식할 만큼의 여유조차 모두 잃게 되었다. 하루하루를 살아가기에 정신이 없었고 겉으로 보여지는 나의 모습 따위에 신경을 쓸 겨를이 전혀 없었던 것이다. 한 가지 커다란 변화는 그렇게 힘겨운 시간을 보내는 동안 어깨의 힘이 모두 빠졌다는 사실이다. 그것은 남들의 시선이나 말, 행동 따위는 내 삶과 아무런 상관이 없다는 주관이 뚜렷해졌다는 것을 의미한다. 그렇다고 해서 다른 사람들에게 피해를 끼쳐가며 내 멋대로 행동한다는 말은 아니다. 나의 생각이나 말, 그리고 행동들이 다른 사람의 눈에 어떻게 비쳐질까 하는 쓸데없는 걱정을 전혀 하지 않게 되었다. 마음은 평온해졌고, 생각은 자유로워졌으며 일상에서의 사소한 기쁨과 즐거움에 감사하는 법을 배울 수 있었다.

우리의 삶(Life)은 태어나서(Birth) 죽을 때까지(Death) 수많은 변화(Change) 속에서 선택(Choice)을 할 수 있는 기회(Chance)를 갖는다. 어떤 선택을 할 것인지는 오직 나에게 달려 있다. 그리고 내가 선택한 삶에 대한 모든 책임 또한 나에게 있다. 나의 생각대로 선택하고 그에 따른 책임을 지며, 선택에 대한 모든 보상도 오롯이 나에게 주어진다. 잘못된 선택이란 기준은 있을 수 없으며 어떤 선택을 하든 목표를 정하고 실천을 다하는 과정에서 보람과 가치를 찾을 수 있다. 어린 아이들의 눈을 가지고 세상을 살아가겠다는 것은 나의 선택이었다. 내 선택의 결과로 인해 나는 많은 것을 얻을 수 있었고 이 글을 통해 다른 사람들에게도 똑같은 방법을 권하고 싶은 것이다.

전혀 그렇지 않을 거라고 장담하는 사람들도 자신을 가만히 돌이켜 보는 시간을 가진다면, 아마 생각외로 꽤 많은 부분에 있어서 다른 사람들을 의식하는 삶을 살고 있다는 사실을 알 수 있게 될 것이다. 이것은 굉장히 피곤하며 의미없는 삶이 되어버릴 지도 모른다. 다른 사람을 크게 의식하는 사람들은 자신의 눈을 진지하게 생각해볼 필요가 있다. 자신은 다른 사람들에게 얼마나 관심을 가지고 살고 있는가? 오늘 만났던 사람들의 외모, 말투, 성격 등에 대해 얼마나 진지하게 고민하는가? 아마 별 관심 없을 것이다. 우리가 다른 사람들에 대해 별 관심이 없듯이 다른 사람들 또한 마찬가지로 우리에게 별 관심이 없다. 사람은 누구나 자신의 삶에 초점이 맞추어져 있기 마련이다. 누가 나를 어떻게 생각할까 하는 걱정은 참 쓸모없는 생각이란 사실을 명심하자. 나는 세상에 하나밖에 없는 존재이기 때문에 내가 하는 모든 생각과 행동 또한 고유의 특성을 지닌다. 고유함이란 독창성과 연결되며 독창적인 생각과 행동에 대해서 누구도 함부로 잣대를 들이댈 수 없다. 그럴 만한 관심도 없다.

어린 아이들의 마음과 시선으로 세상을 대할 때 우리는 훨씬 더 자유롭고 창조적인 삶을 마주할 수 있다. 내 소중한 삶을 쓸데없는 걱정과 고민으로 낭비하는 일은 더 이상 없어야겠다.

05

감정에 충실한 삶

가슴 속에 감춰진 감정들을 제대로 표출해 내지 못하니
그것들이 속에서 썩고 곪아서 결국 병적인 행동으로 터져 나오는 것이다.
내 감정에 솔직할 수 있다면 다른 사람들의 눈치따윈 상관없다.

마음의 상태에 따라 많은 행동의 변화가 유발
된다는 사실을 익히 알고 있다. 전과자, 파산이라는 상황, 그리고 막노
동을 하면서 생계를 유지하던 내가 글쓰기에 관련된 책을 내고 지금도
자신의 삶이 소중하다는 생각을 사람들에게 전하려는 의도에서 이렇
게 책을 쓰고 있는 것은 내 마음이 지극히 평온하기 때문에 가능한 일
이다. 사업을 시작하면서부터 이미 뻔히 눈에 보이는 실패의 참담한
모습을 애써 외면하며 어떻게든 이전의 모습으로 돌아갈 거라고 믿었
던 나는 하나부터 열까지 내 모든 감정들을 회피하고 숨기며 애써 모
른 척 했었다. 문제의 해결은 그 본질을 얼마나 있는 그대로 마주할 수
있느냐에 달려있다. 그런데 문제의 본질을 마주한다는 사실은 대단한
용기와 기백을 필요로 한다. 대부분의 실패한 사람들은 자신의 현실이

생각보다 훨씬 심각하다는 사실을 인정하려 하지 않는다. 금방 좋아질 거라고 생각하기도 하고, 운이 나빠서 잠시 흔들리는 것 뿐이라고 여긴다. 내일 아침이 밝으면 모든 것이 제자리에 놓여 있을 거라는 착각 속에서 시간을 흘려보내고 있으니 상황은 더욱 악화될 뿐이다.

사업이 실패한 지 일 년이 지나서야 비로소 나는 채무가 얼마쯤인지 적어보기 시작했다. 그 전까지는 도대체 내가 얼마를 빌렸으며, 갚아야 할 돈이 얼마인지 계산조차 해 보지 않았다. 그보다 훨씬 큰 돈이 곧 내 손안에 들어올테니 푼돈 몇 푼을 가지고 마음을 졸일 필요는 없다고 스스로를 위로했다. 하지만 종이에 적힌 금액들은 이미 상상을 초월한 규모가 되었고 빚을 갚을 방법은 전혀 없었다.

사태가 악화되기 시작할 무렵부터 하나씩 정면으로 볼 수 있었다면 그렇게까지 망가지지는 않았을 지도 모른다. 일상에서 마주하는 모든 문제가 마찬가지겠지만 특히 실패의 크기가 클수록 현실을 있는 그대로 보기가 힘들어진다. 스스로 위기에 다다랐음을 인정하기 싫고, 커다란 장벽에 부딪쳤다는 사실을 받아들이지 않으며, 문제를 해결할 능력이 없는 자신을 바라보기 힘들기 때문이다.

거짓말은 할수록 늘어나고 문제는 피할수록 커진다. 경험해 본 사람들은 잘 알겠지만 이것은 예외없는 법칙이다. 댐의 구멍이 작을 때에는 얼마든지 막을 수 있고, 큰 노력을 기울이지 않아도 된다. 하지만 작은 구멍 하나를 인정하려면 댐에 문제가 있다는 사실을 아랫동네의 주민들에게 모두 알려야 하고 댐을 공사한 업체와 관리담당은 자신들에게 책임이 있다는 사실을 받아들여야만 하는데 바로 이 부분이 원활하지 않다는 말이다. 실수와 잘못을 인정한다는 것은 어떻게 보면 참으로 쉬운 일임에도 불구하고 실제로 담담하게 받아들이는 사람들이 흔치 않은 것 같다. 덕분에 나는 인생에서 지울 수 없는 상처를 안게 되었고 내 삶은 뿌리채 흔들리고 말았다.

화가 나면 화를 내야 하고, 소리를 지르고 싶으면 소리를 내질러야 한다. 울고 싶으면 울고 웃고 싶으면 마음껏 웃을 수 있어야 한다. 이 모든 감정의 표현이 인간의 본능이다. 그럼에도 불구하고 눈물을 흘리는 것은 창피하게 여기고 화를 내는 것은 속좁은 사람처럼 보일까 염려된다. 적절한 절제는 필요할지 모르겠지만 계속 자신의 감정을 숨기고 감추며 피하려고만 하면 결국 마음의 상처가 커지고 병이 생기게 된다. 묻지마 살인이란 것이 생기고 공황장애를 겪는 사람들이 많아지는 것도 모두 이런 이유 때문인 것 같다. 가슴 속에 감춰진 감정들을 제대로 표출해 내지 못하니 그것들이 속에서 썩고 곪아서 결국 병적인 행동으로 터져 나오는 것이다.

자신의 잘못과 사업의 실패를 인정하는 것은 엄청난 크기의 감정소

모를 야기한다. 그 모든 감정을 한꺼번에 받아들일 준비가 평소에 되어 있지 않은 사람은 충격을 받아 쓰러지거나 심하면 목숨을 잃기도 하는 것이 모두 이런 이유 때문이다.

사람은 감정에 충실해야 한다. 감정이란 외부로부터 흘러들어온 어떤 신호, 즉 사람이나 사물, 사건 등이 일으키는 물리적 공격에 대한 우리 몸의 반응이다. 누군가 바늘로 허벅지를 콕 찌르면 아얏! 하고 소리를 지르게 된다. 그렇게 소리를 지름으로 인해서 바늘로 인한 통증은 실제보다 훨씬 충격이 덜해진다. 만약 소리를 지르지 않고 꾹 참고 있으면 아픔은 배가 되고 스트레스도 가중된다. 복잡하고 다양화된 현대사회는 정보기술의 발달로 인해 개인의 사적인 삶이 거의 사라졌다고 할 만큼 열려 있는 인간관계 속에서 살아가고 있다. 필요한 정보를 빨리 얻을 수 있다는 장점도 있지만 나를 향해 몰려오는 수많은 사람들의 의사를 지나치게 짧은 시간동안 흡수해야 한다는 단점도 있다. 그 만큼 우리 자신의 반응도 빠르고 순간적이 될 수 밖에 없다. 생각을 오랫 동안 하고 내 감정을 추스린 다음 자연스럽게 감정에 따른 반응을 표출해 내어야 하는데 그럴 만한 시간적 여유를 느끼지 못하기 때문에 마음이 원하는 반응을 제대로 보일 수가 없다. 웃으며 말해놓고 뒤돌아 서서는 왜 그 때 화를 내지 못했을까 후회한다.

그렇다면 우리는 어떻게 해야 할까. 감정에 충실해야 하기 때문에 화가 나면 화를 내고, 슬프면 울고, 기쁘면 미친 듯이 웃어야 하는데 과연 그럴 수 있을까? 직장에서 회의를 하는데 막내인 내가 화가 난다고 해서 사장 앞에서 탁자를 탕탕 치며 소리를 지를 수 있을까? 자신이 처한 상황과 사회적 위치는 모두 다르겠지만 감정을 있는 그대로 표출해 낸다는 것이 현실적으로 쉽지만은 않다. 그래서 내가 강하게 권하는 것이 바로 글쓰기다.

글쓰기는 우리의 감정을 있는 그대로 드러낼 수 있게 한다. 기쁨, 슬픔, 분노, 짜증, 원망, 시기, 질투, 회한, 설레임 등 모든 감정을 아낌없이 쏟아낼 수 있다. 누군가에게 보여주기 위한 글이 아니라 바로 나만의 글쓰기이기 때문이다. 하얀 여백 위에 내면의 목소리를 그대로 적어보는 것이다. 나의 이야기를 가장 귀담아 들어줄 수 있는 사람은 바로 나 자신이다. 내 감정이 어떻든 그것에 대해 아무런 저항도, 평가도, 비판도 하지 않는다. 슬플 때에는 마음껏 눈물을 흘릴 수 있도록 가만히 놓아두며, 기쁠 때에는 누구보다 환한 웃음으로 나를 받아들여 준다. 분하고 억울할 때에는 함께 땅을 치며, 너무 화가 나서 견딜 수 없을 때에는 조용히 그 화를 가라앉혀 준다.

우리는 글쓰기를 통해 자신의 마음을 통제할 수 있는 법을 배울 수 있고 또 반드시 그렇게 해야만 한다. 사람의 감정이란 그냥 두고 보는 것이 아니다. 세상은 오직 사람의 마음 하나에서 시작되며 끝을 맺는다. 마음이 평온하고 따뜻한 사람들은 주변에서 일어나는 여러 가지

잡다한 일들에 대해 크게 흔들리지 않는다. 이들은 마치 깊고 고요한 강물이 흐르듯 묵직하고 잔잔하다.

마음이 모든 것을 움직일 수 있다는 사실을 인정하고 나면 이제 우리가 스스로의 마음을 통제하는 방법을 배워야 한다. 만약 우리가 마음을 마음대로 통제할 수 있다면 더 이상 세상에 두려운 것이 없게 된다. 이를 위해 가장 좋은 방법이 바로 글쓰기란 말이다.

도저히 화가 나서 견딜 수가 없을 때 글을 써보자. 맞춤법이나 띄어쓰기는 중요하지 않다. 일단 너무너무 화가 난다고 쓰자. 그리고 화가 나는 원인이 무엇인지 적어보자. 그것이 사람이든 사물이든 사건이든 관계없다. 오늘 있었던 일을 있는 그대로 빠짐없이 적어보는 것이다. 글을 쓰는 과정에서 우선 일차적인 감정의 변화를 느낄 수 있을 것이다. 쓰기 시작하는 순간 금방이라도 머리가 터져버릴 듯 했던 감정이 한 단계 가라앉는다. 여기서 멈추어서는 안된다. 있었던 일을 모두 빠짐없이 적어 내려 가면 두 번째의 단계에 이른다. 그것은 내가 화가 난 이유, 여러 가지 상황과 사건들 중에서 특히 내 화를 터뜨린 핵심이 무엇인지 정확히 짚어낼 수 있게 되는 것이다. 그리고 나면 이제 세 번째의 단계는 그 핵심이유라는 것이 다른 상황들과 겹쳐져 생각보다 훨씬 크게 느껴졌던 것이 아닐까 하는 반전의 단계다. 물론 아직까지 화가 난다. 하지만 내가 방금 글로 적은 화가 난 이유를 가만히 들여다보고 있으면 자시도 모르게 그 상황이 점점 작아짐을 느끼게 될 것이다. 내 마음 속에 화라는 것이 사라지지는 않았지만 글을 쓰기 전의 감정과 비교해 본다면 큰 차이를 느낄 수 있다. 마지막으로 우리가 해야 할 일은 지금까지 적은 글의 맨 아래쪽에 한 줄을 더하는 것이다. 이 세상에서 가장 소중한 나의 삶, 그 중에서 오늘 하루라는 시간을 이렇게 보낼 수는 없다고 말이다.

내가 내 마음을 움직일 수 있다는 말은 바꿔말하면 내 감정을 바라볼 수 있게 된다는 뜻이다. 앞에서 말했듯이 무의식은 곧 우주며 모든 것을 가능케 한다. 우주가 되어 내 마음을 내려다 보면 폭발할 듯이 화가 났던 그 상황들이 참 조그맣고 사사로운 것임을 느낄 수 있다.

글쓰기가 가진 최고의 매력이 바로 이것이다. 나는 글쓰기를 통해 내 마음을 들여다볼 수 있게 되었다. 아무리 기쁜 일이 있어도 차분한 마음으로 기쁨을 누리며 속상하고 화가 나는 일이 생겨도 덤덤하게 받아들일 수 있게 되었다. 이것은 감정을 애써 참는 것과는 차원이 다르다. 기쁜 마음, 화가 나는 감정들을 모두 글쓰기로 뱉아낸다. 나는 어떤 감정도 가슴 속에 담아두지 않는다. 아무리 사소한 감정들도 모두 꺼내어 종이 위에 적는다. 그렇게 함으로써 내 속은 시원하게 뚫리고 아무것도 찌꺼기가 남지 않게 된다. 마음은 늘 가볍고 편안하며 주변의 사건이나 상황에 휘둘리지 않는다. 내 감정에 솔직할 수 있으며 다른 사람들의 눈치따윈 전혀 보지 않는다. 만약 누군가 일부러 내 감정을 흐트려 놓으려고 해도 이제는 평온하게 상대할 수가 있다.

어른이기 때문에, 창피하기 때문에, 옆 사람들이 뭐라고 할까봐 자신의 감정을 숨기는 일을 이제는 그만했으면 좋겠다. 대신 하얀 종이를 꺼내 그 위에다 적어 보자. 자신과 대화하며 위로해주고 함께 기뻐해주며 어깨를 감싸안아 주어야 한다. 나는 세상에 하나밖에 없는 소중한 존재이며 이 사실을 스스로 받아들이지 못한다면 아무도 나를 알아주지 않을 것이다. 자신의 삶이 가장 소중하며 존귀한 가치를 지닌다는 사실을 항상 잊지 않는다면, 그 안에서 소용돌이 치는 감정들에 대해 함부로 대하는 일은 없을 것이다. 감정에 충실해 지는 것, 우리 삶을 더욱 성장시키고 나를 지키는 훌륭한 방법임을 잊지 말자.

06

나를 둘러싼 모든 것들

나를 포함한 세상의 모든 것들에 대해
소중하다는 생각을 간직하게 되면 마치 그 모든 만물이 나를 위해
존재하고 있는 것처럼 느껴진다.

평범한 부부의 일상 대화를 들여다 보자. 하루
종일 회사에서 업무와 상사의 잔소리에 시달려 피곤한 몸을 이끌고 집
으로 퇴근한 남편에게 아내가 먼저 말을 꺼낸다.

"길동이 다니는 유치원 때문에 속상해 죽겠어."

"유치원? 왜 그래? 오늘 무슨 일 있었어?"

"길동이가 유치원 애들이랑 자꾸만 싸운다고 하잖아."

"그래? 왜 싸운다는 거야? 애들이 먼저 시비를 걸었던 거 아냐?"

"조그만 애들이 시비가 어딨어!"

"그럼 뭐야? 우리 길동이가 애들이랑 잘 못 놀아?"

"그런 것도 아닌 것 같아. 선생님들이 중간에서 역할을 제대로 못하
니까 그런 거지 뭐."

"그래? 그럼 선생님들 찾아가서 뭐라고 얘기를 좀 해야지!"

"아휴, 당신은! 그런 걸로 유치원에다 뭐라고 하면 우리 길동이만 우스운 아이 되는 거야."

"그럼 유치원을 옮겨!"

"뭔 소리야? 이런 일로 어떻게 유치원을 옮겨!!"

"아 그럼 나보고 어쩌란 말이야 도대체!"

"아 됐어! 됐어! 당신이랑은 말이 통하질 않아!! 그만둬!"

내 말을 아주 잘 따르는 후배 한 명도 위와 비슷한 부부간의 문제를 가지고 자주 고민을 상담한다. 자신의 삶을 소중히 여기라는 나의 권유를 충실히 따르던 터라 더욱 흥분해서 말을 꺼냈다.

"선배님! 제가 아무리 제 삶을 소중하게 여기고 그에 맞는 마음가짐과 태도를 갖추려고 해도 마누라가 도무지 도와주질 않잖아요. 맨날 자기 고집만 내세워서 잔소리를 하고, 불평불만을 얘기하는데 제가 아무리 해결책을 내놓아도 마음에 들지 않는 것처럼 난리에요. 아무래도 마누라와 전 결혼을 잘못 한 것 같아요."

남자와 여자는 태생이 다른 동물이다. 남자는 근본적으로 모든 일에 있어 합리적인 해결책을 제시하려는 욕구가 강한 반면 여자는 마음속에 담아둔 말을 모조리 밖으로 끄집어 내야만 하는 욕구를 가지고 있을 뿐이다. 쉽게 말해 여자는 자신의 말에 귀를 기울여줄 남편이면 충분한 것이다. 여자들이 이야기하는 문제점에 대해 굳이 해결책을 제시하려 애쓸 필요가 없다는 말이다. 나는 부부간의 문제에 있어서 전문가도 아니고, 솔직히 내 아내에게조차도 만족스러운 남편이 못 된다. 그리고 말이 나왔으니 말인데 나도 남자이긴 하지만 여자한테 좀 지면 어떤가. 꼭 밖에서는 큰 소리도 한 번 못치는 남자들이 못나게도 마누라 앞에서만 내지른다. 그러지 말고 좀 져 주기도 하고 아내의 말을 잘 들어주기도 하면 집안에는 늘 평화가 깃들 것이라 장담한다. 흔한 말로 여자는 특히 아내는 귀신이라고 한다. 누구를 만났는지, 술은 누구랑 마셨는지, 오늘 어디에 갔었는지 잘도 맞춘다고 해서 귀신이라 하는 모양이다. 만약 그런 말을 한 번이라도 들어본 남자라면 더욱 더 아내의 말에 귀를 기울여야 한다. 귀신이 하는 말인데 들어서 나쁠 게 있겠는가. 위와 같은 예를 꺼내 이야기를 시작한 것은 자신의 삶을 소중하게 여기는 태도에 대한 오해를 풀기 위해서다.

내가 세상의 중심이며 내 삶이 무엇보다 소중하다는 말이 이기주의와 분명히 구별되어야 한다는 말은 이미 언급하였다. 자신의 삶을 소중하게 여기는 태도에 대해 잘못 오해하는 사람들이 내 후배와 같은 착각을 하게 된다. 나의 삶이 소중하다는 말은 내가 전부란 뜻이 아니다. 삶이란 단어는 많은 것을 아울러 포함하는 말이다. 즉, 우리 자신의 삶은 나 한 사람 뿐만 아니라 나를 둘러싼 주변의 모든 사람들까지도 포함하는 말이란 점을 명심해야 한다. 뿐만 아니라 나의 삶이 소중하다면 다른 사람들도 모두 자신의 삶을 소중하게 여기며 살아가고 있다는 넓은 의미를 반드시 인정해야 한다. 다른 누구보다 내 삶에 대해 잘 알고 아껴줄 수 있는 최고의 사람은 바로 나 자신임이 분명하지만 그렇다고 해서 다른 사람의 삶을 대수롭지 않게 여겨도 된다는 말은 결코 아니다. 우리는 소중한 자신의 삶을 아끼고 사랑해야 하며 더욱 성장할 수 있도록 최선의 노력을 기울여야 하지만 그것은 모든 사람들이 자신의 삶을 대하는 태도와 완벽하게 일치한다. 내 삶을 아끼는 노력이 다른 사람의 그것에 해를 끼쳐서는 안된다. 오히려 같은 시대를 살아가고 있다는 동질감과 유대감을 가지고 도와주려 애써야만 한다.

아무리 잘난 독불장군이라도 혼자서 자신의 삶을 성장시켜 나갈 수는 없다. 타인으로부터 배우기도 하고 도움을 받기도 한다. 혹은 내가 누군가에게 도움을 주기도 하고 그의 삶을 변화시켜 줄 수도 있다. 돈, 지식, 명예, 권력 등 인간의 욕망은 무한하지만 그런 것들은 모두 인간 내면에 깃든 본연의 성질을 늘 바람직하게 갖추고 있어야만 제대로 의미를 갖게 된다. 결국 소중한 삶을 성장시키는 밑바탕에는 올바른 가치관과 인성이 가장 먼저 깔려 있어야 한다는 말이다.

배우자는 내가 아니다. 분명 타인이다. 그(또는 그녀)도 나와 똑같은 소중한 삶을 가지고 있고 성장시키기 위해 노력하며 살 것이다. 평생을 함께 하기로 약속했다면 부부의 삶은 똑같이 존중받아야 하고, 서로 지켜주며 함께 성장시켜 나아가야 하는 것이다. 남편 때문에, 아내 때문에 라는 표현은 우리 삶에 아무런 도움이 되지 않는다. 서로 받아들이지 못하고 깎아내리는 표현을 쓰는 것은 어쩌면 스스로의 삶을 갉아먹고 성장을 저해하는 가장 큰 요소가 되어버릴 지도 모른다.

가족, 친지, 이웃, 회사 동료, 친구, 거래처 사람들, 사회적 모임 등 온갖 종류의 복잡한 인간관계를 맺고 살아가는 시대에서 사람들과의 건전한 소통과 유대관계는 대단히 중요하다. 인간관계에 대한 수많은 조언들이 책 속에 담겨 있지만 개인적으로 볼 때 자신의 삶을 소중히 여기는 태도야말로 최고의 방법이 될 수 있다. 내 소중한 삶을 성장시키기 위해 바람직한 가치관을 가지고 매 순간 노력하는 사람들은 타인의 삶도 똑같이 귀중하다는 사실을 잊지 않는다. 그래서 사람을 대할 때 쉽게 상처를 준다거나 비방하지 않는다. 어떤 점이 부족한가, 어떤 점이 배울만 한가에 대해 허심탄회하게 대화하고, 그들의 삶을 존중하며, 나와 함께 성장하기를 꿈꾼다. 비단 사람 뿐만이 아니다.

집에서 기르는 애완동물, 창 밖을 날아다니는 새들, 도로를 달리는 차, 하늘, 바람 등 자연의 모든 요소요소마다 소중한 내 삶을 위한 애정을 쏟을 수 있다. 처음에는 어색하고 온 몸이 오그라들 지도 모른다.

하지만 습관처럼 내 주변의 모든 환경을 대하다 보면 어느 새 그것들에 대해 감사하는 마음이 싹트게 된다는 사실을 발견할 수 있을 것이다. 내가 볼 수 있는 모든 환경은 내가 살아있음으로 인해 존재하는 것들이다. 만약 내가 죽어 없어진다면 아무리 화려한 도시의 불빛이며 자연이 다 무슨 소용이 있겠는가. 지금 이 순간 살아 숨쉬는 나를 느낄 수 있다면 별 것 아닌 다툼이나 불만은 대수롭지 않게 여길 수가 있다. 내 삶은 돈으로 환산할 수 있는 정도의 가치를 지닌 것이 아니다. 보다 고차원적인 의미를 가진 위대한 영혼이 고작 몇 마디의 말과 사사로운 행위들로 인해 짜증을 내거나 화를 내는 것은 전혀 어울리지 않는다. 크고 깊게 흐르는 강은 아무리 세찬 비바람이 불어도 조금 더 빨리 흐를 뿐이다. 세상에서 가장 무서운 사람은 마음의 변화가 없는 사람이라고 생각한다. 아무리 험한 말을 쏟아내어도, 아무리 상황을 악화시켜도 표정의 변화없이 묵묵하게 대응하는 사람은 어찌할 방법이 없다. 발끈 하며 화를 잘 내는 사람은 척 보기에도 만만해 보인다. 모든 것을 포용하고 받아들일 수 있는 마음이란 것이 위대한 철학자나 종교인들만이 가질 수 있는 것은 아니다. 조금만 자신을 들여다보고, 스스로의 삶이 얼마나 소중하며 위대한가를 생각하는 습관만 가질 수 있다면 내 마음을 다스린다는 것이 그다지 어려운 일이 아니란 사실을 깨닫게 될 것이다.

앞에서도 말한 바 있지만 마음을 다스릴 수 있는 사람은 세상에 두려운 것이 없다. 모든 일은 마음에서 비롯되며, 그런 마음을 흔들리지 않게 가지고 있으니 당연한 얘기다. 사소한 일에 감정을 낭비하는 일도 없을 것이며 작은 변화들에 대해 일희일비 하지도 않을 것이다. 나를 포함한 세상의 모든 것들에 대해 소중하다는 생각을 간직하게 되면 마치 그 모든 만물이 나를 위해 존재하고 있는 것처럼 느껴진다. 이는 결국 내가 세상의 중심이란 생각과 일치하며 나의 손끝 하나로 세상을 움직일 수 있다는 거대한 자신감을 샘솟게 만든다. 무슨 일이든 할 수 있고, 무슨 일이든 이루어낼 수 있다는 자신감이 충만해 지면 가슴 속에 열정이 타오르기 시작한다. 목표를 향해 나아가는 것이 훨씬 쉬워지고 의욕이 넘쳐 흐른다. 시간이 지날수록 나의 도전을 도와주는 힘이 여기저기서 생겨난다. 나를 중심으로 움직이고 있는 세상을 피부로 느낄 수 있다. 열정은 더욱 높아지고 목표는 완벽하게 달성한다. 만족스러운 성취감은 또 다른 도전을 낳게 하고, 새롭게 시작한 도전은 열정을 다시 불태우며 완전한 시스템이 갖춰지게 되면 아무리 높은 이상과 목표라 하더라도 충분히 달성할 수 있게 되는 것이다. 성공을 이룬 사람들은 모두 이런 순환을 반복하여 체계화시킨 사람들이란 점을 잊어서는 안 된다.

07

타인을 위한 삶

삶의 막다른 곳에서 나는 책을 읽었다.
5미터 담장으로 둘러싸인 그 곳에서도 매일 책을 읽었으며, 주먹이 쥐어지지
않을 정도로 손이 퉁퉁 붓는 일을 마치고 온 날도 책을 읽었다.

참혹한 실패가 지나간 자리에는 아무 것도 남아있는 것이 없었다. 뭔가를 새롭게 시작하여 내 인생을 다시 일으켜 세우고 싶었지만 무슨 일을 어떻게 시작해야 할지 막막하기만 했었다. 조금이라도 목돈을 가지고 있었더라면 포장마차라도 할 수 있었겠지만 주머니에는 천원짜리 한 장 들어있지 않았다. 과거, 나이, 재산 등을 고려해 유일하게 내가 할 수 있었던 일은 막노동 뿐이었고 하루하루 몸이 부서져라 일을 하기 시작했다.

막노동은 아무런 비전이 없는 일이었다. 물론 그 중에는 전문적인 기술을 배워 자기만의 영역을 구축해 나가는 사람들도 있었다. 하지만 기술을 배우기 위해서는 교육을 받아야했고 돈이 필요했다. 만약 체계적인 교육을 받지 않고 현장에서 눈치껏 배우려고 한다면 그 만큼 오

랜 시간이 걸릴 수 밖에 없었다. 처음부터 한 가지 기술만을 배우겠다는 마음으로 전문가를 따라다니는 방법도 있었지만 그럴 경우에는 하루 일당이 절반으로 줄어든다는 사실을 받아들여야만 했다. 당장 가진 돈이 없었고, 하루를 먹고 살기에도 바빴기 때문에 긴 시간을 투자하여 뭔가 기술을 배운다는 것은 불가능한 일이었다. 결국 새벽의 인력 시장에서 하루하루 승합차에 태워지기만을 기다리며 살아갈 수 밖에 없었다.

그렇다고 해서 막노동의 현장에서 땀흘려 일하는 사람들을 어리석다고 하거나 불쌍하게 여기는 마음은 전혀 없다. 오히려 나는 그들을 존경한다. 그들은 가진 것도 배운 것도 없이 가족에 대한 책임감과 스스로의 삶에 충실하기 위해 새벽부터 열 시간이 넘는 중노동을 한다. 하루 9만원에서 10만원이 조금 넘는 일당을 받지만 그나마 매일 일이 있는 것도 아니다. 육체노동이란 참으로 힘들고 어려운 일임에도 불구하고 그것을 자신의 삶으로 받아들이고 살고 있다.

만약 살면서 막다른 곳에 이르러 더 이상 아무것도 할 수 없을 것만 같다고 느껴질 때가 있다면 막노동을 해 보는 것도 괜찮을 거라 생각한다. 중요한 것은 반드시 스스로 기한을 정해두어야 한다는 점이다. 사람은 적응력이 뛰어난 동물이다. 인생의 바닥에서 처절한 경험을 쌓겠다고 각오를 굳혔다면 말 그대로 경험으로 끝나야 한다. 자칫하면 아무런 비전도 없이 그저 하루 일과를 마치고 손에 쥐는 일당을 자신의 노력과 시간에 대한 충분한 대가로 잘못 받아들이게 될 지도 모르기 때문이다. 흘리는 땀방울은 신성한 것이지만 소중한 우리의 삶을 죽는 날까지 육체노동으로 보낼 수는 없다.

삶의 막다른 곳에서 나는 책을 읽었다. 5미터 담장으로 둘러싸인 그 곳에서도 매일 책을 읽었으며, 주먹이 쥐어지지 않을 정도로 손이 퉁퉁 붓는 일을 마치고 온 날도 책을 읽었다. 나는 책을 쓴 사람들 모두에게 진심으로 머리숙여 감사하는 마음을 가지고 살고 있다. 책은 나에게 꿈과 용기를 주었으며, 한치 앞도 보이지 않았던 캄캄한 앞길에 불을 비춰 주었다. 나 혼자만 겪은 것 같았던 엄청난 실패의 고통이란 것이 꽤 많은 성공한 사람들이 한 번쯤 거쳐간 과정이었다는 사실을 수많은 책을 통해 알게 되었을 때 그 가슴 떨리는 설렘은 이루 말할 수 없을 정도였다.

독서가 우리 삶에 가져다 주는 이로운 점들은 헤아릴 수 없을 정도지만 개인적으로 볼 때 그 중에서도 최고의 장점은 '생각' 하게 만들어 준다는 것이다. TV나 영화를 볼 때 우리의 감각기관 중에서 가장 많이 사용되는 것이 눈과 귀다. 가만히 앉아서 보고 있기만 하면 시각과 청각을 통해 모든 것이 이해될 수 있기 때문이다. 그러나 독서는 비록 눈으로 읽는 것이긴 하지만 머릿속의 두뇌가 함께 움직여주지 않으면 내용을 전혀 이해할 수가 없다. 아무리 쉬운 책이라도 눈과 함께 생각이란 것이 따라 주어야만 내용을 받아들일 수가 있는 것이다.

우리는 살면서 한 순간도 생각이란 것을 하지 않고 살아갈 수 없다. 의도하지 않아도 자연스레 잡다한 생각이 머릿속을 스쳐 지나간다. 그럼에도 불구하고 굳이 책을 읽어야만 생각을 할 수 있다고 말하는 이유는 무엇일까. 스쳐 지나는 생각은 우리 삶에 별 도움이 되지 않는다. 의도적인 생각! 스스로 생각을 부여잡거나 창조해낼 수 있어야 한다. 나는 지금 무슨 생각을 하고 있는지 생각해 보라. 아무 생각이 없다는 생각이 든다면 지금부터 자신이 의도하는 생각을 해 보자. 기왕이면 내 삶에 도움이 될 수 있는 생각이면 좋겠다. 미래의 내 모습을 생각해 보자. 자신의 꿈을 이룬 모습, 지금보다 더 풍요롭고 행복한 모습을 생생하게 그려보자. 이렇게 의도적으로 만들어 내는 생각은 오롯이 나의 것이 된다. 만약 지금 하고 있는 근사한 생각을 좀 더 현실적으로 바꾸고 싶다면 생각과 동시에 글을 쓰는 것이다. 나는 지금 무슨 생각을 하고 있는가부터 적어보자. 그리고 꿈을 이룬 내 모습까지 선명하게 묘사해 보는 것이다. 생각을 창조해 내면서 동시에 글을 쓰게 되면 우리의 머리와 눈과 손과 가슴이 동시에 움직인다. 무의식은 이를 완벽하게 현실로 받아들이며 이미 이루어진 것으로 인식하게 된다.

책을 읽으면서 지나온 내 삶의 나쁜 습관들이 개선되기 시작했다. 모든 것이 끝장났다는 후회와 한탄은 지금부터 시작이라는 희망의 메시지로 바뀌었으며, 도대체 내가 이 꼴로 무엇을 할 수 있단 말인가 라는 절망은 모든 것을 이루어낼 수 있다는 자신감과 가능성으로 변화하였다. 책은 나에게 모든 것을 주었으며, 그래서 책을 쓴 사람들에게 진심으로 감사하고 있다.

삶을 긍정적으로 바라보기 시작하자 나에겐 또 다른 사명의식이 생겼다. 내가 책을 통해 절망과 시련을 이겨낼 수 있다는 마음이 생겼으니 다른 사람들에게도 내가 받은 선물을 전해주어야만 한다는 생각이 그것이었다. 고통과 시련을 이겨내고 새롭게 거듭날 수 있었던 내 경험을 다른 사람들에게 전해주어 그들도 나처럼 다시 일어설 수 있다는 용기를 가질 수 있다면 얼마나 행복할까. 생각이 여기에 이르자 잠시도 멈추어 있을 수 없었다. 힘든 막일을 마치고 집으로 돌아오기가 무섭게 컴퓨터를 켰다. 그리고 내가 가진 모든 생각과 경험을 글로 적기 시작했던 것이다.

나는 다른 사람들의 삶에 대단히 무관심한 사람들 중 한 명 이었다. 누군가가 내게 뉴스를 통해 전해들은 소식을 재미삼아 이야기해 주어도 전혀 귀에 들어오지 않았다. 그게 나랑 무슨 상관이란 말인가. 무슨 사고가 났든, 누가 어떻게 되었든 내 삶과는 아무런 상관이 없다고 여겼다. 그런데 참혹한 실패를 경험하고 나니 내가 이토록 처참한 상황에 빠졌는데 왜 아무도 내게 관심이 없는 걸까 하는 분통 터지는 마음이 가장 먼저 생겼던 것이다. 지금 생각해도 참 어이없는 이기주의였다. 단 한 명이라도 내가 겪고 있는 현실에 대해 위로해 주고 다시 일어설 수 있을 거라는 믿음과 용기를 주었더라면 세상을 향한 분노와 원망을 전혀 하지 않았을 지도 모른다. 당연히 술로 세월을 보내는 일도 없었을 거라 믿는다. 세상은 준 대로 돌려받는다는 사실을 그 때서야 비로소 깨달았다.

다행히 책을 통해 세상은 여전히 나를 위해 존재하고 있구나 라는 사실을 느끼게 되었고, 이제는 내가 먼저 다른 사람들에게 도움이 되는 삶을 살아야겠다고 마음먹은 것이다. 처음엔 나같은 사람이 어떻게 다른 사람을 도울 수 있을까 하는 염려가 컸다. 전과자, 파산자, 막노동꾼의 이야기를 누가 귀담아 들어주기나 할까. 그래서 생각을 바꾸기 시작했다. 거창하게 누군가를 돕는다는 생각을 접고 내 경험을 있는 그대로 전하자는 마음을 먹었다. 단지 실패의 경험만으로는 부족했다. 내가 이렇게 실패했으니 당신은 조심하시오 라는 내용 말고는 더 이상 쓸 수가 없었던 것이다. 조금 더 내 경험을 솔직하게 드러낼 필요가 있었다. 나는 이렇게 참담한 실패 속에서도 글쓰기를 통해 마음이 편안한 삶을 살 수 있었으니 당신도 글쓰기를 해보는게 어떻겠습니까 라는 것이 내 첫 책의 주제가 되었다. 메일을 보낸 지 하루 만에 출판사에서 연락이 왔고, 일주일 뒤에 카페에서 출판사 대표와 기획팀장을 만났다. 그렇게 나는 출판계약서에 싸인을 했고, 내 생애 처음으로 '갑' 이라는 이름을 달게 되었다.

출판계약을 하기가 무섭게 책을 써야겠다는 내 마음의 열정은 더욱 불타올랐다. 책을 내게 되었다는 사실도 물론 더할 수 없는 기쁨이었지만 나를 더욱 가슴떨리게 했던 것은 누군가 내 책을 읽고 조금이라도 삶이 변화될 수 있을 지도 모른다는 사실이었다. 나처럼 삶의 밑바닥에서 실패의 상처를 지우려 애쓰는 사람이 다른 누군가의 삶에 용기와 희망을 줄 수 있다는 사실이 얼마나 가슴벅찬 보람과 긍지를 가지게 했는지 표현할 수 없을 정도였다. 나의 경험과 의지를 주제로 계속해서 책을 내고, 강연을 통해 다른 사람들의 삶을 풍요롭게 하는데 도움을 주는 것이 내 삶의 사명이 되었다. 더욱 기쁜 사실이 하나 더 있었다. 내 경험은 제한되어 있다. 아마 책을 두 세권 내고 나면 나의 경험은 모두 바닥이 날 게 뻔하다. 그러면 계속해서 다른 사람들의 삶에 도움이 되기 위해 나는 성장해야만 한다. 앞에서 말한 바와 같이 내 삶을 성장시키기 위한 노력을 치열하게 계속해야만 한다는 것이다. 다른 사람의 삶에 도움을 주는 일이 결국 내 삶을 성장시키는 원동력이 된다는 기본적인 진리를 이제야 제대로 이해할 수 있게 되었다.

출판 계약을 마치고 집으로 돌아오면서 불현 듯 이런 생각이 들었다. 그토록 돈을 벌고 싶다고, 돈을 벌어야 한다고 미친 듯이 뛰어 다닐 때에는 그 방법이 전혀 생각나지 않았고 조금의 돈도 벌 수가 없었는데, 돈에 대해서는 전혀 생각지 않고 다른 사람의 삶에 보탬이 될 수 있는 방법을 고민하다가 책을 쓰게 되니 저절로 돈을 벌게 된 것이다. 비록 계약금이나 인세가 큰 돈은 아니었지만 매일 열 시간이 넘는 막노동을 열흘 이상 해야만 벌 수 있는 돈이 한꺼번에 들어온 것은 뿌듯한 일이 아닐 수 없었다. 돈만을 좇아 숱한 시간을 허비하고 지울 수 없는 상처까지 안게 된 나는 이제 확신한다. 삶의 목표가 돈 그 자체가 되었을 때는 결코 돈이 나에게 오지 않으며, 보람과 의미를 잃어버리는 삶은 아무리 큰 돈을 벌어도 가치가 없다는 생각 말이다.

혹시 지금 이 순간 돈 때문에 고민하고 있는 사람이 있다면, 잠시만 생각을 바꾸어 보라고 권하고 싶다. 자신을 위해 돈을 벌겠다는 생각을 버리고 자신이 가진 경험과 지식을 이용해 타인의 삶에 보탬이 될 수 있는 방법을 찾아보라고 말이다. 어쩌면 본인이 바라는 것보다 훨씬 큰 부와 명예를 얻게 될 지도 모른다. 세상에는 성공한 사람들이 많이 있다. 아직 성공에 이르지 못한 우리들의 입장에서는 그들이 걸어간 발자취를 본받아 따라 가는 것이 지극히 현명한 방법일지 모른다. 대부분의 성공한 사람들은 자신보다 남을 위한 삶을 살았다는 점을 반드시 기억해야 한다.

08

소중한 내 삶에 HOW!

우리가 가야 할 길은 생각보다 꽤 멀고 험하다. 넘어질 때마다 잠시도
쉬지 않고 벌떡 일어서다가는 얼마 못가 영원히 쓰러지는 일이 생길 지도 모른다.
실패는 잠시 멈춤이다. 멈춘 김에 쉬었다 가는 거다.

마크 잉글리스는 뉴질랜드에 살고 있는 등
반가이다. 그는 마흔 일곱 살에 에베레스트의 8850미터 정상에 올랐
다. 그의 나이를 고려해 본다면 대단한 일이 아닐 수 없다. 그러나 이
정도의 내용에 박수를 보내는 사람은 드물 것 같다. 에베레스트라는
산은 대단히 높고 험한 산이며, 인간의 극기를 시험하기에 충분할 만
큼 세계적으로 유명한 산이긴 하지만 이미 꽤 오랜 세월 동안 정상에
오른 사람들이 많이 있기 때문이다. 그럼에도 불구하고 내가 이 사람
의 이야기를 꺼낸 것은 그의 특별한 상황 때문이다.

마크 잉글리스는 두 다리가 없다. 보기만 해도 차갑게 느껴지는 의
족을 두 다리에 착용하고 에베레스트를 올라 정상을 정복한 것이다.
그가 의족을 착용한 채 에베레스트의 정상에서 찍은 사진은 언제 보아

도 내 가슴에 뜨거운 것이 벅차오르게 한다.

　두 다리가 없는 불편한 상황에서도 에베레스트 정복이라는 거대한 꿈을 실현시킨 것은 그의 일상에 특별한 습관이 있기 때문이었다. 대부분의 사람들은 해결하기 어려운 문제에 봉착하거나 거듭되는 실패 앞에서 왜 안될까 라고 생각한다. 도대체 나는 왜 안될까? 무엇이 문제일까? 왜 면접에서 떨어졌을까? 왜 승진하지 못할까? 왜 돈을 벌지 못할까? 왜 이렇게 힘이 들까? 왜 안될까? 의도하지 않더라도 자연스럽게 이런 생각이 드는 것은 생각의 습관이라 볼 수 있다.

　마크 잉글리스는 모든 상황에 대해 "어떻게 하면 될까?" 라는 생각의 습관을 가진 사람이었다. 이것은 큰 차이를 가진다. 왜 안될까 라는 질문의 해답은 원인을 찾는데 있다. 반면 어떻게 하면 될까 라는 생각은 방법이라는 답을 가져오는 질문이다. 원인도 물론 문제를 해결하는데 도움이 되긴 하지만 원인을 밝혀낸다고 해서 문제가 해결되는 것은 아니다. 원인을 밝히는 데에서 멈추는 사람들도 있고, 원인을 알고 난 후에는 다시 그 방법에 대해 연구해야 하는 2차과정이 여전히 남아 있게 된다. 방법을 찾게 되면 그대로 실천하기만 하면 된다. 어떻게? 라는 질문을 습관적으로 하게 되면 무의식과 우주는 내가 잠을 자고 있는 동안에도 그 방법을 고민한다. 그리고 반드시 방법을 찾게 된다.

왜? 라는 질문은 어떻게? 라는 질문에 비해 수동적이다. 즉시 행동으로 이어지기에는 2프로 부족하다. 왜 안될까? 라는 질문의 답은 당연히 부정적 요소를 담고 있을 수 밖에 없다. 애초부터 우리 앞에 닥친 해결하기 힘든 문제나 위기에 직면했을 때 그것을 뛰어넘을 수 없는 원인을 찾고자 했던 것이다. 이러이러하기 때문에 안.된.다 라는 결론에 도달한다. 불가능한 이유를 묻는 질문에는 "OOO 때문에 불가능한 겁니다" 라는 형식의 답이 올 수 밖에 없다.

반면, 어떻게? 라는 질문은 긍정적이며 적극적인 답을 도출해 낼 수 있다. 어떻게 하면 될까? 라는 질문이 품고 있는 근본적인 방향은 되는 쪽이다. "이렇게 하면 됩니다" 라는 식의 형태를 가지고 그 답이 도출된다.

그래서 왜 안될까? 라고 묻는 순간 우리의 가슴과 무의식이 받아들이는 감정은 부정이나 불가능에 가깝지만 어떻게 하면 될까? 라고 물을 때면 언제나 가능성과 긍정의 씨앗을 뿌리는 효과를 거둘 수 있다.

어떤 일에 도전함에 있어서 필요한 것은 여러 가지가 있겠지만 그 중에서도 가장 중요한 것이 바로 성취할 수 있다는 믿음이다. 강력한 신념은 우리로 하여금 도전을 멈추지 않게 하며 실패를 거듭하더라도 쓰러지지 않고 다시 일어설 수 있는 패기와 힘을 준다. 그것은 열정과도 이어지며 끊임없이 계속되는 도전은 결국 성취를 이끌어낼 수 있다.

어떻게 하면 될까 라는 질문은 시작부터 가능성을 담고 있다. 되기는 분명히 되는데 그 방법이 무엇일까? 바로 이것이 '어떻게' 라는 의문사가 가지는 최고의 힘이다. 우리가 마주하고 있는 거대한 문제에 대해서 일단 해결할 수 있다고 보고 시작한다는 것은 대단히 중요한 문제다. 사람들이 포기하게 되는 가장 큰 이유는 아무리 노력해도 성공할 수 없다는 생각 때문이다. 불가능한 일에 매달려 시간을 허비하느니 차라리 다른 일을 하고 말겠다 라는 심리가 작용한다. 그런데 도전을 시작하기도 전부터 백퍼센트 가능한 일임을 알고 있다면 아무리 힘들고 어려운 문제라 하더라도 포기하지 않고 끝까지 도전해볼 용기가 생기게 되는 것이다.

모든 것은 마음에서 비롯된다는 말은 여기에도 적용된다. 우리가 설정한 목표라는 것이 현실 가능한 것인지 아니면 절대로 불가능한 것인지에 대해서 '지금'은 절대로 알 수가 없다. 혼신의 노력 끝에 누군가 목표를 달성했다면 그것은 애초부터 가능한 일이었다. 그러나 거듭되는 실패로 누군가는 포기하고 말았다면 그에게는 애초부터 불가능한 일이었다는 결론을 내려야만 한다. 이 목표가 과연 달성가능한 것인지는 개인에 따라 달라지게 된다.

그렇다면 우리는 어떻게 해야 하는가? 나에게 있어 가능한 목표인지 불가능한 목표인지 알 수 없는 상황에서 출발해야 하니 너무나 위험하고도 무모한 일이라 여기고 처음부터 목표를 아주 낮게 설정해야 하는 걸까? 오랜 시간 노력을 기울이다가 결국 실패하게 되면 모든 것이 허사가 되니까 아예 시작도 하지 말아야 하는 것인가?

절대로 그렇지 않다. 목표달성 가능성의 여부는 우리가 가진 능력에 있는 것이 아니라 믿음에 있다. 달성할 수 없을 거라고 선을 긋는 것은 오직 내 마음에 달려 있다. 반드시 달성가능하다고 믿는 절대적인 신념만 가질 수 있다면 이 세상에 불가능한 목표란 존재하지 않는다. 너무 큰 소리 치는 것 아니냐고 반문할 지도 모르겠지만 이것 또한 당신의 믿음의 문제다. 나는 결단코 불가능은 없다고 본다. 당연히 나의 경험 덕분이다. 한참 공사중인 서해안 고속도로까지 차를 몰고 가서 엄청난 속도로 달리는 트럭들 사이로 몸을 던져버리려는 마음을 수도 없이 먹었었다. 멀쩡하게 잘 살다가 불과 6개월 만에 모든 것을 잃어버렸고, 파출소 앞에도 한 번 가본 적 없던 내가 감옥에 가게 되었다는 현실을 견딜 수가 없었다. 나는 정말 내 인생이 끝장난 줄 알았다. 두 번 다시 세상 속에 어울려 정상적으로 살아갈 수 없을 것만 같았다. 그 당시를 돌이켜보면 지금처럼 글을 쓰고, 책을 출간하고, 작가가 된다는 사실을 꿈도 꿀 수 없었다. 지금까지 살아있으리란 것조차 장담할 수 없었으니 오죽했겠는가. 도대체 뭐가 불가능하다고 생각하는가? 우리는 지금 주사 한 대를 맞고 초록색의 거대한 괴물로 변하거나, 슈트를 입고 우주를 날아다니는 목표를 세우자는 것이 아니다. 물론 그런 목표조차도 불가능할 것도 없겠지만 현실적으로 우리가 세우게 될 목표나 이루고자 하는 소망들은 반드시! 달성 가능하다. 만약 지금 이 순간 자신의 앞에 놓여진 현실이 너무나 비참해서 내 말이 귀에 들어오지 않는다거나 실패의 한 가운데 놓여 있어서 도저히 다시 일어설 수 없을 것만 같다고 포기하려는 사람이 있다면 그것은 단지 순간적인 마음일 뿐이란 사실을 알았으면 좋겠다. 너무 힘들어서 잠시 마음이 약해져 있을 뿐이다. 그럴 때에는 높은 곳에 매달려 있는 목표를 쳐다보지 말고 잠시 고개를 떨구고 마음을 정리하는 시간이 필요하다. 크게 호흡을 하고 시원한 물 한잔을 들이키며 어떻게 하면 될까? 라고 조용히 말해 보자. 한 번, 두 번 소리내어 말한 후에 마음 속에서 지워버려라. 모든 무거운 짐을 무의식에게 지워버리고 좀 쉬는 것도 소중한 내 삶의 여정에서 꼭 필요한 일이다.

나는 실패를 경험해 보았기 때문에 실패한 사람의 마음을 누구보다 잘 알고 있다. 무조건 힘내라고 하는 말도 귀에 들어오지 않으며, 잘 할 수 있을 거야 라는 격려도 별 힘이 되지 않는다. 이렇게 해보면 어떨까 라는 어설픈 충고도 화를 돋우게 할 뿐이다. 그저 마주 앉아 이야기를 들어주고 고개를 끄덕여주는 걸로 충분하다. 조급하게 다시 일어서려고 애쓸 필요도 없다. 잠시 동안 쓰러진 자리에 그대로 앉아 있는 것도 괜찮다. 그렇게 앉아서 힘차게 달려가는 사람들의 발만 쳐다보는 것도 괜찮고, 쏟아지는 빗줄기에 폭삭 젖어보는 것도 괜찮다.

우리가 가야 할 길은 생각보다 꽤 멀고 험하다. 넘어질 때마다 잠시도 쉬지 않고 벌떡 일어서다가는 얼마 못가 영원히 쓰러지는 일이 생길 지도 모른다. 실패는 잠시 멈춤이다. 멈춘 김에 쉬었다 가는 거다. 쉬는 동안 낫을 갈았던 나뭇꾼이 훨씬 더 많은 땔감을 가질 수 있지 않았던가. 충분한 휴식을 취한 후에 다시 도전해 보자. 달성 가능하다는 사실을 이미 알고 있으니 '영원한 실패' 또는 '불가능' 따위에 대한 두려움을 가질 필요도 없고 망설일 필요도 없다. 실패하고 포기한 사람들은 내면의 잠재력을 10퍼센트도 채 사용하지 못하고 죽음에 이른다고 한다. 90퍼센트의 잠자고 있는 잠재력을 이끌어 낸다면 불가능을 생각하기 전에 과연 어디까지 가능할 것인가를 상상해 볼 만 하다.

우리 삶에서 만나게 되는 문제와 우리가 설정하게 되는 목표들이 만약 불가능한 것들이라면 나도 이런 말을 하고 싶지 않을 것 같다. 그러나 다시 말하지만 불가능한 일 따위는 애초부터 없다. 그 말은 게으르고 끈기가 부족해서 쉽게 포기하는 사람들이 갖다 붙인 변명이며 핑계일 뿐이다. 포기한 여우가 맛있는 포도를 신 포도라고 말한 것은 먹지 못하는 자신을 위로하기 위한 안타까운 핑계였음을 알고 있지 않은가. 어떻게 하면 될까? 라는 질문을 통해 세상의 모든 일들이 가능하다는 사실을 이미 알고 있다. 어차피 달성 가능한 목표라면 너무 힘들고 지칠 때에는 잠시 쉬면서 마음을 가다듬고 조금 여유를 갖고 다시 시작하는 것도 충분히 훌륭한 전략이 될 수 있다.

다만, 확실히 기억해야 할 것은 지금 우리가 어디를 향해 가고 있느냐를 잊어서는 안된다는 사실 뿐이다.

실패에 대한 두려움은
많은 사람들로 하여금 포기하게 만들거나
아예 도전조차 하지 못하도록 가로막는다.
그것은 실패로 인해 많은 것을 잃었던
경험이 있거나 아니면
한 번도 실패해본 경험이 없는
사람들에게 생기는 감정이다.

소중한 삶을 위해 버려야 할 것들

01

내 삶을 불쌍하게 여기지 말자

스스로를 불쌍하게 여기거나 자신의 삶이 초라하게 느껴질 때에는
생각보다 행동이 필요하다. 검은 색의 잉크 한 방울을 기억하는가? 가만히 앉아
생각만 거듭하다 보면 점점 더 크게 번지게 된다.

사업이 실패한 직후 내가 안고 있는 빚은 10
억이 훌쩍 넘어 있었다. 도대체 어디에서 얼마를 빌렸으며 이자가 얼
마나 되었기에 그 짧은 기간 동안 빚이 불어났는지 정상적인 사고를
할 수가 없을 정도였다. 아무리 생각해도 도저히 빚을 갚을 만한 능력
이나 방법은 떠오르지 않았다. 나의 채무를 종이에다 처음으로 옮겨
적던 날, 나는 죽음이라는 것을 진지하게 들여다보게 되었다.

지금은 덤덤하게 이 글을 쓰고 있지만 당시에는 정말 세상을 포기
하고 싶은 마음 뿐이었다. 모든 것을 잃었다는 사실만으로도 견디기가
힘들었는데 상상을 초월하는 금액의 빚더미까지 안게 되었으니 어떤
희망이 있었겠는가.

나와 유사한 경험을 가진 사람들을 많이 만나 보았다. 빚이라는 것

은 누구에게나 견디기 힘든 상처였고 한 발자국도 앞으로 나아가지 못하게 가로막는 커다란 장벽이었다. 그들은 모두 한결같이 말했다. 빚만 없어도 어떻게든 살아보겠다고 말이다. 오랜 세월 친분을 쌓아온 친구 한 명을 최근에 만났는데, 그도 역시 한 때 사업의 실패로 인해 큰 빚을 져본 적이 있었다.

"아침에 눈을 떠서 저녁에 잠이 들기 전까지 내가 한 일이라고는 돈을 빌리는 것 밖에 없었어. 근근이 돌려막기를 하면서 하루하루를 보냈었지. 정말이지 두 번 다시 생각도 하기 싫은 날들이야."

그런데 그 친구가 말하는 빚은 모두 합해 3천만원도 되지 않았다. 10억이 넘는 채무의 경험이 있던 나는 피식 웃고 말았다. 고작 3천만원 정도를 가지고 힘들었네, 죽고 싶었네 하는 무용담을 들어주기가 거북했다. 내가 겪은 경험을 이야기해 주면서 별 것도 아닌 일로 힘들어하지 말라고 쏘아붙였다. 하지만 아무런 소용이 없었다. 그는 내 경험을 귀담아 들었지만 여전히 자신의 생각을 바꾸지 않았다.

"나에게 있어서 3천만원은 너의 10억보다 훨씬 컸었어. 이런 건 비교대상이 안돼. 내가 아는 사람은 500만원을 갚지 못해서 수면제를 입안에 털어넣기도 했어."

다른 사람들이 얼마의 빚을 안고 있든 나와는 상관이 없다. 내가 안고 있는 500만원의 빚이 다른 사람들의 몇 백억 빚보다 크게 느껴진다. 내 손끝의 가시 하나가 죽음을 앞둔 암환자의 그것보다 훨씬 더 쓰리고 아프다. 내가 가진 것들은 항상 다른 사람들보다 작게 느껴지지만, 나의 상처는 언제나 그들보다 깊고 오래간다. 이것이 대부분의 사람들이 가진 생각이다.

그렇다면 왜 사람들은 자신의 고통과 슬픔을 다른 사람들의 그것보다 더 크게 느끼는 것일까?

나무타기를 하던 원숭이 키키는 실수로 그만 나무에서 떨어지고 말았다. 다행이 생명에는 지장이 없었지만 팔을 크게 다쳐 깁스를 할 수밖에 없었다. 의사는 키키의 팔이 심각한 부상을 입긴 했지만 틀림없이 완치될 수 있으며 3개월 후에는 다시 나무를 탈 수 있을 거라고 말했다. 하지만 키키는 그 날 이후로 나무에 오를 자신이 없어져 버렸다. 혹시 또 떨어지게 되면 더 크게 다칠 지도 모른다는 생각이 들었고, 원숭이가 나무에서 떨어졌다는 사실 자체가 너무나 창피해서 친구들 앞에 나설 주도 없었다. 많은 친구들이 키키를 위해 병문안을 왔다. 모두들 따뜻하게 키키를 위로해 주었으며, 나무에서 떨어진 것은 단지 실수일 뿐이라며 그들 모두 한 번씩은 실수의 경험이 있다고 말했다.

"그렇지만 너희들은 나처럼 나무에서 떨어지거나 팔을 다치진 않았잖아. 난 어쩌면 영영 팔이 회복되지 않을 지도 몰라. 그럼 나무를 타는 일이 불가능하겠지. 너희들과 함께 신나게 나무를 타던 시절이 너무나 그리워. 내 삶에 더 이상 행복이란 없을 지도 몰라."

눈물을 흘리는 키키를 바라보며 친구들은 모두 안쓰러운 표정을 지었다.

꽤 오랜 시간이 흘렀지만 키키는 여전히 방 안에서 나오질 않았다. 혹시 밖으로 나왔다가 친구들이 나무를 타는 모습을 보면 크게 상처를 받게 될 것 같았고, 또 다른 위험요소들 때문에 더 크게 다치지는 않을까 염려되었기 때문이다. 매일 방 안에서 혼자 TV를 보거나 게임을 하면서 시간을 때우기만 했다. 가끔씩 다시 나무를 타볼까 하는 생각이 들었지만 그럴 때마다 고개를 절레절레 흔들며 스스로 마음을 달랬다.

'난 절대로 다시 나무를 탈 수가 없어. 이렇게 팔도 다쳤잖아. 그 동안 나무를 타지 않아서 실력도 형편없어 졌을거야. 친구들과 어울릴 수도 없어. 내 인생은 이제 끝난거야. 이렇게 혼자서 방 안에만 쳐박혀 있다가 죽을거야.'

그렇게 혼자 울면서 시간을 보내고 있는데 갑자기 초인종이 울렸다. 키키는 현관문을 열었고 그 앞에 서 있는 자신의 할아버지를 보았다. 반가운 마음에 훌쩍 뛰어 올라 할아버지의 품에 안겼다. 이제 자신을 진정으로 위로해 줄 수 있는 존재를 만나게 된 것이다. 어릴 적부터 할아버지는 늘 키키의 편이었다. 그래서 이번에도 할아버지에게 자신의 처지를 솔직하게 말하고 위로받기를 기대했다. 그런데 할아버지의 입에서 나온 말은 키키의 예상과는 전혀 달랐다.

"우와! 키키! 네 소식을 들었단다. 세상에! 내 손주가 이렇게 대단할 줄이야! 너 나무에서 떨어졌는데도 불구하고 멀쩡하게 살았다면서? 이곳으로 오는 중에 너를 치료한 의사를 만났단다. 팔을 조금 다친 것 외에는 아무 이상도 없다고 하더구나. 정말로 장하다 키키야. 내가 평생토록 살면서 나무에서 떨어진 동료들을 수없이 보았지만 이렇게 멀쩡한 적은 네가 처음이다. 장차 우리 원숭이 부족을 이끌어 갈 만큼 강한 육체를 가졌구나. 넌 우리 원숭이들의 자랑이야!"

키키는 할아버지의 말씀을 들은 후부터 다시 나무타기를 할 수가 있었고, 친구들과도 이전보다 훨씬 더 잘 어울릴 수 있게 되었다.

대학교수이자 심리치료사인 에이미 모린은 그녀의 책 〈나는 상처받지 않기로 했다〉에서 사람들이 자기연민을 가지게 되는 네 가지 이유에 대해 아래와 같이 서술하였다.

그 첫 번째는 자기합리화다. 스스로 불행하다고 생각하는 동안은 내가 진정 무엇을 두려워하는지 똑바로 보지 못하고 자기 행동에 책임도 지지 않으려 한다. 행도에 나서거나 앞으로 나아가는 대신 현재 상황이 얼마나 끔찍한지 과장하면서 그 상황을 벗어날 방법이 없다고 자기 합리화를 한다.

두 번째는 타인의 관심을 끌려는 경우다. '나는 불쌍한 사람이야'라고 떠들어 대면 적어도 처음에는 다른 사람에게 다정하고 친절한 말을 들을 수 있다. 거절을 두려워하는 사람은 상대가 나를 도와줬으면 하는 마음에 자기 연민을 은근히 내세우며 내가 얼마나 불행한지 이야기한다.

세 번째는 책임회피다. 상사에게 내 인생이 불행하다고 말한다면 나에 대한 기대감을 낮춰달라고 돌려 말하는 것이나 다름없다.

네 번째는 저항이다. 제자리에 버티고 서서 이 세상을 향해 나는 더 많은 것을 누려야 한다고 외치면 상황이 달라지리라 생각한다.

키키는 나무에서 떨어진 후에 집 안에만 쳐박혀 있었다. 다시 나무 타기를 시도하려다 더 큰 상처를 받지 않을까 염려했기 때문이다. 나무에서 떨어졌음에도 불구하고 여전히 건강하다는 사실에 진심으로 감사하지 않고 오히려 팔을 다쳤기 때문에 할 수 없는 일들에만 불평을 쏟아놓았다. 결국 키키는 나무에서 떨어졌다는 사실 외에도 너무나 많을 것을 잃고 만 것이다.

나도 키키와 다르지 않았다. 사업의 실패, 엄청난 빚, 자살에 대한 생각, 전과, 파산, 막노동 등 누군가를 만나면 내가 처한 현실에 대해 하소연하기 바빴다. 다시 일어서고야 말겠다는 각오는 전혀 없었고 그저 힘들어 죽겠다는 말만 쏟아냈다. 이야기를 듣는 동안 사람들은 안쓰러운 표정으로 나를 바라보며 위로하고, 동정했다. 혀를 차며 안타까워했다. 그러나 그것이 전부였다. 과연 그들은 나의 상황에 대해 얼마나 진지하게 고민해 주었을까. 재기의 의지가 전혀 없는 술주정뱅이의 말에 마음을 열어준 사람이 있기는 했을까.

내가 얼마나 불행한지 말하고 싶었다. 세상에서 가장 불행한 사람은 나다. 그러니까 나를 이해해 달라. 모든 사람들이 힘을 합쳐 나를 도와야 한다. 세상이 바뀌어야만 한다. 아무리 발버둥 쳐도 헤어나질 못하겠다. 나는 지쳤다. 그만 포기하고 싶다......

스스로를 불쌍하게 여기는 마음은 상황을 전혀 개선시키지 못할 뿐 아니라 쓸데없이 시간을 흘려보내게 된다. 가슴 속에는 부정적인 생각들로 가득차게 되고 자신의 감정, 특히 분노와 원망 따위를 전혀 통제할 수 없게 된다. 인간관계를 포함해 살면서 쌓아올린 모든 것들을 쉽게 잃어버리게 된다.

스스로를 불쌍하게 여기거나 자신의 삶이 초라하게 느껴질 때에는 생각보다 행동이 필요하다. 검은 색의 잉크 한 방울을 기억하는가? 가만히 앉아 생각만 거듭하다 보면 점점 더 크게 번지게 된다. 이럴 땐 밖으로 뛰쳐 나가 활동적인 일을 하는 것이 최선의 방법이다. 등산을 한다거나 드라이브를 즐기는 것도 좋은 예가 될 수 있으며 수영이나 산책을 하는 것도 도움이 될 것이다. 그 밖에도 몸으로 움직일 수 있는 일이라면 무엇이든 좋다. 꼬리를 물고 이어지는 부정적인 생각들을 접어 두고 내가 살아있음을 느끼게 해주는 '움직임'을 찾는 것이 자기

연민을 해독할 수 있는 최선의 방법이다.

그리고 글쓰기를 통해 내가 지금 가지고 있는 것들에 대해 적어보자. 잃어버린 것들보다 훨씬 많은 것을 가지고 있음을 깨닫게 될 것이다. 잃어버린 것, 놓쳐버린 것들에 대해 연민을 갖지 말고 지금 내가 가지고 있는 것들에 대해 관심을 가지다 보면 다시 한 번 내 삶이 얼마나 소중한 것인지 느낄 수가 있다.

02

완벽한 준비란 없다

준비는 꼭 필요하지만, 완벽에 대한 강박은
반드시 떨쳐버려야만 한다. 한 번 뿐인 내 인생은 준비를 위해
존재하는 삶이 아니다.

　　　　　　　내 삶을 변화시킨 가장 큰 원동력은 글쓰기다.
처음으로 글쓰기를 접하게 되었을 때의 그 안락하고 평온한 느낌을 지
금도 잊을 수가 없다. 마음을 진정 평화롭게 만드는 힘을 글쓰기는 가
지고 있었다. 나는 평생토록 글쓰기를 배운 적이 단 한 번도 없었다.
어릴 때부터 글짓기 실력이 뛰어났던 것도 아니었다. 그래서 좀 더 제
대로 된 글쓰기를 배우고 싶었다. 작법에 관한 책은 물론이고 제목에
'글쓰기' 란 단어가 포함된 책은 닥치는 대로 읽었다. 거의 모든 책에
서 글쓰기를 잘 할 수 있는 비결은 다독, 다작, 다상량이란 말을 다루
고 있었다. 많이 읽고, 많이 쓰고, 많이 생각하면 글을 잘 쓸 수 있다는
말이다.

　한 동안 책을 읽는 것에 많은 시간을 투자했다. 그리고 생각도 많이

했다. 그것이 나의 글쓰기 실력을 얼마나 향상시켰는 지는 모르겠지만, 중요한 것은 그렇게 오랜 시간 읽고 생각하는 동안 나는 한 줄도 쓰지 못했다는 사실이다.

우리는 어떤 일에 도전함에 있어서 꽤 많은 준비를 한다. 공부를 잘하기 위해 참고서를 사고, 독서실에 가고, 친구의 노트를 복사한다. 시험기간이 되면 계획표를 작성하고 책상 앞에 승부를 거는 표어를 써 붙이기도 한다. 하지만 실제로 공부에 집중하는 시간은 예전과 별 다를 바가 없다.

새로운 일에 도전하거나 문제의 해결에 앞서 사전 준비를 하는 것은 매우 중요하다. 하지만 준비를 하는 것은 어디까지나 준비일 뿐이다. 실제로 위기를 돌파하는 것은 반드시 해결 가능하다는 절대적인 신념과 행동이다. 아무리 철저하게 준비를 한다고 해도 뜻하지 않은 돌발상황이 발생하기 마련이다. 철저한 준비를 지나치게 의식하는 사람은 예상치 못한 상황을 처리하는 순발력이 부족할 수 밖에 없다. 모든 상황을 예측할 수 있다면 더 이상 준비라는 작업에 대해 논하지 않겠다. 하지만 현실은 절대로 그렇지 못하다. 오랜 시간을 두고 준비를 해도 완벽한 준비란 있을 수 없기 때문이다. 그렇다면 어떻게 해야 하는가.

시작이 모든 준비를 대신한다. 시작과 동시에 준비를 해 나갈 수 있다. 글을 쓰기 시작하면 필요한 책도 읽게 되고 많은 생각도 더불어 하게 된다. 목표는 글을 쓰는 데 있는 것이다. 내가 만약 독서와 생각을 통해 글을 완벽하게 쓰게 될 날을 바랬다면 아마 아직까지도 글쓰는 준비를 하고 있을 것이 당연하다. 위대한 작가는 완벽한 글을 쓴 사람이 아니다. 그들은 글을 통해 독자들과 소통한다. 무엇을 말하고 싶은지 명확하게 쓰고, 그 내용이 많은 사람들의 공감을 얻을 때 비로소 훌륭하다는 평가를 받는 것이다. 얼마나 훌륭한 주제를 선택했는지, 맞춤법과 띄어쓰기는 정확한지, 문맥의 흐름은 얼마나 자연스러운지 평가하는 것은 초등학교 글짓기 수업때 뿐이다.

아무런 준비 없이 글을 쓰기 시작하면, 신기하게도 글 속의 주인공이 내용을 만들어 나가기도 한다. 살면서 내가 겪어 온 수많은 경험과 보고 들은 이야기, 그리고 나의 가치관과 생각들이 나도 모르게 등장인물들에 녹아 들어가 이야기를 창조해 낸다. 서론부터 이야기의 클라이맥스, 그리고 대단원의 마지막까지 처음부터 완벽하게 구상을 준비해놓고 글을 쓰는 사람은 적어도 내가 알기엔 한 명도 없다. 대부분의 작가들은 일단 쓰기 시작한다. 글을 쓰는 것만이 글을 쓸 수 있는 유일한 방법이다.

성공한 사람들의 특징은 남들과 다른 창조력, 상상력을 지녔다는 점이다. 그래서 생각지도 못한 발명품을 만들어 내거나 인간의 삶에 좀 더 효율적인 제품을 개발해 대박을 터트린다. 이러한 창조력과 상상력은 어디에서 오는 것인가? 그들의 삶의 경험과 독서를 통해 얻은 것이기도 하겠지만 무엇보다 일단 저질러 보는 습관에서 오는 경우가 많다. 라이트 형제가 하루종일 완벽한 비행기를 만들기 위해 고민만 하고 있었다면 결코 성공하지 못했을 것이다. 당장 모형을 만들고 비행실험을 하고 실제로 몇 번이나 땅바닥에 쳐박히는 실패를 경험함으로써 하늘을 나는 비행기를 만들 수 있었다.

우리는 철저한 준비에 대한 강박을 안고 살아가는 경우가 많다. 회사에서 주어진 업무를 처리함에 있어서도 되도록 완벽하게 하려 한다. 어떻게 보면 대충대충 일하는 사람들과 비교되는 '완벽'이란 말이 긍정적으로 느껴질 지도 모르겠다. 한 두 번은 완벽에 가까운 일처리가 스스로의 성취감이나 도전의식을 고취시킬 수 있을 지도 모르겠지만 장기적으로 볼 때 이러한 완벽주의는 스스로의 삶을 피폐하게 만드는 원인이 되기도 한다. 완벽주의자가 사소한 실수나 실패를 겪게 되면 그렇지 않은 사람들보다 훨씬 더 강력한 타격을 입는다. 게다가 철저한 준비를 했다고 생각하지만 뜻하지 않게 마주하게 되는 예상외의 상황에 대해서는 어찌할 바를 모르며 당황하는 경우도 많다. 자신이 생각해둔 방식 그대로 일이 진행되어 예상대로 순조로운 결과를 만들어 냈다고 하더라도 거기에는 참신한 아이디어나 창조력, 그리고 상상력

같은 신선한 부분은 빠져 있을 가능성이 높다.

아무런 준비 없이 '일단 시작하고 보자' 라는 사고방식 또한 매우 위험한 생각이다. 나는 멀쩡하게 다니던 직장을 때려치우고 경험도 없던 사업에 돈을 대기 시작했을 때 이틀도 채 고민하지 않았었다. 하다 보면 길이 나오겠지 라는 생각으로 시작했고, 걷잡을 수 없이 악화되었을 때에 이르자 도무지 해결방법을 찾을 수 없었다.

하지만 완벽한 준비가 갖추어졌을 때에만 비로소 행동에 옮겨야 한다면 아마 우리는 아무것도 실행하지 못한 채 나이를 먹고 죽음을 맞이하게 될 지도 모른다. 준비는 꼭 필요하지만, 완벽에 대한 강박은 반드시 떨쳐버려야만 한다. 한 번 뿐인 내 인생은 준비를 위해 존재하는 삶이 아니다. 도전하고, 또 도전하는 실천만이 우리 삶을 더욱 가치있게 만들어 준다.

완벽한 준비에 대한 강박은 소중한 우리의 시간을 낭비하게 되는 요소일 수도 있다. 목표를 향해 나아가는 과정에서 만나게 될 모든 위험요소에 대해 미리 파악하고 철저하게 준비를 해 두는 습성을 가진 사람들은 실제로는 일어나지도 않은 문제 때문에 많은 시간을 낭비하게 되는 것이다. 돌발상황이란 전혀 예상하지 못한 문제가 닥치는 것을 의미한다. 차라리 어떤 경우에도 자신감을 잃지 않고 유연하게 생각하는 습관을 가지도록 마음을 단단하게 여미는 연습을 하는 것이 쓸데없는 준비를 하느라 시간을 소모하는 것보다 훨씬 더 유용할 지도 모른다.

글쓰기에 관한 첫 책을 쓰려고 마음 먹었을 때 많은 고민과 갈등이 있었다. 우선 나라는 사람이 처한 현실이었다. 치명적인 과거, 그리고 모든 것을 잃은 파산자, 막노동꾼이라는 수식어는 책을 쓰는 작가라는 타이틀과 너무도 어울리지 않았다. 실제로 원고를 완성한 후에 보냈던 수많은 출판사에서 거절의 메시지를 보내오면서 한결같이 적었던 문장이 이러했다.

"자신의 경험을 녹여 글로 표현한 부분은 대단히 흥미롭지만, 출간에는 어려움이 있겠습니다. 특히 마케팅 부분에 있어서 큰 어려움이 예상되오니 다른 좋은 출판사와 인연을 맺으시길 바랍니다."

한 마디로 요약하면, 책의 내용은 좋지만 당신 같은 사람의 책을 누가 사겠습니까? 라는 말이었다. 나부터도 그런 생각으로 고민하고 있었으니 어쩌면 당연한 대답이었는지도 모른다.

아무튼 시작도 하기 전부터 그런 고민과 갈등이 있었기 때문에 마음 속으로는 간절하게 글쓰기에 대한 책을 쓰고 싶었지만 전혀 시작하지 못하고 있었다. 이렇게 가다간 영원히 할 줄도 쓰지 못할 것만 같았다. 무슨 일이 있어도 글쓰기를 포기하지 않기로 마음먹었던 나는 결국 마음을 바꾸기로 했다.

내가 글을 쓰는 이유는 책을 내기 위한 것이 아니었다. 글쓰기는 나에게 감정을 통제하는 법을 일깨워 주었으며, 어떻게 해야 편안한 마음으로 소중한 삶을 마주대할 수 있는지 가르쳐 주었다. 절망하고 포기하며 술로 세월을 보냈던 나에게 다시 일어설 용기를 준 것이 바로 글쓰기였다. 이런 사실을 되새기고 나니 책을 낸다는 사실이 그다지 중요하게 여겨지지 않았다. 요즘은 책을 내지 않고도 인터넷을 통해 나의 글을 세상에 알릴 수 있는 방법이 많이 있고, 설령 아무도 내 글에 관심을 가지지 않는다 하더라도 오직 쓰는 행위 자체만을 통해 스스로 최고의 삶이란 사실을 충분히 느낄 수 있었기 때문이다.

바로 그 순간부터 글을 쓰기 시작했다. 내가 글쓰기를 처음 만나게 된 계기로부터 시작하여 글쓰기가 내 삶에 얼마나 큰 영향을 미쳤는지, 시련과 고통을 벗어나는데 얼마나 큰 도움을 주었는지, 세상들 바라보는 눈이 달라질 수 있도록 격려해 주었는지 하나씩 적어가기 시작했다. 참 다행스러운 것은, 책을 내기 위한 목적을 염두에 두지 않고 글을 쓰고 있으니 훨씬 더 진솔한 내용이 묻어 나오고 있었다는 사실이다. 내 자신을 위한 글이었다. 쓸수록 내가 글쓰기를 통해 얻게 된 모든 것들에 더욱 감사함을 느끼게 되었고, 그래서 더 열심히 쓸 수 있었다. 비록 막노동을 마치고 난 늦은 밤에 쓰는 글이라 육체적으로는 말도 못하게 힘들었다. 의자에 꼿꼿이 앉아 컴퓨터를 바라보고 있으면 눈알이 빠질 것만 같았다. 그러나 내 마음이 가지는 평온함과 갈수록 단단해지는 심장을 느낄 때면 피로 따위는 쉽게 잊을 수 있었다. 마침내 나는 글을 완성할 수 있었고, 기대도 하지 않았던 출판사로부터의 연락을 단 하루만에 받을 수 있었다.

만약 내가 글쓰기, 책쓰기에 대한 완벽한 준비를 갖추려고 했다면 지금까지 책을 낼 수 없었음이 분명하다. 많은 출판사로부터 받았던 거절의 메시지가 말하듯이, 어떻게든 성공을 거둔 후에라야 실패의 경험을 책에 담을 수 있었을 테니 말이다. 성공한 사람이 책을 쓰면 많이 팔린다고 한다. 사람들은 성공한 사람들의 이야기에서 본받을 점을 찾을 수 있으니 당연한 얘기일 수도 있다. 그러나 내 생각은 조금 다르다. 화려한 성공을 거둔 사람들의 이야기도 물론 훌륭하지만, 힘들고 어려운 삶의 한 가운데서 여전히 땀흘리며 목표를 향해 가고 있는 수많은 사람들의 이야기도 모두 소중하다. 우리들의 이야기야말로 서로에게 도움을 줄 수 있는 최고의 격려가 된다. 학창시절, 선생님과 부모님이 공부하라고 하면 귀에 들어오던가? 오히려 함께 공부하는 친구들이 서로의 어깨를 다독이며 열심히 해보자 라고 했던 말이 더 힘이 되지 않았던가!

준비는 반드시 필요하지만, 완벽한 준비를 갖추기 위해 강박을 가진 사람이라면 이제는 스스로의 마음을 내려놓고 편안하게 시작해 보라고 권하고 싶다. 그렇게 시작하면 예상치 못한 어려움에 직면할 수

도 있겠지만 반대로 생각지도 못한 아이디어가 떠오르거나 목표달성

을 위한 훨씬 더 좋은 방법을 찾게 될 지도 모른다.

03

두려움은 생각보다 두렵지 않다

두려움이란 무조건 피하거나 부정하려
애써야 하는 감정이 아니다. 소중한 우리의 삶을 지켜내기 위해
반드시 극복해야만 하는 것이다.

사람이 살면서 갖게 되는 여러 가지의 감정 중에서 가장 위험한 것이 바로 두려움이다. 두려움은 사람을 움츠러들게 만들고 도약하지 못하게 만든다. 어떤 때에는 시도조차 하지 못하게 발목을 붙잡을 때도 있다. 두려움이 생기는 이유와 극복할 수 있는 방법을 찾는 것은 소중한 우리 삶을 행복하게 만드는데 큰 도움을 줄 수 있을 것이다.

누구나 공통적으로 갖게 되는 두려움이 있는데 그것은 바로 죽음에 대한 공포이다. 우리는 왜 죽음을 두려워할까? 죽음이란 단어는 여러 가지를 연상케 한다. 끝, 고통, 처참함 등이 그것이다. 그런데 사고나 질병으로 이르게 되는 죽음 외에도 수명이 다하여 세상을 떠나는 경우

도 있으니 모든 죽음에 대해 굳이 고통과 처참함을 떠올릴 필요는 없을 것 같다. 그럼에도 우리는 죽음을 두려워한다. 사랑하는 사람들과의 이별, 다시는 볼 수도 없고 만날 수도 없다는 영원한 이별을 뜻하기에 그 애틋한 마음이 두려움으로 나타날 수도 있을 것이다. 그런데 내가 생각하는 바는 조금 다르다. 우리가 죽음을 두려워하는 가장 큰 이유는 경험이 없기 때문인 것 같다.

불에 대한 두려움을 갖는 것은 살면서 한 번쯤 뜨거운 불에 닿아 화상을 입었던 경험이 있다거나 아니면 자신이 직접 겪지 않았더라도 누군가 불 때문에 크게 위험에 처하거나 죽음에 이르는 광경을 듣고 본 적이 있기 때문이다. 불이란 뜨거운 존재이며 우리의 몸을 다치게 할 수도 있다는 경험을 직, 간접적으로 했기 때문이다. 어릴 적 수영장에서 놀다가 수심이 깊은 곳에 빠져 식겁한 경험이 있다면 성인이 되어서도 물 근처에 가지 못하는 트라우마가 생기기도 한다. 결국 경험이란 것이 우리들 가슴 속에 잔재해 있기 때문에 두려움이 발생한다고 볼 수 있다.

경험이 두려움을 야기한다는 이론은 또 다른 관점에서 볼 수도 있다. 한 번도 경험하지 못한 미지의 세계에 대해서도 두려움을 느낀다. 죽음을 경험한 사람은 없다. 죽었다가 다시 살아났다는 기적같은 신비로운 체험담을 들려주는 이들이 있기는 하지만 대부분의 사람들이 그들의 증언을 백퍼센트 믿지 못한다. 만약 우리가 죽음을 실제로 체험해 볼 수 있다면, 그래서 죽음 다음에는 어떤 세상이 있는지 완벽하게 알 수만 있다면 죽음을 대하는 태도가 조금은 달라지지 않을까. 독실한 종교인들이 죽음에 대해 인식하는 정도는 일반인들과 크게 차이가 나는 것을 볼 수 있는데, 이것은 그들이 죽음 다음의 세상에 대해 나름의 종교에서 해석하는 방식을 철저히 믿기 때문이다.

결국 두려움이란 우리가 경험했거나 또는 전혀 경험하지 못했던 사실 때문에 비롯된다고 말할 수 있다.

우리는 지금을 살고 있으며 미래에 대해서 확신할 수 있는 사람은 없다. 미래를 예견하는 사람들이 간혹 있기는 하지만 그것이 완벽한 신뢰를 가져오지는 못한다. 불확실한 미래를 바라보면서 지금을 살고 있다는 말이다.

실패에 대한 두려움은 많은 사람들로 하여금 포기하게 만들거나 아예 도전조차 하지 못하도록 가로막는다. 그거은 실패로 인해 많은 것을 잃었던 경험이 있거나 아니면 한 번도 실패해본 경험이 없는 사람들에게 생기는 감정이다. 왜 실패를 두려워할까. 실패를 하게 되었을 때의 내 모습이 상상도 하기 싫을 만큼 비참해질 거라고 여기기 때문이다. 돈을 잃기도 하고, 사랑하는 사람들이 떠나갈 지도 모르고, 세상의 비웃음거리가 될 지도 모른다. 다시 일어서지 못할 지도 모르고, 영원히 세상과 격리될 수도 있다고 생각한다. 두 번 다시 정상적인 삶을 살 수 없을 지도 모르고, 영원한 낙오자로 남은 생을 형편없이 살게 될 수도 있다고 여긴다.

두려움은 미래에 대한 불확실성에서 비롯된다고 말했다. 이것을 달리 표현하자면, 만약 미래에 대한 확신이 있다면 두려움을 줄어들게 할 수 있거나, 아예 두려움을 없앨 수도 있다는 말이 된다. 반드시 성공하리라는 절대적인 신념과 믿음이 있다면 결코 두렵지 않을 거란 말이다. 내가 성공할 수 있다는 생각에 대해 자꾸만 의심이 생기고 혹시 실패하면 어쩌나 하는 생각이 스물스물 기어나오면 어쩔 수 없이 두려움에 사로잡히고 만다. 또 한 번 검은 색의 잉크방울을 떠올려 보자. 아주 작은 두려움도 순식간에 우리 마음을 헤집어 놓을 수 있다. 하지만 그럴수록 더욱 신념을 가져야 한다. 앞에서도 말했듯이 우리에겐 불가능이란 없다. 스스로 마음 속에 한계의 선을 그어놓았을 뿐이다. 말도 안되는 소리다. 닫혀진 유리컵 속에서 뜀뛰기를 하던 벼룩은 세상 밖으로 나와서도 똑같은 높이 밖에 오를 수 없다. 아무런 제약이 없음에도 불구하고 스스로 높이의 장벽을 쳐 놓은 채 거기까지 밖에 이르지 못하는 것이다. 모든 일이 반드시 달성가능하다고 믿는 순간 두려움은 사라진다. 죽음 뒤에 무엇이 있는지 직접 경험하지 못했다 하더라도 또 다른 세상에 대한 절대적인 믿음이 있다면 결코 죽음이 두려운 존재만은 아닐 수 있다.

실패에 대한 이야기를 해보겠다. 나는 아주 제대로 실패해본 경험을 가지고 있다. 그런데 처음 실패라는 것을 마주했을 때에는 위에서 말한 것과 같이 모든 것이 두려웠다. 내가 가진 소중한 것들을 잃게 된다는 사실, 전과자라는 낙인이 찍히게 된다는 것, 경제적으로 완벽히 파산해서 법원의 선고를 받았다는 오점, 직업이 무엇이냐고 물으면 "노가다 하고 있습니다"라고 답변을 해야만 하는 참담한 심정 등 모든 것들이 가슴이 찢어질 정도로 두려웠다. 차라리 그런 두려움을 갖고 세상을 마주할 바에는 죽어버리는 것이 낫겠다고 마음먹은 적이 한두 번이 아니었다.

그런 실패를 고스란히 겪었던 내가 지금은 누구보다 행복한 삶을 살고 있다. 물론 글쓰기가 내 삶에 커다란 공헌을 했다는 점은 부인하고 싶지 않지만 지금은 글쓰기보다 실패에 대해 이야기하고 싶다. 실패를 마주했을 때 내가 느낀 감정은, 『내가 두려워했던 만큼 두렵지 않았다』라는 사실이다. 나는 그 때의 경험을 죽는 날까지 잊지 못할 것이다. 실패를 마주하기 전까지 두려움에 떨며 괴로워했던 시간들이 얼마나 고통스러웠는지 모른다. 명치 끝에 납덩어리를 매달고 사는 것처럼 잠을 자도 자는 것이 아니었으며, 음식을 먹어도 먹는 것이 아니었다. 숨 쉬는 자체가 고통이라고 할 만큼 괴롭고 견디기 힘든 나날들의 연속이었다. 그러나 모든 것을 내려놓고 정면으로 마주했을 때 실패가 주는 고통과 시련은 생각보다 훨씬 만만했다. 차라리 처음부터 당당하게 맞섰더라면, 두려움에 떨며 허비했던 그 많은 시간 동안 조금이라도 내 삶에 도움이 되는 행동들을 실천에 옮겼더라면 얼마나 빨리 소중한 내 삶을 되찾을 수 있었을까 하는 아쉬움이 너무도 많이 든다.

혹시나 자신의 목표를 이루기 위해, 혹은 바라는 바를 향해 도전하려는 사람들에게 말해주고 싶다. 실패에 대한 두려움으로 망설이지 말라고 말이다. 당신은 반드시 성공할 수 있다. 이 세상에는 불가능한 일이란 없다. 오래 전 개그 콘서트라는 프로그램에 〈안되는게 어딨어〉라는 코너가 있었다. 파란 색 체육복을 입고 등장하는 주인공은 보기에도 괴짜처럼 느껴졌다. 중국집에 전화해 자장면 한 그릇을 주문하면서 탕수육을 서비스로 달라고 당당하게 말한다. 중국집 사장이 말도 안되는 소리를 하지 말라며 화를 내면 "대한민국에 안되는 게 어딨어!" 라며 되려 큰 소리를 친다. 나는 그 주인공의 말에 강력하게 공감을 느낀다. 이 세상에는 안되는 게 없다. 강력한 신념을 가지고 끊임없이 노력하는 것, 이것을 능가하는 성공의 법칙은 존재할 수가 없다. 성공에 대한 확신을 가지고 도전하자. 만약 그럼에도 불구하고 여전히 실패에 대한 두려움이 존재한다면 내 말을 기억해 주기 바란다. 실패는 조금 아프긴 하다. 하지만 두 번 다시 일어서지 못할 정도로 큰 고통은 아니다. 말이 쉬워 전과자, 파산자, 막노동이지 한 번 겪어볼 용기가 있는가? 나는 그런 시련을 겪고도 지금 이렇게 멀쩡하게 잘 살고 있다. 오히려 실패를 경험한 덕분에 글도 쓰고 작가로서 새로운 삶도 살고 있다. 그러니 실패를 너무 두려워하지 말자. 넘어지는 것이 두려워 안장 위에 앉지도 못한다면 어떻게 자전거 타는 법을 배울 수 있겠는가. 넘어지면 훌훌 털고 일어나서 "에이 씨팔!" 한 번 외치고 다시 타면 된다. 페달을 힘차게 밟고 내 앞으로 불어오는 시원한 바람을 온 몸으로 맞으며 신나게 달리는 자전거의 쾌감을 느끼게 되면 몇 번 넘어졌던 기억과 상처는 기억조차 나지 않을 것이다.

〈최종병기 활〉이란 영화를 본 적이 있다. 청나라의 명장과 조선최고의 신궁 남이가 마지막 장면에서 마주하고 서 있다. 누이동생 자인의 목에 칼을 드리우고 있는 청나라의 명장 앞에서 남이는 활을 겨누기 시작한다.

"바람을 계산하는가?"

남이가 쏜 화살은 정확하게 청나라 명장의 목을 뚫었고 누이동생은 목숨을 구하게 된다. 바로 이때 죽어가는 남이가 남긴 말이 내 가슴에 새겨졌다.

"바람은 계산하는 것이 아니라······극복하는 것이다."

두려움이란 무조건 피하거나 부정하려 애써야 하는 감정이 아니다. 소중한 우리의 삶을 지켜내기 위해 반드시 극복해야만 하는 것이다. 소중한 삶을 성장시키기 위해 우리가 도전하는 모든 꿈과 소망들에 대해 반드시 이루어진다는 강렬한 믿음과 열망을 가지기만 한다면 두려움 때문에 몸을 움츠리거나 절망에 빠져 포기하는 일 없이 충분히 극복할 수 있는 존재가 된다.

04

제발! 걱정 좀 하지말자

걱정은 우리에게 아무런 도움도 주지 못한다. 털끝만큼의 이로운 점도 없다.
걱정은 하면 할수록 늘어나기 마련이다.
방법을 찾지는 못하고 계속해서 시간만 흘려보낼 뿐이다.

티베트 속담에 이런 말이 있다.

– 걱정해서 걱정이 없어질 수 있으면 걱정이 없겠다.

일본 작가 와다 히데키가 쓴 〈인생이 심플해지는 고민의 기술〉이란
책에는 미국의 심리학자 어니 젤린스키의 말이 인용되어 있다.

"우리가 하는 걱정의 40%는 절대 현실에서 일어나지 않는 일에 대
한 것이고, 30%는 이미 일어난 일에 대한 것이고, 22%는 사소한 일에
대한 것이고, 4%는 우리 힘으로는 바꿀 수 없는 일에 대한 것이다. 즉,
우리가 하는 96%는 쓸데없는 것이다"

나는 개인적으로 어니 젤린스키의 말에 공감하지만, 여기에 덧붙이
고 싶다. 쓸데없는 걱정을 제외한 나머지 4%의 걱정조차 우리에게 아
무런 도움을 주지 못한다고 말이다.

누군가의 걱정을 들어본 적이 있는가? 만약 있다면 그 때의 솔직한 심정을 돌이켜 보도록 하자. 혹시 걱정을 늘어놓는 사람의 심정만큼이나 함께 걱정이 되었던가? 나는 지금까지 단 한 번도 그런 적이 없었다. 이 글을 쓰기 위해 다시 한 번 지나온 삶을 돌이켜 보며 애써 기억하려 해 보았지만 전혀 떠오르는 기억이 없었다. 누군가가 나에게 자신의 걱정을 늘어놓으면 항상 내 머릿속에는 '글쎄다...그것이 과연 그 만큼 걱정을 해야 할 문제일까...?' 라는 생각이 들었다. 어떤 때에는 별 것도 아닌 것으로 걱정을 하고 있다는 생각이 들었고, 또 어떤 때에는 이렇게 저렇게 해결하면 될 일을 왜 저리도 걱정만 하고 있나 싶기도 했다.

그런데 걱정을 입에 달고 살던 때의 내 모습을 돌이켜 보면 얼굴이 확 달아 오른다. 내가 주절거리는 걱정을 들은 사람들도 모두 나와 같은 생각이었을 것이다. 아무리 심각하게 이야기를 해도 결국 해결방법이 분명히 있을 텐데 왜 걱정만 하고 있느냐는 생각을 속으로 하고 있었을 게 분명하다.

걱정이란 말의 사전적 의미를 찾아보면 '안심이 되지 않아 속을 태움' 이라고 명시되어 있다. 관련어휘로서 비슷한 말을 찾아보면 고민거리, 고뇌, 심려, 번민, 우환, 질책 등이 쏟아져 나온다. 이 중에서 좋은 말 보이는가? 몽땅 부정어 뿐이다. 단어를 보기만 해도 인상이 찌푸려진다. 내가 가장 싫어하는 어휘들 뿐이다. 검은 색 잉크방울이 내 마음 속에 쏟아진 것 같아 몹시도 기분이 더러워진 듯 하다. 그럼에도 불구하고 우리는 늘 걱정을 하면서 살아간다. 도대체 걱정을 하는 이유는 무엇일까?

소중한 삶을 성장시키는 동안 마주하게 되는 여러 가지의 문제들을 해결함에 있어서 그 과정을 지켜보면 그 이유를 알 수 있다. 예를 들어 취업을 하기 위해 면접을 보러 간다고 가정해 보자. 며칠 전부터 걱정을 시작한다.

– 혹시 떨어지면 어떻게 하지?

: 취업에 성공한다는 확신을 가지고 있지 못한 데서 비롯된 걱정이다.

– 만약 면접관이 대답하기 힘든 질문을 하면 어떻게 하지?

: 스스로 만족스러운 준비를 하지 못했다는 자심감 부족에서 비롯된 걱정이다.

– 면접 시간에 늦으면 어떻게 하지?

: 일어나지도 않은 일에 대해 지레 겁을 먹고 있기 때문이다.

이런 걱정들이 생겨나는 근본 이유는 결국 모든 일을 내 뜻대로 통제할 수 없기 때문이라 볼 수 있다. 취업의 당락을 결정하는 것은 내가 아니다. 면접관들이 심사하여 판단을 내리는 것이기 때문에 내가 할 수 있는 일은 최선을 다해 면접을 보는 것만이 전부다. 면접관이 대답하기 힘든 질문을 할 지도 모른다는 생각도 마찬가지다. 상황의 주도권을 면접관이 쥐고 있는 것이다. 면접시간은 자칫 나 자신으로부터 비롯된 걱정인 듯 보이지만 가만히 생각해 보면 그 또한 면접이라는 특별한 상황이 야기시키는 걱정이다. 면접시간은 내가 정하는 것이 아니기 때문이다. 아무리 서둘러 출발을 한다 해도 교통상황이나 예기치 못한 사고로 인해 늦어질 수도 있다. 결국 모든 걱정은 그 상황을 내가 손에 쥐고 있지 못하기 때문에 발생된다고 볼 수 있다.

그렇다면 어떻게 해야만 걱정에서 벗어날 수 있을까? 정답은 내려놓기에 있다. 이 책의 2장에서 내려놓기에 관해 말한 바 있다. 모든 것을 가지기 위해서는 먼저 내려놓아야 한다는 말을 기억하는가? 걱정을 없애기 위해서는 반드시 내려놓는 마음이 필요하다. '내가 어찌할 수 없는 상황' 이란 것이 있기 마련이다. 위에서 든 예로 말하자면 우리의 목표는 취업이다. 취업을 하기 위해서 내가 할 수 있는 일이란 명확하게 정해져 있다. 스펙을 쌓거나 스피치 훈련을 하거나 자신감을 키우는 등 내가 할 수 있는 일만 하면 된다. 그 외에 나머지 모든 상황에 대해서는 내려놓아야 한다. 혼신을 다해 면접을 준비했지만 취업에 실패했다. 그럼 어떻게 해야 하는가? 당연히 다른 회사의 문을 두드려야 한다. 아니면 홀로서기를 마음먹고 사업을 시작할 수도 있다. 오직 취업만이 목표라면 나의 능력을 알아보지 못한 회사를 과감히 무시하고 떨쳐버려야 한다. 예기치 못한 질문 때문에 당황스러운 상황이 발생한다면 있는 그대로 상당히 당황스럽다고 말해야 한다. 그리고는 결과에 연연하지 말고 내려놓는 것이 현명한 선택이다. 취업을 앞둔 젊은이들을 생각하면 너무 냉정한 소리 아니냐고 반문하는 사람들도 있을지 모르겠다. 그럼 어쩌란 말인가? 취업에 성공하지 못했다고 해서 인생이 끝장난 것도 아닌데 땅바닥에 주저앉아 대성통곡이라도 해야 한단 말인가? 취업에 몇 번 실패하면 전과자가 되는가? 파산자가 되는가? 당장 막노동이라도 하지 않으면 먹고 살 길이 막막해 지는가? 천만의 말씀이다. 취업하기 힘든 시대가 되었다고는 하지만 혈기왕성한 나이의 청년들이 그까짓 실패 몇 번 정도로 멘탈이 흔들린다는 것은 이해하기 힘들다. 내가 하는 말에 대해 마음의 울타리를 벗어던지고 허심탄회하게 받아들여 보라. 일자리를 구하기 위해 애를 쓰는 사람들도 많지만, 사람을 구하지 못해 안달인 회사들도 너무나 많다. 서로의 조건이 맞지 않으니 당연한 얘기일 지도 모르지만 조금은 단순하게 생각할 필요도 있다. 내 능력을 제대로 알아봐 주는 회사가 있다면 당연히 취업에 성공할 수 있겠지만, 대부분의 회사가 그렇지 못하다고 해서 스스로 절망할 필요가 뭐가 있단 말인가. 솔직한 심정으로는 회사에 입사하지 말고 1인 기업으로 홀로서기를 해버리라고 외치고 싶다. 나는 대기업에서 10년간 일했다. 나를 포함한 직장인들이 취업에 대해 뭐라고 말할 것 같은가? 회사에 취직해 보니 천국에 온 것 같다고 말할 것 같은 가? 절대로 그렇지 않다. 취업만 하면 모든 것이 해결될 것 같지만 막 상 취업해 보면 또 다른 걱정거리가 생기기 마련이다.

어쨌든 취업이 되지 않아 걱정을 안고 있는 사람이라면 스스로 할 수 있는 일에 대해서만 집중할 수 있도록 하고 내가 어쩌지 못하는 일 에 대해서는 과감히 내려놓으라고 권하고 싶다. 최소한 걱정하느라 시 간을 낭비할 필요는 없을 것이다.

걱정은 우리에게 아무런 도움도 주지 못한다. 털끝만큼의 이로운 점도 없다. 걱정은 하면 할수록 늘어나기 마련이다. 꼬리를 물고 이어 지는 걱정은 시간이 흐를수록 우리를 더욱 불안하게 만들고, 불안한 심정은 또 다시 새로운 걱정을 낳게 한다. 문제를 해결하기 위한 수단 과 방법을 찾지는 못하고 계속해서 시간만 흘려보낼 뿐이다.

만날 때마다 한숨을 내쉬며 걱정을 이야기하는 사람은 보기에도 너 무나 한심하고 함께 이야기를 나누고 싶은 마음마저 사라져 버린다. 내가 가지고 있는 모든 긍정의 에너지를 빼앗기는 듯한 느낌이 든다. 두 번 다시 만나고 싶지 않다는 생각까지 든다. 한 때 걱정을 입에 달 고 살았던 나도 덕분에 꽤 많은 인맥을 놓쳐버리고 말았다. 주위 사람 들을 모두 잃기 전에 이쯤에서 걱정을 접길 바란다.

걱정이 너무 심해지면 자기 비관으로 이어지기 쉽다. 이래도 걱정,

저래도 걱정, 결국은 모든 것이 내탓이로구나 라고 자책하게 된다. 사소한 문제에도 걱정을 하고 자신을 심하게 질책하며 내가 하는 일이 그렇지 뭐 라는 등의 자기비관은 소중한 우리 삶을 시궁창에 밀어넣는 생각이다.

다행히도 걱정은 병이 아니라 습관이다. 그것도 아주 잘못된 습관일 뿐이다. 습관이기 때문에 바꿀 수 있다. 물론 습관을 바꾼다는 것이 얼마나 힘들고 어려운 일인 지는 나도 잘 알고 있다. 그러나 우리 삶을 시궁창에서 건져내기 위해서 습관 하나 바꾸지 못한다는 것은 당치 않다.

걱정하는 습관을 없앨 수 있는 두 가지의 좋은 방법이 있다. 첫째는 바로 행동하기다. 걱정이란 마음에서 비롯된다. 이미 습관이 되어버렸기 때문에 아무리 마음 속으로 걱정을 하지 않으려고 애를 써도 쉽게 사라지지 않는다. 그러니 아예 생각을 멈추고 내가 할 수 있는 일에 매진하는 것이다. 몸이 바쁘면 정신은 여유가 없어진다. 쓸데없는 생각을 할 만한 여지를 남겨두지 말고 며칠 동안만 바쁘게 지내보라. 틈틈이 시간이 나면 "나는 아무런 걱정이 없다!"라는 말을 주문처럼 반복해 보는 것이다. 이렇게 반복하기만 해도 어느새 걱정이란 생각이 확 줄어들었음을 느끼게 될 것이다.

둘째는 최악의 상황을 그려보기다. 이것은 내 마음 속에 깃들어 있는 걱정보다 훨씬 심각한 결과를 머릿속에 그려보는 것이다. 그런 후에 최악의 모습이란 것이 내 삶에 미칠 수 있는 영향을 가정해 본다. 끝까지 가보는 거다. 그 끝에 무엇이 있는지 확실히 눈으로 보는 것이다. 조금도 미화하지 말고 있는 그대로 낱낱이 파헤쳐 보라. 장담컨대 그것이 당신의 삶을 최악으로 만들지는 못할 것이다.

걱정이 쓸데없는 생각이란 사실에 공감해야 한다. 우리 소중한 삶에 아무런 보탬이 되지 않고, 해악만 끼치는 잡념이다. 그러니 더 이상 쓸데없는 생각으로 시간을 낭비하지 말자. 내 소중한 삶에 긍정적이고 좋은 것들만 보여주고 입혀주고 먹여주기에도 시간은 부족하다.

05

기다릴 줄 알고, 기다리게 하지 말자

기다림은 사람을 지치게 만든다.
기다림은 상처를 줄 수도 있으며, 가슴을 찢어지게 만들 수도 있다.
나는 기다릴 수 있다. 얼마든지 기다릴 수 있다.

올림픽에는 여러 가지의 종목이 있다. 그 중에서도 특히 스피드를 즐기려면 육상이나 수영이 제격이다. 남자들의 110미터 허들 경기는 보기만 해도 손에 땀이 쥐어진다. 선수들의 질주하는 모습은 마치 야생치타의 그것처럼 바람을 가른다. 속이 시원해질 정도다. 그들에게 스피드는 생명과도 같다. 0.1초 차이로 승부가 갈리기도 한다. 결승점에 도달하는 순간까지 혼신을 다해 빨리 달려야만 하는 것이다.

반면 스피드 보다는 정확성과 기다림의 종목도 있다. 바로 양궁이다. 양궁 선수들은 스피드와는 다소 거리가 멀다. 열 개의 화살을 누가 빨리 쏘느냐 하는 경기가 아니다. 표적의 한 가운데에 얼마만큼 정확히 화살을 쏘느냐 하는 것이 승부의 관건이다. 선수들은 활과 화살을 가지고 호흡을 가다듬는다. 바람과 공기과 자신의 호흡이 정확히 일치되는 순간을 기다렸다가 적확한 타이밍을 놓치지 않고 화살을 뿜어낸다. 날아가는 화살의 속력이 시속 240킬로미터나 된다고 하니 놀라지 않을 수가 없다.

나의 첫 책은 A4용지 120매 정도의 분량이다. 지금 쓰고 있는 이 책의 분량도 최소한 그 정도 이상은 될 것 같다. 상상을 초월할 정도로 많은 양은 아니지만 그렇다고 해서 만만하게 볼 분량도 결코 아니다. A4용지 120매 정도의 원고를 쓰려면 어떻게 해야 할까? 최고이자 하나뿐인 방법, 한 글자씩 써 나가는 것이다. 글을 쓰고 싶다고 해서, 책을 내고 싶다고 해서 책상 앞에 앉아 한 시간 만에 뚝딱 원고가 완성되는 것이 아니다. 아무리 천재적인 작가라 하더라도 그런 일은 물리적으로 불가능하다. 몇 개월에 걸쳐 완성한 원고가 책으로 출판되기까지는 또 다시 몇 개월이 걸린다. 이 모든 시간을 기다려야 하는 초보작가의 마음은 기대와 설렘, 그리고 초조함까지 더불어 하루가 일 년 같다. 아무리 내가 책을 빨리 써내고 싶다고 하더라도 반드시 시간을 두고 기다려야만 한다. 빨리!빨리! 어서!어서! 외쳐보아도 아무런 소용이 없다.

우리들의 삶에도 육상경기가 있고 양궁이 있다. 빨리 하는 것이 좋은 일도 있고, 느긋하게 호흡을 가다듬으며 때를 기다려야 하는 일도 있기 마련이다. 그럼에도 불구하고 우리는 너무하다 싶을 정도로 속도를 내며 살고 있다. 오죽하면 중국집에 두 번씩 전화를 하고서야 직성이 풀리겠는가.

조급함은 일을 망친다. 내가 경험도 없는 사업에 무모한 투자를 하고 덤벼든 것은 큰 돈을 한꺼번에 벌고자 하는 욕심 때문이었다. 이유는 오직 그것 한 가지 뿐이었다. 돈을 번다는 것에는 당연히 시간이 소요된다는 기본적인 진리를 무시하고 하루아침에 부자가 될 수 있다는 어리석은 생각 하나 때문에 모든 것을 다 잃었던 것이다. 급한 성격 탓에 인생이 바뀔 줄 누가 알았겠는가! 경험에 의한 조언을 하는 것이다. 절대로 서두르지 말자. 때가 되면 돈은 자연스럽게 흘러들어올 것이다. 그러니 그 때를 놓치지 않기 위한 노력을 평소에 부지런히 하고 있으면 된다. 하루아침에 대박이 터지는 일은 결코 없다. 이것은 비단 나뿐만 아니라 세상이 만들어진 이래 불변의 진리다.

전 세계적으로 커피 자판기에 동전을 넣은 후 밑구멍으로 종이컵을 들여다보고 있는 민족은 우리 뿐이라고 한다. 성격 급한 것은 태생적인 것일 지도 모르겠다. 물론 이 급한 성격 덕분에 나라 전체가 급성장을 할 수 있었던 것일 지도 모르겠다. 하지만 조금이라도 내 소중한 삶에 해를 끼칠 수 있다면 반드시 고쳐야 한다. 조급증은 여유를 잃게 만들고, 여유가 없으면 생각을 하기 힘들다. 생각을 창조해내지 못하면 소중한 삶을 성장시킬 수 없고, 결국 정체된 삶을 살아갈 수 밖에 없게 된다. 빨리 가려고 하지만 멈추어 서게 되는 결과다. 조급함을 버리고 물이 흐르듯 자연스럽게 성공에 이르는 과정을 즐겨보자. 결과가 얼마만큼 빨리 나오느냐는 중요치 않다. 진정 최고의 삶이라 부를 만 한지 그 가치가 훨씬 더 중요하다.

현대사회는 엄청난 속도로 변화해 가고 있다. 그러나 속도가 빠른 세상에 살고 있다고 해서 우리가 원하는 것을 가질 수 있는 속도까지 빨라진 것은 아니다. 오히려 우리가 도전하는 일들은 그 결과가 너무 빨리 나오길 기대함으로 인해 망치는 경우가 훨씬 더 많다.

사업을 하면 빨리 성공하고 싶고, 목표를 세우면 빨리 달성하고 싶다. 사람의 마음이니 당연할 지도 모르겠지만 모든 일을 이루어가는 가장 좋은 방법은 내가 가진 최대한의 능력을 이끌어내어 성취하는 것이다. 능력을 발휘하는 데에도 어느 정도의 시간은 당연히 필요하다. 일의 성패가 너무 빨리 결정되어 버려서 내가 가진 능력을 제대로 발휘하지도 못했다면 얼마나 분통터질 노릇인가 말이다.

이렇게 빠른 속도로 변화되어 가는 세상 속에서 현대인들에게는 새로운 습관이 생기기도 했다. 내가 어렸을 때만 해도 대단히 심하지만 않으면 감기 정도로 병원을 찾는 일은 거의 없었던 것 같다. 그런데 요즘은 어른 아이 할 것 없이 조금만 아파도 병원으로 달려간다. 조금만 머리가 아프면 약국에 가서 두통약을 찾는다. 그것도 빨리 잘 듣는 약으로 달라며 한 마디를 덧붙인다.

술도 마찬가지다. 회식자리나 친구들 모임에 나가보면 엄청난 속도로 마셔댄다. 저렇게 마셔대도 괜찮을까 싶을 정도로 순식간에 빈 병들이 잔뜩 쌓인다. 다음 날 아침이 되면 또 웃지 못할 광경이 펼쳐진다. 간밤에 폭풍같은 속도로 마셨던 사람들이 하나같이 약국에 가서 술 빨리 깨는 약을 달라고 아우성이다. 죽으라고 빨리 마시고는 깨지 못해 안달이다.

우리 삶에는 속도가 필요한 일들도 없지는 않겠지만 '빨리' 가는 것만이 능사는 아니다. 서두르지 말고 찬찬히 한걸음씩 전진하면서 목표를 달성하기까지의 과정을 제대로 지켜볼 수 있어야만 그 성취에 더욱 의미가 있다. 나를 돌아보지 못하고, 내가 어디쯤 가고 있는지를 알지 못하는 사람들은 아무리 돈을 많이 벌어도 행복해질 수 없다. 내가 글쓰기에 중독이 되어버린 이유 중의 하나도 바로 이런 이유에서다. 글쓰기는 내가 빨리 쓰고 싶다고 해서 써지지 않는다. 하늘이 두쪽나도 한 번에 한 단어, 한 문장, 한 문단, 한 장씩 밖에는 쓸 수 없다. 그것은 세상의 모든 위대한 작가들도 모두 마찬가지다. 오히려 내면의 소리에 귀기울이며 천천히 내 존재를 느낄 수 있을 때 글은 훨씬 더 부드럽게 써진다.

이제 더 이상 속도에 급급한 삶을 살지 않도록 하자. 서두른다고 해서 더 나은 결과를 낳는 일은 거의 없다. 정신없이 달려가는 바람에 세상에서 가장 소중한 내 삶에서 많은 것을 잃어버린다면 그 도착점이 어디가 되었든 무슨 의미가 있겠는가. 정상에 빨리 오르는 것만이 등산의 묘미가 아니다. 산 중턱에서, 올라가는 등산로 곳곳에서 펼쳐진 웅장한 산의 모습에 경탄하고, 힘겨운 과정에서 만나는 시원한 약수도 한 잔 마셔가면서 땀을 닦을 수 있어야 등산의 참맛을 느낄 수 있지 않은가. 지금 당장 급하게 정상을 밟지 않아도 언젠가 반드시 그 곳에 오를 수 있으며, 정상은 변치 않고 늘 그 자리에 있다는 사실을 명심해야 한다.

과거에는 나도 심각한 알코올 중독이었다. 매일 술을 마셨고, 술 때문에 빚어진 사건사고도 누구 못지 않게 많았다. 술을 마시고 잃어버린 지갑과 안경만 모두 찾아도 아마 그 양이 꽤 될 것이다. 집에서는 매일 밤늦게 돌아오는 나를 기다리느라 온 가족이 지쳐 있었다.

인력시장에서 일을 잡지 못한 날은 집에서 종일 글을 쓴다. 밖으로 나간 가족들을 내가 기다리게 된 것이다. 완전히 입장이 바뀌게 되었다. 예상된 시간에 가족이 집에 오지 않으면 이만저만 걱정되는 것이 아니다. 해가 저물기도 전인데 괜시리 마음이 쓰인다. 그러다가 조금 늦게라도 집에 들어오면 다행이다 라며 가슴을 쓸어내린다.

혹시 늦게 귀가해서 집에서 기다리던 아내에게 잔소리를 들은 적이 있는가? 그런 아내에게 잔소리 좀 하지 말라며 소리를 지른 적이 있는가? 하루만 집에서 아내를 기다려보라. 밤 아홉 시만 되면 심장이 벌렁거릴 것이다. 저녁 7시까지 오겠다던 아내가 밤 10시가 넘어도 오지 않는다. 한 시간 전부터는 휴대전화도 받질 않는다. 열 두시가 다 되었을 즈음 술에 떡이 되도록 취해서 현관문을 두드린다. 문을 열어주니 라면 하나 끓여달라고 혀꼬부라진 말을 한다. 아무 소리 안할 자신 있는가?

하루가 멀다하고 돈을 빌리러 다녔던 참담한 시절에도 그랬다. 사정을 설명하고 돈을 빌려달라고 하면 한결같이 들려온 대답이 '기다려보라'였다. 멀쩡한 정신이었다면 그 말이 거절을 대신하는 뜻이란 사실을 충분히 알 수 있었겠지만 당시의 나는 제정신이 아니었다. 정말로 기다리고 있으면 돈을 빌려줄 것만 같았다. 그렇게 30분, 한 시간, 며칠씩……아무리 기다려도 답이 없었다. 멍하니 하늘만 바라보며 하릴없이 기다렸던 어리석은 그 날들이 내 인생에서 가장 지우고 싶은 시간들이다.

기다림은 사람을 지치게 만든다. 기다림은 상처를 줄 수도 있으며, 가슴을 찢어지게 만들 수도 있다. 나는 기다릴 수 있다. 얼마든지 기다릴 수 있다. 그러나 내가 사랑하는 이들을 기다리게 하지는 말자. 5미터가 넘는 담장 안에서 너무나 오랜 시간을 기다려 보았고, 너무나 오랜 시간 가족들을 기다리게 만들었다. 나는 기다렸지만 그들은 상처를 입었다. 평생 지워지지 않을 깊은 상처를 말이다. 어떤 일이 있어도 두 번 다시 가족들을 기다리게 하는 일은 없을 거라고 다짐을 거듭했다.

06

물이 흐르는 대로

그토록 두렵고 무서워서 피해다니기만 급급했던
모든 현실들이 막상 부딪쳐 보니 생각보다 훨씬 강도가 약하더란 사실이다.
별 것도 아니더라. 죽지도 않았고 눈알이 빠지지도 않았다.

막노동을 시작한 지 석 달쯤 되던 어느 날, 시외 한적한 곳에 위치한 건설현장으로 일을 나간 적이 있다. 아침부터 잔뜩 흐려있던 날씨 탓에 혹시나 일거리가 없을까 고민했지만 다행이었다.

비가 오는 날이면 일용직 근로자는 두 가지 고민을 하게 된다. 비를 맞으며 일을 하면 두 배로 힘이 들고 감기몸살이라도 걸리게 되면 며칠씩 일에 지장을 초래하게 되니까 그냥 하루 쉬는게 낫다 라는 생각을 할 수도 있고, 비가 오든 눈이 오든 하루라도 일당을 놓쳐선 안된다는 생각이 들기도 한다. 물론 나는 철저하게 후자에 한 표를 던지는 입장이었다.

아무튼 곧 쏟아질 듯한 시커먼 하늘을 바라보며 작업을 시작했다.

아니나 다를까 한 시간도 채 작업하지 않았는데 비가 오기 시작했다. 빗줄기가 점점 거세지더니 퍼붓는 양이 심상치 않았다. 보통 이런 경우에는 그만 일을 접고 철수하든가 아니면 잠시 비를 피해 상황을 지켜보는 것이 일반적이다. 그런데 그 날은 문제다 좀 달랐다.

공장을 세우고 있던 현장의 위치는 산을 깎아 터를 잡은 곳으로, 비탈진 공장 뒤편에 빗물이 고이기 시작하면 아직 완성되지 않은 공장 내부로 물이 흘러 넘쳐 들어오게 된다. 공장이 무너지거나 하는 문제는 아니었지만 습기가 차게 되면 아무래도 공사기간이 2, 3일 연장될 수 밖에 없으니 어떻게든 막아야 했다.

일당을 받으며 막노동을 하다보면 이런 일도 있고, 저런 일도 있다. 함께 일을 간 동료와 팔을 걷어부치고 빗물을 막아보려 했다. 우선 모래와 시멘트, 벽돌 등을 가져다 벽을 쌓아 보기도 하고 합판으로 세워 막아보기도 했다. 삽과 쓰레받이로 하염없이 물을 퍼 옮기기도 하며 갖은 방법을 동원해 보아도 세차게 퍼붓는 빗물의 양을 막아내기에는 역부족이었다.

결국 일을 시키는 업주도, 일을 하던 우리도 포기하고 말았다. 빗물이 공장내부로 넘쳐 들어올 것을 멍하니 쳐다보고만 있었는데, 예상과는 달리 빗물은 한 방울도 공장내부로 들어오지 않았다. 공장 뒤편 양쪽으로 작고 좁지만 자연스럽게 생겨난 물길을 따라 조금씩 조금씩 흘러가면서 아예 자연물길을 만들어버렸던 것이다.

참 다행스럽기도 했지만 속옷까지 폭삭 젖은 채 삽질을 해댔던 것이 허탈하기도 했다. 그날 우리는 기본 일당에 3만원씩을 더 받을 수 있었다.

악몽의 날들을 보냈던 시절을 떠올려 보면 채권자들의 독촉전화를 받는 것은 죽기보다 싫었다. 눈앞에서 벌어지고 있는 일들은 믿어지지가 않았고, 내 모든 재산을 잃었다는 사실을 인정할 수가 없었다. 내일 아침 눈을 뜨면 분명 뭔가 해결방법이 짠 하고 나타날 것만 같았다. 모든 것이 꿈이기를 진심으로 바랬었다. 시간이 흐르면 어떻게든 묘안이 떠오를 것만 같았다. 가슴 속에 돌덩어리를 안고 있는 것 같아서 숨을 제대로 쉴 수가 없었다. 술을 마시지 않으면, 아니 술에 완전히 절어 있지 않으면 잠을 잘 수도 없었다.

이대로 무너질 수는 없었다. 하지만 아무런 대안이 없었다.

뭔가 위기에 다다랐을 때 당황하는 사람들이 있다. 마음 속으로 큰일 났다며 호들갑을 떨게 된다. 바로 그 순간부터 정상적인 사고와 판단의 기준이 흐려지게 되고 분별력이 사라진다. 무엇이 먼저이고, 어떤 것이 중요한 지, 해결방법은 무엇인지 아무것도 생각하려 하지 않는다. 머리 속에 드는 생각이라곤 엿같은 인생 뿐이고 대화를 나눌 친구라고는 이슬이 뿐이다.

반면, 성공한 사람들의 경우를 보면 남다른 공통점들이 있다.

첫째, 이미 일어난 일에 대해 더 이상 왈가왈부 하지 않는다.

둘째, 최선의 해결책을 찾는다. 그것이 불가능할 때는 최악의 상황만큼은 반드시 막을 방법을 찾는다.

셋재, 내가 할 수 있는 일만을 찾아 집중한다.

만약, 내가 위기를 맞았던 초기에 정신을 똑바로 차리고 현실을 직시하며 모든 문제를 있는 그대로 받아들였다면 최악의 상황만큼은 막을 수도 있지 않았을까.

사람의 본능이랄까. 좋은 일은 언제나 두 팔을 벌려 환영하지만, 조금이라도 자신에게 해가 되는 일이나 생각은 좀처럼 인정하려 하지 않는다. 좋은 일이든 나쁜 일이든 나에게 일어나는 모든 일들을 눈 크게 뜨고 똑바로 직시하여 바로바로 해결해 나가려는 습관을 키우는 것은 정말 중요한 것 같다.

애써 회피하거나 외면하지 말고 있는 그대로 받아들이자. 좋은 말로 포장해서 별 것 아니라는 듯 숨기지 말고 철저하게 파헤쳐서 조금이라도 문제가 있다면 그 사실을 받아들이자. 받아들인다는 것이 얼마나 힘든 과정인지 누구보다 잘 알고 있다. 하지만 받아들이지 않고 계속해서 현실을 부정하거나, 회피한다고 해서 해결될 일은 아무것도 없다. 오히려 문제의 본질을 바로 보지 못하는 시간이 길어질수록 더욱 해결하기 힘든 상황에 놓여질 뿐이다. 어떤 문제를 해결함에 있어서 가장 빠르고 좋은 방법은 그 문제를 제대로 마주보는 것이다. 당면한 상황에 대해 가장 잘 알고 있는 사람은 자기 자신 뿐이다. 그렇기 때문에 해결할 수 있는 사람도 자신 뿐인 것이다. 만약 내가 문제를 바로 보지 못하면 그것을 해결할 수 있는 사람은 아무도 없다는 말이다.

물은 자신의 길을 스스로 만들어 가기도 한다. 우리에게 닥친 문제가 아무리 어렵고 힘들다 하더라도 해결될 수 있는 길을 조금만 터 주게 되면 생각만큼 어렵지 않게 해결될 지도 모른다. 그럼에도 불구하고 현실을 바로 보지 못하고 피하기만 한다면 절대로 위기를 극복해 나갈 수 없다.

위기임을 인식하고 문제를 받아들이라는 말은 그 문제, 위기에 대해 자책하며 포기하란 뜻이 아니다. 정면으로 받아들이고 적극적으로 부딪쳐서 해결방안을 모색하고 당당하게 맞서란 말이다. 링 위에 올라선 권투선수가 상대의 주먹을 피하기 위해 도망만 다닌다면 1라운드도 마치기 전에 패배하고 말 것이다. 너무나 억울하지 않은가. 그 동안 갈고 닦은 내 주먹으로 제대로 된 펀치를 한 방이라도 날려본 후에라야 설령 패배하더라도 가슴에 남는 것이 없을 수 있다.

아무리 큰 상처를 입는다 하더라도 내 삶이 가장 소중하다는 사실은 변하지 않는다. 그러나 상처입기가 두려워 삶을 피하기만 하는 모습은 너무나 치욕스럽다. 내 삶에 미안한 생각이 든다. 한 번뿐인 인생을 도망자로 살 수는 없지 않은가. 실패와 고통은 영원한 것이 아니다. 기껏해야 상처의 흔적을 남길 뿐이지 않은가. 고작 흉터 몇 개 남게 될 것을 두려워해서 꼼짝도 하지 못하고 움츠려 있거나 피해 다니기만 하는 것은 훗날 더 큰 상처를 남기게 될 것이 분명하다.

나도 당시에는 두렵고 무서웠다. 그래서 피해 다녔다. 인정하고 싶지도 않았고 외면하고만 싶었다. 내가 얼마나 열심히 살았는데, 많고 많은 사람중에 왜 하필 내가 이런 고통을 당해야 하는 건가 라는 생각들로 머릿속이 온통 혼란하기만 했다. 도저히 부딪칠 용기가 나지 않았다. 단 한 번도 내가 처한 현실을 똑바로 마주하지 못했다. 그 때의 내 모습이 얼마나 한이 되었으면 이렇게 밤늦도록 그 얘기를 꺼내고 있겠는가. 정말로 죽기보다 싫었지만 결국 인정할 수밖에 없었다. 막다른 곳에 이르러서야 달리 방법이 없다는 것을 깨달았던 것이다. 너무나 어이가 없었던 것은, 그토록 두렵고 무서워서 피해다니기만 급급했던 모든 현실들이 막상 부딪쳐 보니 생각보다 훨씬 강도가 약하더란 사실이다. 두려웠던 모든 것들과 부딪쳐 봤다. 별 것도 아니더라. 죽지도 않았고 눈알이 빠지지도 않았다.

시련과 절망. 얼마나 아픈지 잘 안다. 분명 나도 겪었고, 앞으로도 그런 시련을 겪지 않으리라 결코 장담할 수는 없다.

하지만 자꾸만 시련, 절망, 고통, 벼랑끝, 좌절......이런 말 쓰지 말자.

기껏해야 살면서 지나가는 찰나에 불과하다. 그냥 눈 딱 감고, 모든 걸 인정하고, 부딪쳐 버려라.

받아들이는 순간, 나의 마음은 한없이 강해진다.

과거를 있는 그대로 받아들여라.

현재도 있는 그대로 인정하라.

미래는 가능성을 예감하라.

ㅡ 트레이시 ㄴ 맥네어

07

과거와 미래는 허상일 뿐

스스로 불행하다고 느끼며 오랜 시간을 고통 속에서만
보낸 사람이 하루아침에 행복을 느낄 수는 없다. 우리는 모든 성과에 앞서
그 과정을 즐길 줄 아는 자세를 배워야만 한다.

　　　　　어느 날 운전을 하던 중에 갑자기 내 차 앞으로
뛰어나온 사람을 크게 다치게 하는 사고가 발생한다면 어떻게 해야 할
까? 부서진 차의 문을 열고 가까스로 밖으로 나온 사람이 정신을 잃고
내 앞에서 쓰러진다. 온 몸이 피투성이다. 그대로 두면 곧 목숨을 잃을
것 같다. 어찌해야 하는가? 상처를 살피고, 칼로 배를 갈라 당장 수술
을 해야 하는가? 찢어진 상처를 꿰메야 하는가? 우리는 전문의사가 아
니기 때문에 그렇게 할 수가 없다. 우리가 할 수 있는 것은 서둘러 119
에 신고를 하거나, 가능하다면 내 차에 옮겨태우고 가까운 병원으로
달려가는 일, 아니면 입고 있던 외투를 벗어 그 사람의 체온을 따뜻하
게 유지해 주는 일 정도일 것이다. 그 사람의 생명을 살리기 위해 우리
가 할 수 있는 일은 작고 미미할지 모르지만 어쨌든 우리가 취할 수 있

는 행동에 최선을 다해야만 한다. 그렇게 했음에도 불구하고 그 사람이 생명을 잃게 된다면 너무나 안타까운 일이긴 하지만 어쩔 도리가 없다. 할 수 있는 모든 일은 다 했기 때문이다.

만약 위와 같은 상황에서 피를 흘리며 쓰러져 있는 위급한 사람을 바라보며 '내가 왜 좀 더 운전을 조심하지 못했을까...왜 차의 방향을 바꾸지 못했을까...왜 차를 좀 더 천천히 몰지 않았을까...' 등의 생각을 하면서 멍청하게 서 있기만 한다면 어떻게 되겠는가. 그래서 결국 목숨을 잃게 되었다면 또 이렇게 생각할 것이다. '왜 그 때 응급처치를 하지 않았을까...왜 빨리 119에 신고하지 않았을까...왜 그 사람의 체온을 유지해주지 못했을까...' 라고 말이다.

후회는 바로 이런 것이다. 너무 극단적인 예를 든 것 아니냐고 할 수도 있겠지만 이보다 더한 사례도 얼마든지 말할 수 있다. 그렇게 해서라도 후회라는 악습이 가진 폐해를 전하고 싶은 마음이다. 내가 이토록 후회를 경멸하는 것에는 이유가 있다.

사업에 실패한 후 소중한 삶을 되찾기까지 무려 6년이란 시간을 보냈다. 내 인생에서 그 아까운 시간 6년을 후회와 한숨으로만 보냈다. 생각하면 할수록 가슴이 찢어지는 것 같다. 6년이면 얼마든지 새로운 삶을 살 수 있는 시간이다. 지나간 것은 모두 잊어버리고, 훌훌 털어버리고 새롭게 목표를 정하고 조금씩이라도 노력했다면 아마 이렇게까지 한이 남지는 않았을 지도 모른다. 이런 뼈아픈 경험이 있기에 누구를 만나든 후회는 절대로 하지 말라고 당부하며 살고 있다.

내가 목청을 높여 후회하지 말라고 하면 듣는 사람들은 대부분 그 자리에서는 고개를 끄덕인다. 하지만 얼마 못가 여전히 과거의 이야기를 꺼내며 "그 때 내가 왜 그랬을까"를 되풀이하고 있다. 이미 몸과 마음에 체득되어 버린 습관이기 때문이다.

우리는 현재를 살고 있다. 세상의 모든 사람들은 현재를 산다. 과거나 미래에 살고 있는 사람은 없다. 가만히 앉아서 정신을 집중하고 지금 이 순간을 느껴보자. 자신의 숨소리가 들리는가? 살아 있다는 증거다. 처음엔 주변의 모든 작은 소리들이 귀에 들어오기 시작할 것이다. 평소에는 들리지도 않던 시계의 초침소리가 유난히 크게 들리기도 하고, 창 밖에서 참새가 지저귀는 소리도 낯설게 들린다. 어느 순간 내 숨소리과 심장소리까지 들려오기 시작하면 눈을 뜨고 정면을 바라보자. 그리고 가슴 속에서 무슨 말을 하고 싶어 하는지 느껴보자. 또 그 하고 싶은 말들을 글로 옮겨보자. 이것이 바로 살아있음을 느낄 수 있는 방법이다.

지금이 지나면 과거가 된다. 다가오는 지금은 미래라고 부른다. 사람은 절대로 과거나 미래에 살 수 없으며 그 순간에 존재할 수도 없다. 너무 거창한 철학적인 이야기처럼 들릴 지도 모르겠지만 생각해보면 아무 것도 아닌 이야기다. 너무 단순한 진리이기 때문에 대수롭지 않게 여기고 살았을 뿐이다. 과거, 미래란 말은 인간이 만들어낸 단어다. 실존하지 않는 무형의 개념인 것이다. 단지 뭔가를 표현하기 위해 필요한 단어이기 때문에 만든 것이다. 아무리 그럴 듯한 표현을 해도 우리가 오직 지금만 살 수 있다는 사실을 부정할 수는 없다. 지금이란 시간만 존재할 뿐이며 그래서 내 삶에 있어 가장 소중한 시간도 지금이다.

그런데 우리들의 삶을 가만히 들여다 보면 이토록 소중한 지금을 너무나 쉽게 낭비하거나 희생하며 살고 있다는 사실을 알 수 있다. 절대 과거에 살 수 없다는 사실에 고개를 끄덕이면서도 여전히 발목은 과거에 잡혀 있다. 지나간 일을 도대체 어쩔 거란 말인가. 과거를 바꾸기 위해 내가 할 수 있는 일이 아무것도 없는데 왜 자꾸만 과거를 생각하고 그 곳에 집착을 두고 있단 말인가. 후회는 철저하게 과거를 벗어나지 못한 사람들의 습성이다. 후회하는 사람들은 과거를 바꾸기 위해 할 수 있는 일이 아무것도 없다는 말을 뒤집어 악용하는 사람들이다. 후회를 하고 있으면 할 수 있는 일이 아무것도 없으니 아무것도 하지 않아도 된다. 스스로를 위안하는 자기기만이다. 내가 그 때 좀 더 이렇게 했다면……아무런 의미도 없고 쓸모도 없는 생각이다. 그래서 뭐 어쩌란 말인가.

미래도 마찬가지다. 정신없이 바쁘게 살아가는 사람들에게 왜 그렇게 여유를 가지지 못하고 살고 있습니까 라고 물어보면 대부분 미래의 여유로운 삶을 위해서 라고 대답한다. 미래의 더 나은 삶을 위해 지금 열심히 살아가는 모습에 대해서는 토를 달 생각이 전혀 없다. 그러나 무조건 미래를 위해서만 달려가는 삶은 결코 의미가 없다는 말을 하고 싶다. 내 삶에서 가장 중요한 시간은 지금이라고 했다. 그 소중한 지금을 조금도 돌보지 않고 오직 존재하지 않는 미래만을 위해 희생한다는 것은 진정한 삶이라 할 수 없다는 말이다. 바꾸어 말하면 지금 행복할 수 있다면 미래에도 행복할 수 있다.

고등학교 3년 동안 오직 좋은 대학에 입학하는 것만을 목표로 삼고 열심히 공부한다. 하루하루가 힘들고 지친다. 포기하고 싶을 때마다 좋은 대학에 입한한 자신의 모습을 그려가며 마음을 다잡기도 한다. 휴식도 없고, 친구도 포기하고, 여가도 무시한다. 오직 공부, 공부 뿐이다. 3년 동안의 지금은 오직 대학입학이라는 미래를 위해 희생된다. 고등학교 3년 동안 행복하냐고 물어보면 전혀 행복하지 않다고 말한다. 그러나 대학에 입학하면 행복해 질 거라고 믿는다. 자, 이제 일류 대학에 입학했다. 행복한가? 아직 부족하다. 대기업에 취업을 하기 위해 다시 4년이란 지금을 갈고 닦는다. 또 한 번 물어본다. 대학 4년이란 지금은 행복했던가? 전혀 그렇지 않다. 대기업에 취업을 하면 행복할 거라고 믿는다. 자, 이제 대기업에 취업했다. 행복한가?

미래의 자신의 모습에 목표를 두고 현재를 열심히 살아가는 모습은 누가 보아도 아름답다. 하지만 노력을 하고 있는 현재라는 시간 속에서도 충분히 행복해야만 한다. 그것이 삶의 이유다. 매 순간 행복하지 않다면 너무나 고통스러운 삶이다. 장경동 목사는 그의 책 〈아주 특별한 행복〉에서 이런 내용을 언급한 적이 있다. 고등학생 자녀를 둔 엄마의 마음에 대해서다. 입학하는 순간부터 대학입시 시험의 합격발표가 나는 직전까지 3년이란 시간 동안 엄마들은 걱정하며 살고 있다. 그러다가 합격발표가 나면 날 듯이 기뻐한다. 단 하루, 기쁨을 누리며 행복해한다. 다음 날부터 취업이 확정되는 그 날까지 4년, 5년 혹은 그보다 훨씬 긴 시간동안 엄마들은 또 다시 걱정의 연속이다. 취직이 잘 되어야 할텐데 라고 말이다. 그러다가 취업이 되면 또 날 듯이 기뻐한다. 단 하루 뿐이다. 대학 졸업후 바로 취업이 된다 하더라도 엄마가 걱정하며 보낸 시간은 무려 4년이다. 계산해 보자. 고등학교 입학부터 취업까지 7년이다. 일수로 계산하면 무려 2555일이나 된다. 그 중에 진정 기쁨으로 충만했던 행복한 날은 딱 이틀 뿐이다. 나머지 2553일은 걱정과 염려 속에 살아왔던 것이다. 과연 이런 삶이 무슨 의미가 있을지 모르겠다.

그렇다면 이렇게 생각해 보는 것은 어떨까. 자녀가 고등학교에 입학하는 순간부터 기뻐하는 것이다. 이유를 붙이자면 끝도 없다. 평생에 한 번 뿐인 즐거운 학창시절을 맞이했으니까, 건강한 몸으로 잘 자라 주었으니까, 수 백 군데의 대학을 골라서 갈 수 있는 기회가 생겼으니까, 많은 것을 배우고 자랄 수 있는 청소년이 되었으니까, 삶의 가치관을 정립시킬 수 있는 나이가 되었으니까 등등 얼마든지 행복할 수 있는 이유가 많다. 그러다가 혹시 대학에 떨어지면 책임질 거냐고? 그럼 3년 동안 걱정만 하면 대학에 합격할 수 있다는 말인가? 과정이 즐겁고 유쾌하지 않은 성과는 그것이 아무리 크고 대단하다 할지라도 큰 의미를 두기 힘들다. 인생에서 3년이란 시간을 의도적으로 불행하게 보냈는데 좋은 대학에 입학하는 것이 뭐 그리 대수겠는가. 얼마든지 행복한 3년을 보내고도 충분히 원하는 대학에 들어갈 수 있다. 초점을 이상한 데 맞추는 사고의 습관이 들어있기 때문에 오해하고 있을 뿐이다. 공부는 학생이 한다. 즐겁고 행복하게 공부할 수 있도록 도와주는 것은 부모의 역할이며 매우 중요하다. 공부, 공부, 오직 공부만을 강조하고 3년을 불행하게 보내도록 분위기를 조장한 부모들 덕분에 올바른 인성이 형성되지 못한 수많은 전문직종의 인재들이 뉴스에 자주 등장하지 않는가.

과거의 잘못을 거울 삼아 현재를 살면 된다. 그것이 과거의 내 모습에 대한 최선의 삶이다. 매일 후회하며 한숨짓는 지금은 결국 또 다른 후회하는 지금만을 낳을 뿐 삶을 조금도 성장시키지 못한다. 다가올 미래를 성실하게 준비하는 태도는 너무나 아름답고 지혜로운 태도다. 하지만 미래를 준비해 나가는 과정이 지독히도 불행하기만 하다면 우리가 바라는 미래란 것이 오지도 않을뿐더러 설령 목표를 달성했다 하더라도 행복한 삶을 살아갈 수 없을 가능성이 크다. 행복도 느껴본 사람만이 느낄 수 있는 감정이다. 스스로 불행하다고 느끼며 오랜 시간을 고통 속에서만 보낸 사람이 하루아침에 행복을 느낄 수는 없다. 우리는 모든 성과에 앞서 그 과정을 즐길 줄 아는 자세를 배워야만 한다. 매일, 매 순간 행복하고 즐거운 마음을 가질 수 있게 되면 자연스럽게 행복한 미래를 맞이하게 될 것이다. 지금이 행복하다면 흘러간 지금이 모인 과거도 행복할 것이며 다가올 지금도 당연히 행복한 것 아니겠는가.

08

화려한 유혹

___

지금 이 순간, 나는 직장인들에게 감히 말한다.

지금 다니고 있는 회사에서 최선을 다하라고. 그리고 충분한 준비를 갖추고

기회가 오면 한 번 더 심사숙고 한 뒤에 결단을 내리라고 말이다.

돈에 관한 이야기를 꺼내려 하니 머리와 손이

한꺼번에 덤벼들어 잠시 당황스러웠다. 나의 실패는 오로지 돈 때문이

었으며 실패 이후에 이어진 숱한 고통과 시련의 시간들 모두 한결같이

돈에 대한 나의 잘못된 생각과 철학에서 비롯된 것들이기 때문이다.

그래서 할 이야기가 너무나 많다. 그러나 이 모든 돈에 관한 이야기를

남김없이 쓰다가는 책 한 권으로도 부족할 것 같아 사람들에게 도움이

될 수 있는 내용만을 추려내기로 마음먹었다.

결론부터 말하자면 돈이란 삶에 반드시 필요한, 그러나 오직 수단

일 뿐이지 결코 목표가 되어서는 안되는 화려한 유혹이라 말하고 싶

다.

우리 삶은 벽에다 그림을 걸어두는 작업에 비유할 수 있다. 그림의 종류는 제각각 다르지만 어떤 방법으로든 벽에다 반듯하게 걸 수만 있다면 삶의 목표를 이루었다고 볼 수 있다. 그런데 벽에다 그림을 걸기 위해서는 못을 박아야 한다. 태어날 때부터 손에 쥐고 태어난 못을 벽에다 고정시키려면 도구가 필요하다. 어떤 사람들은 돌을 주워 벽에다 못을 치기 시작하고, 또 어떤 사람들은 쇠붙이나 단단한 나무를 이용하기도 한다. 시간이 흐르면서 사람들은 망치가 못을 박는데 가장 유용하다는 사실을 깨닫게 된다. 그래서 너나 할 것 없이 망치를 구하기 위해 필사적으로 돌아다니게 된 것이다. 이미 망치를 구한 사람들이 너무나 쉽게 그림을 벽에다 걸어두는 모습을 곁에서 지켜본 사람들은 더욱 망치를 가지려는 욕망이 커지게 된다. 수단과 방법을 가리지 않고 망치를 구하려다 보니 다른 사람의 망치를 훔치는 사람도 있고, 폭력으로 망치를 빼앗는 사람도 생겨났다. 세월이 흐를수록 망치를 갖겠다는 사람들의 마음은 스스로 통제할 수 없을 정도가 되어 버렸다. 처음엔 하나만 있어도 충분했던 망치를 두 개, 세 개, 열 개씩 가지길 원하게 되었고 결국 망치를 많이 가진 사람들은 사회적으로 명예와 권력까지 쥘 수 있게 되었다.

망치를 손에 쥐지 못한 사람들은 망치를 구할 수만 있다면 무슨 일이든지 할 수 있다고 생각했다. 그래서 망치를 많이 가진 사람들이 시키는 불법적인 일도 스스럼 없이 했으며, 오직 망치를 가지는 것만이 삶의 목표가 되어 버렸다.

돌이나 쇠붙이, 그리고 나무를 사용하여 오랜 시간 꾸준히 벽에다 못을 박는 사람들은 그들의 근면성실한 모습을 인정받기는커녕 바보 같고 어리석은 짓을 하염없이 계속하는 멍청한 이들로 취급받기 일쑤였다. 그럼에도 불구하고 자신의 신념을 포기하지 않고 꾸준히 못질을 계속했던 사람들은 나름대로 성공하여 자신만의 그림을 벽에다 안전하게 걸 수 있게 되었다. 여전히 망치를 가지기 위해 눈에 불을 켜고 다니는 사람들 속에서도 이들은 자신의 가족과 자녀에게 망치가 없어도 얼마든지 그림을 벽에 걸 수 있다는 인생의 진실을 전해주며 행복하게 살았다.

반면, 망치를 가지기 위해 삶을 송두리째 바치고 있던 사람들은 자신의 손에 망치가 쥐어져도 계속해서 망치를 구하러 다녔다. 그들은 오직 망치를 구하는 일만이 세상에 태어난 자신의 사명이라 여기게 된 것이다. 결국 엄청난 양의 망치를 손에 쥘 수는 있었지만 그들은 자신의 벽에 아무런 그림도 걸어두지 못한 채 세상을 떠나고 말았다.

우리가 살아가는 이유는 자신만의 그림을 벽에다 걸어두기 위함이다. 망치는 그림을 걸기 위한 수단일 뿐이다. 못을 벽에다 고정시키기 위해 망치만큼 좋은 도구는 없다. 편리하고, 손목에 무리가 가지 않으며, 시간을 단축시킬 수 있다. 손을 다칠 염려도 줄어들고, 힘도 훨씬 적게 든다. 돌이나 쇠붙이를 이용하면 잘못 되었을 때 못이 구부러지기도 하고, 위치를 수정하기 위해 못을 빼려고 하면 몇 배의 힘이 들었지만 망치는 그런 수고를 덜어줄 수 있다. 못질을 잘못하여 못이 휘어지면 다시 펼 수 있었고, 잘못 박힌 못을 빼내는 것도 아주 수월했다. 그래서 망치는 그림을 벽에다 걸기 위한 도구로서 더없이 유용했고 없어서는 안될 귀중한 존재가 되었다.

그러나 분명히 명심해야 할 것은 망치란 어디까지나 도구일 뿐이란 것이다. 우리 삶의 목표는 그림을 벽에다 걸어두는 것이지 망치를 구하는 것이 아니었다. 목표를 향한 과정에 있어서 필요한 도구에 불과했던 망치가 어느새 우리 삶의 목표가 되어버린 것이다. 그래서 망치를 구하는 것에만 몰두한 나머지 그림은 걸지도 못한 채 생을 마감하는 사람들이 생겨나기도 했다. 그렇게 살다 간 사람들의 벽에는 아무런 그림도 걸려있지 않은 채 벽지의 색깔만 누렇게 바래버린 채 먼지만 쌓여가고 있다.

돈은 우리가 살아가는 데 반드시 필요한 요소중 하나이다. 그것을 부정할 마음도 없고, 오히려 돈이 절대적인 우위를 가지고 있다는 것이 내 지론이다. 가끔씩 돈이 인생의 전부는 아니잖아 라는 말을 듣게 된다. 당연한 소리다. 하지만 이 말을 잘못 오인해서는 안된다. 인생의 전부가 아니란 말은 아니지만 쓸모없다는 뜻도 아니다. 돈이 인생의 전부가 아니란 말은 주로 풍족하지 않은 사람들의 입에서 나온다. 만약 그들에게 삶이 여유로와질 만큼의 돈을 준다면 아마 절대로 마다하지 않을 것이다. 부를 이루지 못한 사람들이 자신의 신세를 한탄할 때 즐겨쓰는 말일 뿐이다. 돈은 인생의 전부가 아니다. 맞는 말이긴 하지만 어딘가 허점이 보인다. 그럼 인생의 전부는 무엇이란 말인가? 돈 말고 어떠한 단어를 집어 넣어도 완성시킬 수 없는 문장이다. 인생의 전부를 의미하는 한 개의 단어는 있을 수 없다. 따라서 돈은 인생의 전부가 아니라는 문장 하나로 돈이 가지는 엄청난 효용가치와 우리 삶을 풍족하게 만들어 주는 능력을 무시할 수는 없다. 우리는 살면서 부를 이루어야 한다. 어쩌면 이 세상에 태어나 풍족함을 누리지 못하고 사는 것도 소중한 내 삶에 도리를 다하지 못하는 것일 지도 모른다. 부정한 방법으로 돈을 모으거나 일확천금을 노려서는 절대로 안되겠지만 그렇다고 해서 가난을 미덕으로 삼고 부족한 삶에 만족하며 사는 것 또한 바람직한 삶이라 말할 수만은 없다고 본다.

스스로의 재능과 혼신을 다하는 노력으로 바라는 목표를 이루어가는 과정이라면 물질적 부는 필요한 만큼 쌓아올릴 수 있음에 틀림없다. 가난을 딛고 일어선 수많은 성공한 부자들은 자신의 부를 이용해 어려운 사람들을 돕고 이 사회가 더 살기좋은 곳으로 거듭날 수 있도록 많은 기여를 하고 있다. 그래서 그들 자신의 삶을 더욱 가치있고 귀중하게 만들어 간다. 우리도 똑같은 사람이다. 어긋나지 않은 정신으로 내 삶을 성장시키기 위해 노력한다면 멋지고 화려한 망치 한 자루 쯤은 분명 손에 쥘 수 있으리라 장담한다.

10년 동안의 직장생활을 접고 낯선 사업에 뛰어들 때 내 마음 속에는 돈만 많이 벌면 된다는 욕심으로 가득 차 있었다. 물론 그것이 가장 큰 문제였지만 그런 나의 결심을 망설이지 않고 행동으로 저지르게 한 것은 또 다른 생각도 있었기 때문이었다.

직장생활 때려치우고 사업하는 게 최고다.
명함쪼가리 한 장이 너를 대신할 수 있을 것 같냐?
회사라는 거대한 기계의 부속품으로 살아가는 인생이 참다운 인생은 아니다.
언젠가는 쫓겨날 회사에서 뭘 그리도 열심히 일하느냐?
월급 몇 푼 받으려고 매일 새벽부터 밤 늦게까지……그게 도대체 뭐하는 거냐?

지금 이 순간, 나는 직장인들에게 감히 말한다. 지금 다니고 있는 회사에서 최선을 다하라고. 그리고 충분한 준비를 갖추고 기회가 오면 한 번 더 심사숙고 한 뒤에 결단을 내리라고 말이다. 수많은 책에서, 그리고 매스컴에서 마치 직장에 다니는 것이 잘못된 삶을 살아가고 있는 것처럼 말하고 있는 경우가 많다. 다 때려치우고 1인기업으로 우뚝 서라는 둥, 회사의 주인을 위해 일하는 노예가 되지 말라는 둥 하면서 말이다. 도대체 무슨 마음으로, 또 무슨 자격으로 멀쩡하게 잘 다니고 있는 회사를 그만두라고 함부로 말하는 건지 알다가도 모르겠다. 그 사람의 인생을 책임질 것도 아니면서, 그 사람이 부양하는 가족들의 생계를 책임질 것도 아니면서 왜 그렇게 무책임한 소리를 질러대는 것인지 영문을 모르겠다. 자신이 하고 있는 일에서 큰 성공을 거두었다면 혼자서 잘 나가면 될 것 아닌가? 왜 열심히 잘 살고 있는 사람의 인생의 흔들어 놓으려고 하는가 말이다.

분명히 말하건대, 직장생활에 회의를 느끼고 도저히 더 이상은 정상적인 회사생활을 할 수 없을 지경에 이른 사람이 그럼에도 불구하고 울며 겨자먹기로 출근과 퇴근을 반복하고 있다면 그것은 신중하게 퇴직을 고려해 보아야 할 사항이다. 그러나 회사에서 맡은 업무가 자신의 적성에 맞고 일하면서 동시에 행복을 느끼는 수많은 샐러리맨들은 각자 그들의 위치에서 긍지와 보람을 느끼며 자신의 소중한 삶을 제대로 잘 성장시키고 있는 사람들이다. 아무런 대안도 없고 책임지지도 않을 거면서 회사 때려치우고 뭐해라 뭐해라 강요하는 사람들의 말에 절대로 현혹되지 말기를 당부한다. 여차하면 내 꼴 난다.

직장에 다니는 사람들은 입버릇처럼 사업이나 해볼까 말한다. 사업하는 사람들은 직장생활만큼 안정적이고 속편한 직업이 없으니 그리 알라고 한다. 모두가 마찬가지다. 자신이 하고 있는 일에서 행복을 찾지 못하면 무슨 일을 해도 마찬가지다. 우리 삶의 궁극적인 목표는 벽에다 그림을 그리는 것이다. 어떤 그림이라도 제대로 잘 걸어두기만 하면 된다. 벽에다 못을 박는 과정에서 기쁨과 행복을 누려야만 한다. 어떻게 못을 박아야 할지 그 방법을 찾는 것에만 몰두하거나, 망치에 대한 욕심만 부리다가는 아무런 그림도 걸지 못하게 된다.

무슨 일을 하든 지금 당신이 서 있는 그 자리가 최고의 자리다. 만약 스스로 만족스럽지 못하고 견딜 수 없을 만큼 힘들며 더 이상 버티기가 고통스럽다고 느낀다면, 딱 한 번만 현재의 위치에서 최선을 다해보고! 그래도 안되겠다 싶으면 그 때 다시 삶의 목표를 설정해 보자. 잘 보아야 한다. 그래도 안되겠다 싶으면 당장 때려치우라고 말한 것이 아니다. 다시 삶을 재정비하는 시간을 가져야 한다고 말했다. 그래서 가슴이 허락한다면, (누구의 찬성이나 반대도 의미가 없다) 그 때는 과감한 결단과 치밀한 계획을 세우고 온 몸을 던져 도전해 보자. 명심해야 할 것은 세상에는 결코 만만한 일이란 없다. 힘겹고 어렵지만 스스로 즐겁고 행복할 수 있는 일인지 두 번, 세 번 생각해 보아야 할 것이다.

사소한 일에 연연하는 것은
시간을 낭비하는 일이며, 쓸데없는 감정을 일으켜
나의 에너지를 소모하는 일이다.
소중한 내 삶에 아무런 도움이 되지 않고
오히려 해만 끼친다.
그렇다면 어떤 일이 사소한 일인가?
세상의 모든 일이 사소한 일이다.
최소한 걱정이나 고민에 있어서는 말이다.

05

소중한 삶을 향한 응원의 메시지

01

그럼에도 불구하고 내 삶은 소중하다

끊임없이 글을 쓰며 내 자신을 들여다보고 크게 깨달은 바가 있었다.
사람은 자신이 서 있는 위치와 상관없이 얼마든지 행복할 수 있다는 사실이다.
내가 어디로 향해 가고 있는지 볼 수 있어서 행복했다.

양복을 입고, 넥타이를 매고, 가슴엔 대기업의 뱃지를 달고 회사에 다니던 시절에는 만나는 사람들 대부분이 정중하게 인사를 건넸다. 나보다 나이가 많았던 거래처 사람들도 한결같이 허리를 숙이며 인사를 했다. 명절이 되면 회사에서 지급되는 선물과 보너스 외에도 꽤 많은 선물들이 집으로 배달되곤 했었다. 일개 사원, 대리였던 나에게 마치 무슨 커다란 결정권이 있는 것처럼 느껴지기도 했었다. 그 때는 당연한 일인줄로만 알았다.

허름한 작업복에 모자를 눌러쓰고 안전화를 신은 채 온갖 먼지가 찌든 채 묻어있는 가방을 들쳐메고 인력시장이나 작업현장에 가면 내가 먼저 인사를 건네도 본척만척 하는 사람들이 대부분이다. 명절 선물은 고사하고 연말에 신년달력 하나 제대로 구하지 못한다. 나는 달라진 것이 없는데 세상은 너무도 몰라보게 달라져 있었다.

　막노동은 정말이지 너무도 힘든 일이다. 시멘트 한 포가 대략 40킬로그램 정도의 무게를 가진다. 그것을 등에 올리고 공사중인 빌라의 4층, 5층까지 수도 없이 오르내린다. 경우에 따라 다르겠지만 많을 때에는 100포, 200포 정도의 양을 옮겨야 할 때도 있다. 삽질은 보통이다. 굴삭기가 들어서지 못하는 현장에서는 땅을 팔 수 있는 방법이 삽질 말고는 없다. 자갈이 잔뜩 섞여 있는 땅을 삽 한자루로 파 내려가기 시작하면 10분만 지나도 온 몸이 땀으로 범벅이 된다. 최근에는 스키장의 리프트가 매달려 있는 와이어를 교체하는 현장에서 일하기도 했다. 높은 곳에 고정된 와이어를 펌프질을 해가며 수작업으로 땅 바닥까지 끌어내렸다가 교체한 후에 다시 상공으로 올려 고정시킨다. 투입되는 장비들이 모두 엄청난 무게를 지니고 있어서 한 번씩 이동시켜야 할 때마다 숨이 턱까지 차오른다. 곰방이란 것도 있다. 모래나 벽돌, 시멘트 등을 2층부터 3층, 4층, 5층까지 짊어지고 올리는 일이다. 어깨와 등에 모래와 벽돌가루가 묻어 긁히고 상처가 나기도 하고, 무릎에 감각이 없어지기도 한다. 워낙 힘을 많이 쓰는 일이다 보니 손마디가 붓고 굵어져서 주먹이 제대로 쥐어지지 않는다. 장갑을 끼고 일을 하지만 어느새 구멍이 뚫려 여기저기 긁히고 찢어지는 것이 다반사다. 집에서 평소에 잘 입지 않는 헌옷이나 재래시장에서 싸게 구입한 작업복도 군데군데 구멍이 나 있다.

가까운 식당에 가서 점심을 먹기도 하지만 대부분 배달시킨 음식을 현장 한쪽 땅바닥에서 먼지와 함께 들이키는 경우가 많다. 더욱 힘이 드는 것은 전문적인 기술을 가진 사람들이야 어느 정도 대우를 받아가며 일하지만 우리같은 잡부들은 욕만 안섞었다 뿐이지 그야말로 막말을 들어가며 일해야 한다는 점이다. 그렇게 하루 열 시간이 넘는 강도 높은 육체노동을 마친 후 손에 쥐는 금액은 십만원이다. 인력시장의 중개인에게 만원을 떼주고 나면 집에 가져갈 수 있는 돈은 구만원인 셈이다.

지방에 있는 4년제 대학을 졸업했다. 군에 다녀온 후 재수 한 번 하지 않고 대기업 공채에 합격했다. 지방근무 1년을 거친 뒤 서울 본사로 발령 받고 나름대로 상사와 동료들로부터 인정받으며 탄탄하게 잘 살았었다. 그 때까지 세상은 내게 늘 만만했고 결코 등을 돌리지 않을 것만 같았다. 한 순간의 실패가 가져온 삶의 변화는 멀쩡한 정신으로 받아들이기 불가능했고, 그래서 정면으로 부딪치는 대신 달콤한 술의 유혹에 빠져들고 말았다. 그나마 술을 마시고 취하면 미쳐버리는 것은 피할 수 있었기 때문이었다.

인력시장에 발을 들여놓기 전까지 막노동을 하는 사람들은 전혀 다른 세계의 존재들로 여겼다. 더 정확히 말하자면 그들이 사는 세상은 내가 사는 세상과 완전히 다른 차원의 공간이라고 생각했었다. 그런데 현장에서 살을 맞대며 일해본 그들은 나와 전혀 다를 게 없었다. 한 때 잘 나갔던 경험은 누구나 가지고 있었고, 순간의 실패로 좌절하고 절망한 후 바닥까지 떨어졌다는 이야기는 꼭 나의 이야기를 대신 듣는 것만 같았다. 대부분 이를 악물고 버티는 삶을 살아가고 있었다.

막노동을 하는 사람들 전부를 이야기하는 것은 당연히 아니지만, 한 가지 안타까운 것은 내가 보기에 그들중 일부는 지금의 삶을 벗어나지 못할 것만 같다는 예감이 들었다는 것이다. 한계를 초과할 만큼의 육체노동을 하고 손에 쥔 피땀어린 돈 십만원을 그 날 저녁 술값으로 날려버리는 사람들도 많았고, 하루 벌어 3일을 살고, 그래서 돈을 모을 생각조차 하지 않는 이들도 많았다. 돈은 그렇다 치고 더욱 염려가 되었던 것은 그들의 생각이었다.

이렇게 사는 거지 뭐. 사는 게 별것 있어. 노가다도 할 만 한 거야. 일하고 싶으면 일하고 쉬고 싶으면 쉬고 이보다 더 좋은 직업이 어딨어. 몸만 건강하면 칠십이고 팔십이고 해먹을 수 있는게 노가다야......

이런 생각은 막노동 뿐만 아니라 어떤 삶을 살고 있더라도 결코 다음을 바라볼 수 없다. 구겨진 삶이 펼쳐질 수 있는 가능성이 전혀 없는 것이다. 어느 날 문득 이런 생각이 들었다. 자칫하다간 나 조차도 이들과 어울려 영원히 이 곳에서 벗어날 수 없을 지도 모른다. 똑바로 정신 차리고 내 길을 찾자. 글을 쓰고, 작가가 되고, 강연가가 되겠다는 내 꿈을 어영부영 놓칠 수는 없다. 하루도 빠짐없이 글을 쓰기 시작한 것이 바로 그 때부터였다. 내 삶을 이런 모습으로 낙인찍고 싶지 않았다. 내가 이를 수 있는 곳은 분명 더 높은 곳이었고, 그 곳에 이르는 것이 내 삶에 대한 최소한의 책임이라 여겼다.

매일 글을 썼다. 오직 책을 내기 위한 글만이 아니었기 때문에 글 쓰는 자체가 너무나 행복하고 즐거웠다. 내 가슴에서 우러나오는 이야기들을 남김없이 쏟아부을 수 있으니 마음 속에 응어리가 없었다. 좋으면 좋다고 썼고 힘들면 힘들다고 썼다. 굳이 앞뒤 문장의 연결을 고려하지도 않았고, 맞춤법은 생각지도 않았다. 닥치는 대로, 마음 가는 대로, 손이 움직이는 대로 마구 적어 나갔다. 글을 쓸 때의 내 마음을 흐르는 강물에 비유하곤 한다. 묵직하고 웅장하게 흘러가는 강물은 멈추지도 않지만 촐싹거리지도 않는다. 그 만큼 내 마음이 평온했던 것이다. 주위에서 일어나는 온갖 일들에 대해서 그저 묵묵히 바라보는 습관이 생기기 시작했고, 말은 줄어들었으며 생각은 많아졌다. 매일 나를 돌아보는 시간을 가질 수 있어서 좋았고, 내가 어디로 향해 가고 있는지 볼 수 있어서 행복했다. 이것은 대기업에 다니며 남부럽지 않게 살았던 10년의 세월에서조차 느껴본 적이 없는 감정이었다.

그렇게 끊임없이 글을 쓰며 내 자신을 들여다보고 크게 깨달은 바가 있었다. 사람은 자신이 서 있는 위치와 상관없이 얼마든지 행복할 수 있다는 사실이다.

인간의 욕망은 끝이 없다. 돈을 더 많이 벌 수 있기를, 더 높은 자리로 승진하기를, 좋은 배우자를 만나게 되기를, 좋은 직장에 취직할 수 있기를, 좋은 대학에 입학할 수 있기를, 아들을 낳기를, 딸을 가질 수 있기를, 넓은 집으로 이사갈 수 있기를, 고급 승용차를 살 수 있게 되기를……

이런 욕망은 채워질수록 더욱 커다란 빈자리가 다시 생기기 마련이다. 그래서 가지고 싶은 것을 얻게 되면 그 순간만큼은 행복하다고 느낄지 모르겠지만 돌아서면 더 크고 좋은 것을 원하게 된다. 결국 생을 다하는 날까지 가슴의 빈 자리는 결코 채워지지 못하고 아쉬움을 가득 안고 떠나게 되는 것이다.

행복한 삶이란 마음이 편안한 삶이라고 생각한다. 걱정과 후회같은 쓸모없는 감정을 제어할 수 있고, 지금 하고 있는 일에 보람을 느끼며, 매일 성장하는 자신을 발견할 수 있을 때 진실로 편안한 마음을 가질 수 있다. 내가 이런 말을 하면 듣는 사람들은 그게 어디 말처럼 쉬운가 하며 되받는다. 그럴 때면 나는 다시 진심을 다해 이렇게 말한다. "말보다 더 쉽지요" 하고 말이다.

어떻게 하면 글을 쓸 수 있는가? 당장 글을 쓰기 시작하면 된다. 어떻게 하면 행복할 수 있는가? 지금 당장 행복하다는 감정을 느끼면 된다. 문제는 항상 조건을 달기 때문에 발생한다. 행복은 감정이다. 그러니까 느끼면 된다. 나는 지금 행복하다! 라고 생각하면 된다. "막노동을 하면서 생계를 유지하는 처지에 어떻게 행복하다고 말할 수 있느냐" 라고 묻는다면 "그럼 뭘 하면서 살면 행복할 것 같습니까" 라고 되묻고 싶다. 어떻게 살면, 얼마나 벌면, 어떤 집에 살면, 어디를 가면, 어떤 대학에 들어가면, 어떤 회사에 취직하면, 어떤 배우자를 만나면……행복할 수 있는 것이 아니라 지금 당장 행복하다고 느끼는 연습이 필요하다. 이유나 조건을 달지 말고 행복하다고 느끼는 연습을 반복하면, 믿지 못하겠지만 행복한 일들이 하나 둘씩 일어나기 시작한다.

끌어당김의 법칙에 관련된 수많은 책을 읽으면서도 나의 반응은 늘 똑같았다. 머리나 마음으로 생각만 한다고 해서 삶이 달라질 것 같으면 세상에 성공하지 못할 사람이 하나도 없겠네 라고 말이다. 그런데 너무나도 명쾌한 답을 얻게 된 것이다. 모두들 나처럼 믿지 못했을 테니 당연히 실천하지 않았던 거다. 소중한 내 삶에 행복을 주어야겠다고 마음 먹게 된 것은 글쓰기를 시작하면서 생긴 자연스러운 반응이었지만, 나처럼 특별한 상황을 겪지 못한 사람들은 아직까지도 우리의 생각이나 정신이 얼마나 큰 힘을 갖고 있는지 믿지 못할 것이 분명하다. 나도 그랬으니까.

마음이 평온하면 행복하다. 세상의 모든 일은 마음으로부터 비롯된다고 하니 이제 내가 바라는 뜻을 이루지 못할 아무런 이유가 없다.

막노동을 하면서, 또 과거의 씻지못할 상처를 가슴에 품고 살아가면서도 나는 늘 내 삶이 가장 소중한 것이라고 믿었다. 세상에 온 이유가 분명히 있을 것이라고 생각했고, 귀한 삶을 함부로 대하는 일이 없도록 항상 생각과 말과 행동에 진심을 다했다. 아무리 힘겹고 고통스러운 시간을 보내고 있다고 하더라도, 아무리 스스로의 위치가 보잘 것 없고 초라해 보인다 하더라도, 그럼에도 불구하고 자신의 삶이 얼마나 가치있고 소중한지 느낄 수만 있다면 최고의 인생을 반드시 만들어 갈 수 있을 것이다.

02

『3분의 1 법칙』받아들이기

삼분의 일은 힘든다. 다음에 이어지는 삼분의 일도 쉽지는 않다.
그러나 두 번의 삼분의 일만 지나고 나면 목표는 이미 달성한 것이나 다름없다.
그러니 힘들다고 포기하거나 주저앉지 말자.

우리는 실패를 받아들이는 데 익숙치 않다. 실패가 곧 모든 것의 종말을 의미하는 것처럼 크게 두려워한다. 그래서 종종 도전조차 하지 못한 채 포기하거나 망설이는 경우가 있다. 또 최선을 다했음에도 불구하고 바라는 결과를 얻지 못했을 때에는 좌절하거나 절망하기 쉽다. 게다가 이런 실패를 몇 번 되풀이하다 보면 점점 자신감을 잃게 되어 이후의 삶에도 크게 영향을 미치고 만다. 무슨 일을 해도 성공하지 못할 것만 같다는 부정적인 성향이 강해지고 대인관계를 비롯한 모든 삶이 뿌리채 흔들리기도 한다. 실패를 끝으로 보지 않고 새로운 시작으로 여길 수 있다면 소중한 내 삶에 큰 힘이 될 것이다.

아빠와 엄마, 그리고 아들녀석까지 세 명으로 구성된 가족이 있다. 모처럼 휴일을 보내고 있던 중에 아빠가 커다란 목소리로 외친다.

"오늘 점심은 오랜만에 중국요리로 먹어보자. 아빠가 쏜다. 난 자장면!"

이럴 때 청소를 하던 엄마는 무표정한 얼굴로 대답한다.

"그래. 나도 같은 걸로 먹지 뭐. 중국음식은 다 거기서 거기야."

방에서 뛰쳐나온 아들은 또 이렇게 말한다.

"난 짬뽕!"

도서관에 가서 책을 세 권 빌려 오면 내 반응은 늘 똑같다. 그 중 한 권은 내 마음에 쏙 들 정도로 내용이 만족스럽고, 다른 한 권은 어디에서나 볼 수 있을 정도로 내용이 평이하며, 나머지 한 권은 괜히 빌렸다 싶을 정도로 형편없게 느껴진다.

홈쇼핑에서 모처럼 큰 마음을 먹고 옷을 산다. 그리고는 친구 세 명을 만나 새 옷에 대해 평가를 요구한다.

그 중에서 한 명은 "우와! 정말 멋지다. 너한테 잘 어울리는데. 어디서 샀어?" 라고 말한다.

다른 한 명은 "음...괜찮네 뭐."

나머지 한 명의 반응은 뻔하다.

"그런 걸 돈주고 샀단 말이야?"

학창시절 젊은 여교사가 담임으로 부임했을 때가 있었다. 60명의 반 아이들은 선생님에 대한 반응이 제각각 달랐다.

대략 스무 명 정도의 아이들은 "완전 예쁘셔. 우린 정말 복도 많지. 일 년 동안 진짜 공부 열심히 해야지." 라고 말한다.

또 다른 스무 명은 "선생님들은 다 똑같아. 별 다를 게 없지 뭐." 라며 무관심하다.

나머지 스무 명은 또 이렇게 말한다.

"휴...올해도 공부 하긴 걸렀네......"

이러한 예는 끝도 없이 많다. 소풍을 가면 신나게 노는 아이들이 삼분의 일이고, 그럭저럭 노는 흉내만 내는 아이들이 삼분의 일이며, 재미없다고 빨리 집에 가자는 아이들이 삼분의 일이다. 국민의 삼분의 일은 정치에 열광하며, 삼분의 일은 별 관심이 없고, 삼분의 일은 여차하면 국회로 달려갈 태세다. 결혼에 찬성하는 사람들이 삼분의 일이고, 하든지 말든지 관심없다는 사람들이 삼분의 일이며, 살고 싶으면 결혼하지 말라는 사람들이 삼분의 일이다. 영어학원에 가 보면 현지인처럼 능숙하게 영어를 구사하는 학생이 삼분의 일이고, 그럭저럭 따라 하는 학생이 삼분의 일이며, 한국말조차 제대로 하지 못하는 학생들이 삼분의 일이다. 축구에 열광하는 국민이 삼분의 일이며, 월드컵만 겨우 챙겨보는 국민이 삼분의 일이고, 90분 동안 공을 쫓아 다니는 것을 미친 짓이라고 보는 국민이 삼분의 일이다.

이 글의 제목을 『3분의 1 법칙』이라고 했다. 말 그대로 법칙인 셈이다. 이것은 불변의 진리며 자연스럽게 받아들여야 하는 이치다. 이 법칙을 제대로 이해하고 받아들일 수만 있다면 삶은 지금보다 훨씬 더 평온하고 행복해질 수 있다. 이것도 물론 내가 직접 경험한 일이다.

영업사원이 고객을 만나러 간다고 해 보자. 오랜 시간 동안 철저하게 준비를 하긴 했지만 막상 고객을 만나 상품을 권하려고 하니 식은 땀이 흐른다. 혹시 실수를 할까 걱정이 되기도 하고, 고객이 거절을 하게 된다면 하늘이 무너질 것만 같다. 일찌감치 약속장소에 도착했지만 여전히 가슴이 뛰고 호흡이 거칠어진다. 옷차림을 몇 번이고 확인하며 고객을 기다린다. 이윽고 고객과의 상담이 시작되고 그 동안 갈고 닦을 실력을 제대로 발휘해 훌륭하게 프리젠테이션을 마친다. 그러나 안타깝게도 고객은 일언지하에 거절하고 휑하니 자리를 떠나 버린다. 우리의 영업사원은 마치 세상이 무너지기라도 한 듯 힘없이 가방을 챙겨 쓸쓸하게 뒤돌아선다. 아마 오늘 밤도 엄청나게 마셔댈 것 같다.

여기에 삼분의 일 법칙을 적용시켜 보자. 영업사원이 만나는 고객 중에는 그에게 열광하며 상품을 구입하는 고객이 삼분의 일이고, 별 관심이 없는 고객이 삼분의 일이며, 아예 대화조차 거북해하는 고객이 삼분의 일이다. 다시 말하지만 이것은 법칙이다. 예외가 있을 수 없다. 그렇게 본다면 위에서 일언지하에 거절하고 자리를 떠난 고객은 마지막 삼분의 일에 해당된다고 볼 수 있다. 하필이면 마지막 삼분의 일을 만난 것이다. 그것 뿐이다. 아직 최고로 열광하는 삼분의 일에 해당되는 고객은 단지 만나지 못했다. 그럼 어떻게 하면 되는가? 열광하는 고객을 찾아 나서면 된다. 반드시 삼분의 일이란 양만큼 존재하고 있기 때문에 많은 고객을 만날수록 열광하는 고객을 찾게 될 확률은 커진다. 거절하는 고객에 대해 가슴아파 할 일이 전혀 없다. 왜냐 하면 어차피 그들은 처음부터 내가 권하는 상품을 구입할 고객이 아니었기 때문이다. 이 세상 사람들이 전부 우리가 권하는 상품을 살 것이라고 기대한 건 아닐테니까 말이다. 그저 절대로 구입하지 않을 삼분의 일을 먼저 만나게 된 것 뿐이다.

내가 이렇게 말을 하면 꼭 질문하는 사람이 있더라.

"오늘 하루 종일 세 명의 고객을 만났는데, 세 명 모두 거절을 당했습니다. 어떻게 된 겁니까?"

당연히 있을 수 있는 일이다. 세 명 중에 한 명만 삼분의 일인가? 서른 명 중에 열 명도 삼분의 일이고 삼백 명 중에 백명도 삼분의 일이다. 오늘 하루 세 명의 고객에게 모두 거절을 당했다면 앞으로 만날 고객들이 열광하는 고객일 확률이 더욱 높아진 셈이다. 그러니 얼마나 다행스러운 일인가. 만약 오늘 한 명이라도 열광하는 고객을 만났더라면 내일부터 만나게 될 사람들이 열광하는 고객일 확률은 그만큼 줄어들고 만다. 어차피 조삼모사다. 우리가 만나는 고객들 중 반드시 삼분의 일은 우리에게 열광할테니 의심하지 않아도 좋다. 거절에 고개를 숙일 필요도 전혀 없다는 말이다.

이 법칙은 성공에 이르는 과정에서도 똑같이 적용된다. 원대한 목표를 세우고 도전을 시작한지 첫 30퍼센트의 기간 동안은 엄청난 저항에 부딪친다. 아침에 일찍 일어나기도 힘들고, 담배를 끊기도 힘들며, 운동을 하려니 온 몸이 쑤신다. 다이어트를 시작했는데 눈앞에 음식만 보인다. 아무리 생각해도 도저히 성공하지 못할 목표를 세운 것만 같다. 일찌감치 포기하는 게 자신을 위해 더 좋을 것만 같다. 그러다가 두 번째 30퍼센트의 기간에 접어들면 처음만큼 힘들지 않다. 하지만 여전히 목표는 멀게만 느껴진다. 이미 걸어온 길이 있으니 계속 가기는 간다만 과연 무사히 달성할 수 있을지 장담하지 못하고 있다. 그런데 마지막 30퍼센트의 기간에 접어들면 마치 고속 터보엔진을 달고 아우토반을 질주하듯 목표를 향해 나아가는 속도가 엄청나게 빨라진다. 처음 목표를 세울 때만 해도 달성 여부가 불투명했던 것이 바로 코앞에 다가온 듯 선명하게 눈에 보이기 시작한다. 하루가 다르게, 매 순간이 다르게 목표에 근접하는 자신을 보고 있노라면 가슴 속에서 뜨거운 것이 치밀어 오르기도 한다.

소중한 삶을 성장시키기 위해 목표를 설정하고 도전을 시작하면 처음엔 무조건 힘이 든다. 당연한 얘기다. 변화는 저항을 안고 있기 때문이다. 양 손으로 깍지를 껴보자. 오른 손이 위로 올라가는 사람이 있는가 하면 왼 손이 위로 향하는 사람도 있다. 이번에는 깍지를 풀어서 양 손의 위치를 바꾸어 다시 껴 보자. 상당히 어색하다는 사실을 느낄 수 있다. 이처럼 손가락 깍지를 끼는 것 정도의 사소한 변화조차 어색하게 느껴지는데 웅장한 우리 삶을 변화시키면서 아무런 저항이 없으리라 기대했다면 그건 너무 안일한 생각이다. 그러니 처음에 느껴지는 불안함과 초조함, 그리고 힘들다는 느낌은 지극히 당연한 것이다. 삼분의 일은 힘든다. 다음에 이어지는 삼분의 일도 쉽지는 않다. 그러나 두 번의 삼분의 일만 지나고 나면 목표는 이미 달성한 것이나 다름없다. 그러니 힘들다고 포기하거나 주저앉지 말자. 세상 모든 사람들이 겪고 있는 삼분의 일일 뿐이라며 가볍게 여기고 도전을 계속하자. 길가에 돌멩이를 차듯이 가벼운 마음으로 넘기자. 이젠 가자. 우리 목표를 잡아야지!

03

말을 줄이면 내가 보인다

말이란 언제나 오해와 시비를 불러일으킬 수 있는 소지를 지니고 있다.
생각없이 꺼낸 말 한 마디가 누군가에게 상처가 될 수도 있고,
별것 아닌 상대방의 말 한 마디가 하루종일 내 가슴을 어지럽히는 경우도 있다.

나는 말을 많이 하는 사람을 좋아하지 않는다. 신이 인간을 만들 때 많이 들으라는 의미에서 귀는 두 개를 만들었고 적게 말하라는 뜻으로 입은 하나만 만들었다는데 솔직히 이 말에는 크게 공감하지 않는다. 입이 두 개 달리고 귀가 하나만 달렸다면 보기에도 이상하지 않겠는가? 게다가 말 못하는 짐승들도 모두 입이 하나 뿐이니 신이 어떤 의도로 인간을 만들었다는 것은 믿기 힘들다. 그럼에도 불구하고 나는 쓸데없이 말을 많이 하는 사람들을 가까이 하고 싶지 않다. 그것은 소음이고, 내가 가진 긍정적인 마음과 깊이 있는 생각들마저 빼앗기는 것 같은 느낌이 들기 때문이다.

7월과 8월, 한여름이 되면 막노동을 하기가 더욱 힘들어진다. 가만

히 있어도 땀이 비오듯 하는데 땡볕 아래에서 무거운 짐을 나르거나, 쉴 새 없이 삽질을 하거나, 돼지의 사체를 옮겨야 하는 일 등은 순식간에 몸을 녹초로 만들어 버린다. 38도가 넘어가는 뜨거운 날씨 속에서 그늘도 없는 신축현장의 막일은 아무리 얼음물을 연거푸 쏟아부어도 견디기가 힘든다. 이럴 때 함께 일하는 사람들의 입에서는 쉴 새 없이 욕이 튀어 나온다.

"씨팔! 더워 뒈지겠네."

"날씨도 진짜 너무하네. 일당 받아먹고 살아보려고 하는데 날씨까지 안도와주냐."

"차라리 겨울이 낫다. 여름엔 진짜 못해먹겠다."

하지만 겨울이 되어도 상황은 별 다를 바가 없다. 땀이 비오듯 흐르는 대신 발가락부터 온 몸이 얼어붙는다. 한 쪽에 나무를 모아 불을 지펴놓긴 하지만 꽁꽁 얼어있는 몸을 녹이기엔 역부족이다. 자칫 힘을 잘못 쓰다가는 관절이나 근육에 무리가 가기 쉬운 것도 겨울이 훨씬 더 위험하다는 증거다. 이럴 때에도 일꾼들은 "차라리 여름이 낫다"라고 하며 날씨를 탓한다.

날씨는 우리 힘으로 어쩔 도리가 없는 자연현상이다. 아무리 욕을 하고 불평을 해도 바뀌는 것은 아무것도 없다. 오히려 덥다고 하면 더 더운 듯 하고, 춥다고 하면 더 추운 듯 하다. 그럴 때마다 나는 제발 그

입 좀 다물어 주었으면 싶다. 더운 것은 모두가 마찬가지다. 그럼에도 불구하고 묵묵하게 일에 집중하다 보면 시간도 잘 가고 어느새 해가 기운다. 하지만 계속 입밖으로 불평을 쏟아내고 있으면 듣는 사람까지 짜증이 난다. 다시 한 번 검은 색의 잉크방울을 떠올려야겠다. 부정적인 말은 금새 전염이 된다. 자신의 마음 뿐만 아니라 주위의 모든 사람에게까지 급속도로 번진다.

생각은 말과 행동을 낳는다. 하지만 말이 생각과 행동을 만들 때도 있다. 생각은 말과 행동을 낳기도 하지만 통제할 수 있는 힘을 갖고 있다. 그러나 말은 생각과 행동을 만들어 내면서도 아무런 통제력을 갖고 있지 못하다. 입밖으로 내뱉는 동시에 사라지기 때문이다. 그래서 생각을 많이 하는 사람들은 그 말과 행동에 진중함이 묻어있고 신뢰가 가지만, 말을 많이 하는 사람들은 촐싹거리게 보이고 믿음이 가지 않는다. 게다가 쓸데없는 말, 부정적인 말들은 모든 부정적인 요소들을 끌어들여 삶을 더욱 피폐하게 만들어 버린다.

끌어당김의 법칙은 예외가 없다. 긍정적이고 좋은 것들은 긍정적이고 좋은 것들만 끌어당기고, 쓸데없고 부정적인 것들은 똑같이 쓸데없고 부정적인 것들만 끌어당긴다. 기쁘고 즐거운 마음은 좋은 것들만 끌어오고, 슬프고 괴로운 마음은 나쁜 것들만 끌어온다. 즐겁고 행복한 삶을 누리며 사는 사람들은 삶이 즐겁고 행복하기 때문에 즐겁고 행복한 생각과 말만 하는 것이 아니다. 그들은 항상 즐겁고 행복한 생각과 말을 하기 때문에 그런 삶을 살 수 있는 것이다. 우울하고 불행한 삶을 사는 사람들도 마찬가지다. 자신의 삶은 모두 스스로 하는 생각과 말에서 비롯된 것임을 명심해야 한다. 이것은 때로 무서운 의미가 될 수도 있겠지만 어쩌면 소중한 내 삶을 환희로 이끌어줄 수 있는 말이기도 하다.

이것은 자연의 섭리에도 똑같이 적용된다. 하늘에서 내리는 비조차도 열대 우림지역에 더 많이 내린다. 사막에는 아예 비가 내리지 않는다. 땅에 물과 나무가 있으면 비가 내리고, 땅에 습기가 없으면 아예비도 내리지 않는 것이다. 땅이 물을 간직하면 물을 끌어들이는 것이고, 땅이 물을 간직하고 있지 않으면 물을 만날 수 없다는 말이다. 우리가 가슴 속에 기쁨과 행복을 간직하고 있으면 기쁨과 행복을 만나게 될 것이고, 그렇지 않다면 결코 기쁨과 행복을 만날 수 없게 된다.

인간관계도 마찬가지다. 늘 웃고 유쾌한 사람의 주위에는 밝은 표정의 사람들이 가득 차 있다. 그러나 항상 굳은 표정으로 화만 내는 사람의 주위에는 신경질적인 사람들로 가득하다.

우리가 불평불만을 입에 달고 살면 아무리 더 나은 삶을 살고 싶어도 이르지 못한다. 불평할 일들만 계속해서 생겨날 뿐이다. 한 번 뿐인 소중한 삶을 왜 그런 불평과 불만들을 끌어당기며 살아야 한단 말인

가. 조금만 생각을 바꾸면 내 삶이 바뀔 수 있다. 예외없는 법칙이니 얼마나 다행스러운 일인가. 지금 당장 행복하고 즐겁고 편안하고 유쾌하며 긍정적인 생각을 해보라. 순식간에 자신의 주변에 최고의 행복들이 몰려올 것이다. 삶을 변화시키는 것은 힘들고 어렵다고 느낄지 모르겠지만 자신의 머릿속 생각 하나를 바꾸는 것은 그리 어렵지 않을 것이다. 생각 하나를 바꾸는 것으로 인해 우리 삶을 전혀 다른 곳으로 이끌어갈 수 있다면 충분히 해볼 만 하지 않겠는가.

말을 할 때 의도적으로 주의를 기울이는 연습을 할 필요가 있다. 먼저 충분한 생각을 하고 말을 하는 것이다.

이 말은 꼭 해야 하는 말인가?
이 말은 긍정적인 의미를 담고 있는가?
혹시 이 말에 부정적인 요소는 없는가?

무척이나 번거롭게 여겨질 지도 모르겠다. 그러나 몇 번만 연습해보면 놀라운 결과를 만나게 될 것이다. 우선 그 동안 자신이 해왔던 말들 중에 쓸모없는 말들이 너무나 많았다는 사실을 깨달을 수 있다. 생각없이 내뱉었던 말 때문에 사람들이 얼마나 자신을 가볍게 여겼을지 돌이켜보자. 그리고 평소에 생각보다 훨씬 부정적인 의미의 말을 많이 하고 있다는 사실에 또 한 번 놀랄 것이다. 말이 많은 사람은 당연히 부정적인 말도 많이 하게 될 수 밖에 없다. 그러니 얼마나 많은 우울한 일들을 스스로 자신의 삶에 끌어당기며 살았겠는가.

끌어당김의 법칙을 너무 거창하게 생각할 필요는 없을 것 같다. 단순하게 생각해 보자. 지금 당장 내 기분이 슬프고 우울하다면 갑자기 즐거운 일이 생길 리가 없다. 반대로 지금 당장 기쁘고 즐겁다면 갑자기 눈물을 흘리게 되는 일은 없을 것이다. 내 마음이 즐겁고 유쾌하면 나를 바라보는 이들도 함께 즐겁다. 그러면 늘 밝은 사람들이 주변에 모이게 되고 우리는 더욱 즐겁고 유쾌하게 살아갈 수 있다. 어둡고 우울하며 늘 짜증만 내는 사람의 주위에는 비슷한 이들만 모인다. 그들은 늘 싸우고 불쾌해 하며 슬프고 우울해진다.

살면서 말을 너무 많이 하는 것이 이미 습관이 되어 버렸고, 거기다 불평과 불만을 입에 달고 살던 사람들은 한꺼번에 말을 줄이기가 쉽지 않을 것이다. 마치 꼭 해야만 하는 말을 하지 못하는 것 같은 느낌이 들 것이고, 자신의 의사를 제대로 표현하지 못하고 있는 것처럼 느낄 수도 있다. 쓸데없는 말을 줄이고 불평과 불만을 삼가는 것은 소중한 내 삶에 반드시 필요한 일이지만 입을 굳게 다물고 있는 것이 엄청난 스트레스가 된다면 그 또한 긍정적으로만 볼 수는 없는 노릇이다. 이럴 때 우리에게 반드시 필요한 것이 바로 글쓰기다.

내면에 담겨진 '하고싶은 말'이 많을 때, 그것을 발산하지 못하면 스트레스가 쌓이고 감정의 찌꺼기가 된다. 사람은 감정을 제 때 표출할 수 있어야만 깨끗하고 평온한 마음을 가질 수 있는 것이다. 그래서 사소한 감정들을 모두 글로 적어낸다면 큰 도움이 될 수 있다. 사람이나 사건, 주변의 환경, 날씨 등 못마땅하게 여겨지는 것들이나 기분을 좋게 만들어주는 것들을 모두 있는 그대로 적어본다. 혹시 글쓰기에 익숙치 못해 어떻게 써야 할지 막막한 기분이 든다면 전혀 고민할 필요가 없다. 내 입을 통해 말로 표현되는 그대로 적어나가면 된다. 우리가 감정을 표출하는 글은 누군가에게 보여주기 위함이 아니다. 따라서 어법이나 띄어쓰기 등에 관해서는 전혀 고려할 필요가 없다. 나 혼자만 알아볼 수 있으면 된다. 앞뒤의 문맥이 전혀 연결되지 않아도 아무런 상관이 없으며, 상식적으로 생각했을 때 말도 안되는 이야기라 할지라도 문제될 것이 전혀 없다. 술을 엄청나게 마신 뒤 속을 게워내듯 감정 또한 가리지 않고 쏟아내는 것이 중요하다. 조금이라도 가슴 속에 남아 있는 감정이 사라질 때까지 모두 적어내고 나면 굳이 말로 표현하지 않아도 가슴이 시원하게 뻥 뚫린 것 같은 느낌을 가질 수 있다.

글쓰기로 감정을 표현하는 것이 아주 좋은 이유는, 스스로 내 감정이 어떤 것인지를 눈여겨 들여다볼 수 있다는 점 때문이다. 감정을 눈으로 볼 수 있다는 것은 나의 마음 상태를 객관적으로 판단할 수 있다는 의미이며 그렇게 되면 스스로 감정을 통제할 수 있다는 자신감이 생기게 된다. 마음을 통제할 수 있을 때 우리는 지극히 평온한 상태에 이룰 수 있으며 이것이 숙달되면 사소한 사건들 때문에 내 마음이 이리저리 휘둘리는 것을 막을 수가 있다.

말이란 언제나 오해와 시비를 불러일으킬 수 있는 소지를 지니고 있다. 생각없이 꺼낸 말 한 마디가 누군가에게 상처가 될 수도 있고, 별것 아닌 상대방의 말 한 마디가 하루종일 내 가슴을 어지럽히는 경우도 있다. 가급적 쓸데없는 말을 줄이고 대신 생각을 많이 할 수 있게 되면 소중한 내 삶을 성장시키는 데 큰 도움이 될 것이다.

04

사소한 일로 소중한 삶을 낭비하지 말자

세상에 불가능한 일이 없다고 할 만큼 크고 원대한 목표를
세워 두었는데 자꾸만 사소한 문제들로 인해 내 감정이 휘둘리고 있다면
그것은 결코 바람직한 일이 못된다.

예전에 친구들과 연말모임을 가졌던 적이
있었다. 그 때 이후로 지금까지 모두가 함께 모인 적이 없다. 아주 크
게 다투었고, 술자리가 엉망이 되었는데 시간이 지난 후에도 서로 민
망하여 만나기를 꺼리다 보니 연락이 뜸하게 된 것이다. 몇몇 친구들
과 개인적으로 만나기는 하지만 그 때의 이야기는 꺼내지도 않는다.
기억하기 싫을 만큼 나쁜 추억이라기보다 그저 창피하기 때문이라고
하는 것이 더 바른 표현이겠다.

오랜만에 만난 친구들은 제각기 자신의 근황을 이야기하며 앞다투
어 술잔을 채워주고는 짧은 시간에 벌써 얼근하게 취해 있었다. 이야
기를 처음 꺼낸 것은 K였다.

"난 말이야, 이놈의 직장을 당장 때려치우든가 해야겠어. 도저히 더

러워서 못해먹겠단 말이지. 차라리 제주도에 가서 수박이나 참외 농사나 지으면서 사는게 낫겠어. 요즘은 과일 농사도 잘만 지으면 대박난다고 하더라고."

이야기를 듣고 있던 P가 K의 말을 끊고 나섰다.

"야 이 무식한 놈아! 수박이랑 참외가 과일이냐?"

"뭐? 무식? 수박이랑 참외가 과일이지 뭐냐?"

"수박이랑 참외는 과일이 아니라 채소야 이 무식한 놈아."

"아...새끼 진짜...너 자꾸 무식, 무식 할래? 그렇지 않아도 회사에서 머리 나쁘다고 졸라 지랄인데 너까지 깐죽거리냐? 수박이 과일이지 새끼야, 어떻게 채소냐? 과일 가게에 수박 없냐?"

분위기가 좀 험해진다 싶었던 나머지 친구들이 끼어들었다.

"됐다, 됐어. 그만들 해라. 기분 좋게 술마시다가 갑자기 왜들 그러냐. 진정들 하고 술이나 마시자."

"무식한 새끼가...자기 입으로 쳐먹는 음식이 과일인지 채소인지도 모르니까 맨날 욕만 얻어먹는 거야 이 빙신아."

"뭐? 이 새끼가 진짜 돌았나? 너 진짜 죽고싶냐?"

"친구한테 깐죽거리냐가 뭐냐? 너나 말 조심해 병신아. 죽긴 누가 너같은 새끼한테 죽냐?"

험악한 분위기는 금새 멱살잡이로 바뀌었고 말리던 친구들도 서로 K와 P의 편으로 양분되어 그야말로 난장판이 되어 버렸다.

감옥에서는 이런 일도 있었다. 열 평도 되지 않는 좁은 방 안에 여러 명이 밀집되어 있기도 하고, 행동에 제약이 많이 따르다 보니 서로가 아주 예민해 질 수 밖에 없었다. 이런 저런 이야기를 나누고 있던 중에 우연히 볼링경기에 관한 이야기가 나오게 되었다. 그런데 그 중 한 사람은 볼링경기가 아시안게임의 정식종목이라 하고, 다른 한 사람은 아시안게임에서 볼링을 본 적이 없는데 무슨 소리냐며 언성을 높였다. 볼링경기가 86년 아시안게임부터 정식종목으로 채택되었다며 모르면 잠자코 있으라는 사람과 몇 십년 동안 살면서 볼링경기가 아시안게임 종목이란 사실을 자신이 몰랐다는게 말이 되겠느냐며 거짓말 하지 말라는 사람, 이 두 사람은 결국 소리를 높여 다툼을 벌이다가 벌점을 받기도 했다.

수박과 참외, 그리고 볼링경기의 이야기를 읽으면서 아마 대부분의 사람들은 참 별 것도 아닌 일로 싸웠구나 싶은 생각이 들 것이다. 스스로를 한 번 돌이켜보자. 우리가 다른 사람들과 다투게 되는 거의 모든 일들도 아마 수박과 참외, 그리고 볼링 이야기를 벗어나지 못할 것이다. 누군가 내 목을 조르는 통에 죽음에 직면하게 되는 순간이라면 힘을 다해 싸워야 하겠지만 그런 일은 평생토록 한 번도 생기지 않을 확률이 높다. 아이들이 사탕 하나를 두고 다투는 모습을 보면 귀엽기도 하지만 대수롭지 않게 여겨진다. 넓은 세상, 우주의 눈으로 나를 내려다본다고 가정해 보면 우리가 일상에서 다투는 모든 일들이 그저 사소한 일일 수밖에 없다. 부모의 상속재산을 두고 형제들끼리 다투는 것도 크게 보면 돈 몇 푼을 더 가지려고 안간힘을 쓰는 모습으로밖에 보이지 않는다. 부부싸움도 마찬가지다. 인류의 평화와 민족의 번영을 위해 부부싸움을 한 적이 있는가? 서로 죽일 듯이 욕을 퍼부어대는 싸움도 알고 보면 수박과 참외가 과일인지 채소인지 우겨대는 이유로 시작된 것이 뻔하다.

다른 사람과 다투는 일도 그렇지만 혼자서 고민하는 일들도 마찬가지다. 나는 왜 이렇게 성격이 내성적일까? 이런 것이 과연 고민이 될 만한 내용인가. 내성적인 성격이 가진 장점이 무한히 많다. 시대를 거쳐간 위대한 성인들 중에는 내성적인 사람이 얼마나 많은가. 그럼에도 불구하고 스스로를 대단히 못난 사람으로 여기며 걱정하고 고민한다. 돈이 없어 걱정인가? 우주의 시선으로 내려다보는 연습을 해보자. 돈이 없어서 닥쳐오는 현실을 두려워하는 것은 참으로 쓸모없는 생각이다. 고민하는 그 시간에 돈을 벌기 위한 행동을 하는 것이 훨씬 바람직하다.

사소한 일에 연연하는 것은 시간을 낭비하는 일이며, 쓸데없는 감정을 일으켜 나의 에너지를 소모하는 일이다. 소중한 내 삶에 아무런 도움이 되지 않고 오히려 해만 끼친다. 그렇다면 어떤 일이 사소한 일인가? 세상의 모든 일이 사소한 일이다. 최소한 걱정이나 고민에 있어서는 말이다.

대학입시에 떨어졌다. 순간적으로 의기소침해 지기도 하고 스스로에게 실망하기도 한다. 하지만 그것이 끝은 아니다. 일 년 뒤에 다시 시험을 보면 된다. 대학을 한 해 늦게 들어간다고 해서 내 삶이 크게 흔들리는 일은 결코 없다. 그 시간을 지나온 사람들은 모두가 알고 있다. 좋은 결과를 위해 최선을 다해 노력하지만 언제나 우리의 뜻대로 한 번 만에 이루어지는 일은 많지 않다. 수많은 실패를 통해 더 높은 성공을 이루어낼 수 있는 것이다. 그래서 실패를 할 때마다 다시 일어서려는 용기와 힘이 필요한 것이다.

이렇게 말하는 사람들도 있다. 자신은 모든 실패를 딛고 다시 일어설 수 있다고 생각하지만 사랑하는 가족들이 실망하며 무너지는 모습은 도저히 볼 수가 없다고 말이다. 나도 그랬다. 사업에 실패하고, 전 재산을 한꺼번에 날려버리고, 감옥에까지 가게 되었을 때 이런 사실을 가족들에게 알려야 한다고 생각하니 심장이 터질 것만 같았다. 평생을 내 뒷바라지만 하고 살았던 늙으신 부모님에게 모두 망해버리고 이제 감옥에 가야만 한다는 사실을 어떻게 내 입으로 이야기한단 말인가. 혹시나 그 충격에 쓰러져서 건강이라도 해치게 된다면 나는 절대로 살아갈 수 없을 것만 같았다. 그래서 꽤 오랜 시간 동안 혼자서 끙끙 앓으며 고통스러워했다. 하지만 우리는 반드시 명심해야 한다. 진실을 있는 그대로 말할 줄 알고, 스스로 초연하게 받아들일 수 있게 된다면 우리가 걱정하는 만큼 우리의 가족은 약하지 않다는 사실을 깨닫게 될 것이다. 물론 그 충격과 상처가 얼마나 클 것인가에 대해서는 충분히 짐작을 한다. 하지만 언제까지나 숨기고만 있다고 해서 문제가 해결되지는 않는다. 아무리 힘들고 어려운 일이 있어도 얼마든지 극복하고 헤쳐나갈 수 있다는 믿음을 심어준다면 나를 향한 믿음의 힘으로 가족들 또한 버텨나갈 수 있게 된다.

실패는 나 혼자만 겪는 일이 아니다. 실패의 한 가운데에 서 있을 때에는 마치 나 혼자만 이 세상에서 버려진 것만 같다는 생각이 든다. 나를 제외한 모든 세상이 여전히 잘 돌아가고 있는데 혼자서만 낙오자가 되어 쓸쓸한 인생을 보내게 된 것처럼 느껴진다. 그러나 실패를 딛고 극복하고 나면 거의 모든 사람들이 나 못지 않은 실패의 쓴 맛을 느껴본 경험이 있다는 사실에 꽤 놀라게 될 것이다. 결국 실패란 사람이 살아가는 과정에서 누구나 겪을 수 밖에 없는 필수적인 과정인 것이다. 오히려 한 번도 실패한 경험이 없는 사람이 더 위험하다. 혹시 큰 실패를 겪은 적이 있다면 취업을 위해 면접을 가게 될 때 그 실패를 이야기해 보라고 권하고 싶다. 혹독한 실패를 거쳐 단단하게 다시 일어선 자신을 자랑스럽게 이야기하면 큰 성과가 있을 것이다. 만약 내가 면접관이라면 수많은 스펙과 자격증, 그리고 어학능력보다 실패를 극복한 당신의 이야기를 훨씬 더 높게 평가할 것 같다.

우리는 논쟁이란 것을 자주 하게 된다. 어떤 문제를 놓고 내 말이 맞다, 내 말이 옳다 라고 주장하여 상대의 의견을 누르고 내 뜻대로 일을 진행하게 만드는 것이다. 논쟁이 길어지면 배가 산으로 간다. 사람은 누구나 이 세상에 하나밖에 없는 존재이기 때문에 머릿속에 가진 생각들도 모두 다를 수 밖에 없다. 제각각 다른 부모에게서 태어났으며, 살아온 경험이 모두 다른데 어떻게 의견이 같을 수 있겠는가 말이다. 그럼에도 불구하고 내 의견만이 옳다고 주장하는 것은 크게 바라보면 참 어처구니 없는 얘기일 수도 있다. 만약 내 주장을 굽히고 다른 사람의 의견에 따라 일을 진행하게 되었다고 가정해 보자. 무슨 큰 일이 나겠는가? 그것은 그 방식대로 의미를 갖는다. 내가 주장하는 의견이 나라를 구하고 민족을 살리는 길이라면 목숨걸고 투쟁하라. 그렇지 않다면 때로는 그냥 접어두고 다른 사람의 의견에 양보를 하는 것이 일의 본질과 진행속도에 있어서 훨씬 효과적일 지도 모른다.

사소한 문제를 놓고 가슴을 끓이고, 다른 사람들과 다투는 일은 내 소중한 삶이 진정 바라는 바가 아니다. 우리는 그런 것들에 시간을 낭비하고 있을 여력이 없다. 잠시라도 틈을 내어 내 삶을 성장시키고 더 높은 목표와 이상을 달성하기 위해 앞으로 나아가야 한다. 세상에 불가능한 일이 없다고 할 만큼 크고 원대한 목표를 세워 두었는데 자꾸만 사소한 문제들로 인해 내 감정이 휘둘리고 있다면 그것은 결코 바람직한 일이 못된다. 당장 마음을 추스르고, 모든 사소한 것들을 집어치우고, 오직 내 소중한 삶을 한 단계 더 성장시키는 노력에 박차를 가해 보자. 내 삶이 얼마나 소중한 것인지 다시 한 번 스스로에게 일깨워 줄 필요가 있다.

05

마음먹고 노력하면 안 될 일이 없다

어떤 마음가짐으로 임하느냐에 따라 시작부터
결과가 정해지기도 한다. 할 수 있다고 믿는 순간 결과는 이루어진 것이며,
할 수 없다고 믿는 순간 시작도 할 수 없게 된다.

모파라 라는 보험설계사가 있었다. 그는 어떻게든 자신의 분야에서 성공하고 싶었지만 매번 실패를 거듭했다. 훌륭한 성과를 거두어 많은 돈을 벌고 있는 많은 우수한 동료들을 바라보며 저 사람들은 얼마나 행복할까 부러워했다. 나름대로 열심히 발품을 팔고 상품에 대한 공부도 충실하게 했지만 도무지 성과를 낼 수가 없었다. 때로는 자신의 적성과 맞지 않는 것은 아닐까 심각하게 고민하기도 했다. 어느 정도 나이도 먹었고 지금에 이르러서 다른 직업을 찾는다는 것은 결코 엄두도 내지 못할 일이었다. 모파라는 무슨 수를 내더라도 보험업계에서 성공을 이루어 자신의 삶을 최고의 자리에 올리겠다고 마음먹었다.

모파라는 자신이 다니는 회사에서 항상 챔피언의 자리를 놓치지 않

는 선배를 찾아가기로 결심했다. 그래서 그 선배로부터 영업의 노하우를 전수받아 새롭게 거듭날 것이라고 각오를 다졌다. 그가 만나게 된 챔피언은 팔십이 넘은 노인이었다.

모파라 : 정말 대단하십니다. 그 연세에도 불구하고 늘 챔피언의 자리를 유지하시다니……

챔피언 : 그렇게 말해주니 고맙네. 하지만 영업은 나이와는 아무런 상관이 없다네. 어쨌든 이렇게 나를 찾아온 이유나 한 번 들어보세.

모파라는 현재 자신이 처한 상황, 앞으로 나아가고자 하는 열망, 그럼에도 불구하고 실패를 거듭하는 모습 등에 대해 최대한 자세하고도 열심히 설명했다. 그러나 이야기를 들은 챔피언은 그다지 심각하게 받아들이는 것 같지 않았다.

챔피언 : 흠…그래서? 원하는게 뭔가?

모파라 : 저도 선생님과 같은 챔피언의 자리에 오르고 싶습니다. 어떻게 하면 가능한지 그 방법을 배우고 싶습니다. 물론 당장은 가진 것이 없지만 언젠가 제가 성공을 하게 되면 반드시 은혜를 갚겠습니다. 제발 부탁드립니다!

모파라는 자리에서 일어나 챔피언 앞으로 다가가서 그 자리에 무릎을 꿇었다. 그 진지한 자세와 마음이 느껴졌는지 챔피언은 조용히 웃으며 말했다.

챔피언 : 보험영업을 잘 할 수 있는 비법을 쉽게 알려줄 수는 없네. 먼저 자네가 내가 주는 과제를 얼마나 잘 수행하는지에 따라 비법을 알려줄지 여부를 결정할 것이야. 할 수 있겠나?

모파라 : 물론입니다! 어떤 과제를 내시든 간에 무조건 최선을 다해 수행할 겁니다!

챔피언 : 자, 여기 이걸 받게나. 자네는 지금부터 밖으로 나가서 이 물을 팔아야 하네. 이 물의 가격은 한 병에 만원이야. 물론 이 물은 천연암반수로 만들었기 때문에 건강에도 좋고 젊음을 유지하는 데에도 도움이 된다네. 어떤가? 팔 수 있겠는가?

모파라는 챔피언이 꺼내놓은 물을 보며 눈앞이 캄캄해졌다. 단순히 물을 파는 거라면 자신 있었지만 한 병에 만원짜리 물이라면 얘기가 달라진다. 그냥 보기에도 평범한 물 한 병이 만원이라니, 아무리 건강에 좋은 물이라고는 하지만 결국은 물 아닌가. 편의점에 가면 천원도 하지 않는 물을 만원이나 주고 살 사람이 있기나 할까. 제정신이 아니고서야 물 한 병을 만원에 살 사람은 아무도 없을 것이다.

챔피언 : 왜 그러나? 자신이 없는 건가?

모파라 : 아...아닙니다. 단지....물의 가격이 좀......

챔피언 : 가격? 아...그게 좀 비싸단 말이지? 그래, 그래 자네 말이 맞아. 다른 물에 비하면 가격이 너무 비싸긴 하지.

모파라 : 예...그래서 좀......

망설이듯 우물거리는 모파라에게 챔피언은 진지하게 다시 말을 이었다.

챔피언 : 내가 깜빡했구먼. 이 물을 그냥 팔기에는 너무 비싸. 그래서 이 물을 열 병 팔아오면 선물을 받을 수가 있네. 그 선물은 바로 이거야.

모파라 : 이....이건?

모파라는 챔피언이 내밀어준 선물의 사진을 보며 깜짝 놀라고 말았다. 그것은 오천만원이 넘는 중형세단의 사진이 실린 신형 자동차 팜플렛이었다.

모파라 : 만원짜리 물 열 병을 팔아오면 십만원입니다. 그런데 오천만원이 넘는 자동차를 선물로 준다고요? 지금 농담하시는 겁니까?

챔피언 : 내가 지금 농담하고 있는 것처럼 보이는가?

온화한 표정의 챔피언이 갑자기 인상을 쓰며 모파라를 노려보았다. 그 기가 얼마나 센지 모파라는 자신도 모르게 몸이 움츠러 들었다. 그리고 생각했다.

'보험영업이고 뭐고 다 때려치우고 오늘 이 물 열 병만 팔자! 그럼 저 자동차는 내꺼야. 저걸 타고 다니면서 보험영업을 열심히 하면 되지 뭐. 그래도 안되면 계속 여기 와서 매일 물만 팔아도 엄청난 부자가 되겠어. 당장 시작하자!'

모파라는 눈앞의 테이블에 올려진 물을 열 병 꺼냈다. 그리고는 품에 안고 일어섰다.
"당장 팔아오겠습니다!"
얼굴이 시뻘겋게 달아오른 채 자리에서 일어선 모파라를 바라보며 챔피언이 말을 꺼냈다.

챔피언 : 그 물은 여기다 다시 내려놓게. 그리고 이젠 돌아가서 보험영업을 열심히 하게. 지금 자네 마음 속에 일어났던 불꽃을 절대로 잊으면 안되네. 우리는 상품을 판매하는 영업인이야. 고객은 우리의 상

품을 보고 사기도 하지만 그보다 더욱 중요하게 여기는 것은 우리의 열정이네. 우리가 얼마만큼 열정을 가지고 판매에 임하고 있는지 가장 잘 알고 있는 사람들이 바로 고객이란 말일세. 누구나 열심히 영업을 하지. 그렇지만 모두가 뜨거운 열정을 지니고 있지는 못해. 이 물이 만 원짜리란 사실에 자네는 판매보다는 불가능을 먼저 떠올렸을 걸세. 그러다가 오천만원짜리 차를 보고는 순식간에 가능성을 확인했지.

결국에는 한 병도 팔지 못할 거란 생각이 열 병 정도는 우습게 팔 수 있을 거란 자신감과 확신을 갖게 된 거야. 고작 오천만원 짜리 자동차에도 자네는 판매에 대한 열정을 갖게 되었어.

챔피언이 되면 오억도, 오십억도 벌 수가 있다네. 좀 전의 그 열정이 절대로 식지 않도록 잘 가꾸길 바라네.

위의 이야기는 내가 과거 영업조직에 몸담고 있을 때 스스로 만들어낸 허구의 이야기다. 그러나 나는 이 이야기를 통해 나 뿐만 아니라 많은 사람들에게 의욕을 불러일으킬 수 있었다. 영업 뿐만 아니다. 모든 일에 있어서 우리의 마음가짐이 갖는 역할은 매우 중요하다. 어떤 마음가짐으로 임하느냐에 따라 시작부터 결과가 정해지기도 한다. 할 수 있다고 믿는 순간 결과는 이루어진 것이며, 할 수 없다고 믿는 순간 시작도 할 수 없게 된다.

열심히 사는 삶은 가치가 있다. 그러나 열심히 사는 것만으로는 우리가 원하는 바를 이룰 수가 없다. 먼저 반드시 이루어내고야 말겠다는 강력한 신념을 지녀야 한다. 조금도 의심하지 않는 믿음만이 모든 일을 가능케 만들어줄 것이다. 앞에서도 말했듯이 신념만 가진다고 해서 이루어지는 일도 없다. 강한 신념과 성실한 실천, 이 두 가지는 결코 떨어져서는 안된다.

글을 써서 작가가 되고, 나의 실패를 본보기로 삼아 사람들에게 용기와 희망을 주는 세계적인 강연가가 되겠다는 확고한 신념을 갖고 있다. 너무나 생생하게 상상하고 느껴서 이미 그렇게 된 듯한 착각에 빠질 때가 한 두 번이 아니다. 그리고 이런 신념을 바탕으로 하루도 빠짐없이 글을 썼다. 그것도 열 시간이 넘는 중노동을 마친 후에 말이다. 신념과 행동은 결과가 뻔하다. 당연히 이루어진다. 성적이 나쁜 학생이 이번 기말고사를 잘 치르고 싶다면, 할 수 있다는 신념을 갖고 하루 세 시간만 잠을 자며 오로지 공부에 매진해 보라. 그래봤자 이번 시험에 매진할 수 있는 날짜는 한 달도 채 되지 않을 것이다. 딱 한 달만 모든 것을 집어치우고 책만 들여다 보라. 스마트폰 좀 제발 손에서 내려놓고, 잠도 좀 줄이고, 노는 것도 좀 삼가고 이렇게 한 달만 가 보자. 성적이 오르지 않을 수가 없다. 많은 학생들이 성적 때문에 고민하고 있다. 도대체 왜 고민하고 걱정하는가? 공부를 하지 않을 거라면 고민도 하지말고, 공부를 할 거라면 확실히 하기만 하면 성적은 오르게 되어 있다. 무엇이 문제인가? 결론은, 공부는 하지 않으면서 성적이 오르길 기대하기 때문에 걱정이란 것이 생긴다는 말이다. 방법은 아무런 문제가 되지 않는다. 공부하는데 무슨 방법이 있고, 글 쓰는데 무슨 방법이 있는가! 방법, 요령, 지름길, 왕도 등 이런 따위의 말에 현혹되지 말자. 가장 무식하게 읽고, 외우고, 쓰는 것이 최고의 방법이다. 그리고 일단 시작하게 되면 방법은 찾게 된다. 나에게 맞는 공부법은 스스로가 가장 잘 알 수 있다.

확고한 신념과 성실한 실천은 소중한 내 삶이 이르고자 하는 곳에 반드시 데려다 줄 것이다. 아무 걱정하지 말고, 믿고 실천해 보자.

06

자신감은 신이 내린 선물이다

자신감을 되찾기 위해서는 고통이란 것에 대해
제대로 알아볼 필요가 있다. 고통이란 무엇인가? 힘들고 괴롭고 아프다.
뭔가를 해보려는 우리의 의지를 자꾸만 꺾어 버린다.

이병헌과 김태희가 주연을 맡았던 아이리스라
는 드라마가 있었다. 방영 당시 여주인공에 대한 갑론을박이 인터넷을
뜨겁게 달구기도 했는데, 바로 연기력에 관한 문제였다. 어떤 사람들
은 여주인공이 너무 연기를 못해서 드라마의 질을 떨어뜨리고 있다고
지적했다. 반면, 어떤 사람들은 저 정도면 괜찮게 연기하는 편인데 괜
히 예쁜 여배우에게 시기와 질투를 느낀 일부 여자들이 괜한 소리를
하는 거라고 맞받아쳤다. 상당히 많은 사람들이 각자의 의견을 내세우
며 댓글을 달았던 기억이 난다. 그 중에서 여주인공의 편에 선 한 남자
의 댓글이 이 논쟁을 깔끔하게 중단시켜 버렸다.

– 김태희가 굳이 연기까지 잘할 필요가 있나요?

많은 여성들이 아름다움을 추구한다. 그것은 인간의 본능이기 때문에 자연스러운 행동이다. 나도 남자이기 때문에 예쁜 여자들을 보면 기분이 좋고 마음이 들뜬다. 그런데 예쁘다, 아름답다 라는 말에 관해서 조금은 지나치다 싶을 정도로 집착을 보이는 사람들을 종종 볼 수 있다. 내가 보기에는 충분히 매력적으로 생겼음에도 불구하고 자신의 외모에 자신이 없어서 외출도 하지 않고, 음식도 배달시켜 먹는 사람을 보기도 했다. 항상 모자를 깊게 눌러쓰고 고개를 숙이며 다니는 여자를 본 적도 있다. 대화를 나누기 위해 얼굴만 들어도 목까지 새빨개지며 제대로 말조차 하지 못하는 사람들도 있었다. 아무리 괜찮은 외모를 가지고 있는 사람이라도 그렇게 움츠러드는 모습을 보면 나도 모르게 인상이 구겨진다. 당당하게 자신을 표출하고 세상을 마주하는 모습이 훨씬 더 아름다워 보일텐데 하는 아쉬움이 크게 남는다.

살이 많이 쪄서 몸무게가 130킬로그램이 넘는 사람을 우연히 알게 된 적이 있다. 이 사람의 일과는 하루 종일 집안에 쳐박혀 컴퓨터만 들여다보고 있는 것이다. 직업이 컴퓨터와 관련된 것이 아니고 아예 백수다. 인터넷 서핑과 게임만 하면서 집을 나서지 않는다. 왜냐고 물어보면 대답은 항상 뻔했다. 밖에 나가봤자 사람들이 자신을 비웃는 시선으로 쳐다보기만 해서 창피하고 부담스럽기 때문에 아예 집안에서만 생활하는 것이 속편하고 좋다는 말이었다. 언제부터 그렇게 살이 쪘냐고 물어보면 고등학교를 졸업하고 대학입시에 실패하면서부터 급속도로 살이 불었다고 한다. 고등학교를 졸업할 당시에는 몸무게가 90킬로그램 정도였다는 말도 들었다. 그 때의 나이가 스물 셋이었으니까 불과 4년만에 40킬로그램이 불어난 것이다. 시간을 거슬러 가보면 고등학교를 졸업하고 난 이후부터 줄곧 집안에서만 생활했다는 것을 알 수 있는데, 결국 몸을 움직이지 않아 몸무게가 더욱 늘어난 것이다.

살을 빼기 위해서는 움직여야 한다. 감옥에서 1년 6개월이란 시간 동안 방 안에 앉아만 있다가 세상으로 나오니 내 배가 남산만 했다. 먹기만 하고 움직이지 않았으니 당연한 결과다. 배가 나오니 무릎은 따라서 약해졌다. 그런 몸으로 막노동을 시작했으니 처음에는 얼마나 힘이 들었겠는가. 하지만 불과 3개월만에 내 몸무게는 10킬로그램이 줄었다. 먹는 것을 줄인 적은 단 한 번도 없었다. 오히려 밥을 두 그릇씩 먹기 바빴다. 살을 빼기 위해 다이어트를 하고, 식사량을 줄이고, 헬스클럽에 가는 사람들을 많이 볼 수 있다. 돈 들여가며, 먹고싶은 것 못 먹고, 운동한다. 헬스클럽에 가서 돈을 주고 무거운 것을 든다. 장담컨대, 노가다 열흘만 하면 실컷 먹고 돈 벌면서 살 뺄 수 있다.

무엇보다 중요한 것은, 날씬하든 뚱뚱하든 그것은 자신의 문제다. 다른 사람들의 시선이나 반응을 의식해서 내 행동에 제한을 두는 것은 너무나 어리석은 짓이다. 소중한 내 삶을 완전히 팽개치는 것이나 다름없다. 다른사람이 뭔데 내 인생을 그 사람의 시선에 두는가. 아무리 나와 친분이 두터운 사람이라 하더라도 그 사람이 내 인생을 대신 살 아줄 수는 없다. 이것은 오직 내 인생이고, 내 삶이다. 누가 뭐라고 하 든 상관하지 말고 나의 건강을 위해 살아야 한다. 살이 쪘으면 당당하 게 나가서 몸을 움직여야 살이 빠진다. 죄를 짓고 숨어 사는 것도 아니 고 왜 집에만 틀어박혀 있는가.

어떤 일에 도전함에 있어서 몇 번의 실패를 거듭하다 보면 자신감 을 잃게 되는 경우가 종종 있다. 실패로 인한 고통이 너무 견디기 힘들 어서 자꾸만 물러나게 되는 것이다. 두 번 다시 그런 고통을 맛보고 싶 지 않은 마음에 다시 도전하기가 꺼려진다.

자신감을 되찾기 위해서는 고통이란 것에 대해 제대로 알아볼 필요 가 있다. 고통이란 무엇인가? 힘들고 괴롭고 아프다. 뭔가를 해보려는 우리의 의지를 자꾸만 꺾어 버린다. 그렇다면 고통이 전혀 없는 세상 을 상상해 보자. 생각만 해도 끔찍하다. 만약 이가 아프다는 사실을 전 혀 느끼지 못한다면 우리는 결코 치과에 가지 않을 것이며 이가 완전 히 썩어 부서질 때까지 방치해 두고 말 것이다. 배가 아파도 아픈 것을 느끼지 못한다면 생각없이 계속 먹을 것이고 결국 심각한 병에 걸려 목숨을 잃게 될 지도 모른다. 고통이란 치유를 필요로 하는 우리 몸과 마음의 지극히 자연스러운 감정임을 받아들여야 한다. 이가 아프면 치과에 가서 치료를 받으면 된다. 배가 아프면 병원에 가서 주사를 맞고 약을 타 먹어야 한다. 고통은 더 커다란 질병과 상황으로부터 우리를 예방해 줄 수 있는 좋은 신호다. 그래서 실패를 했을 때 느껴지는 참담한 고통은 계속되는 도전으로만 치유될 수 있다. 고통스럽다고 해서 그것을 피하거나 도망다니기만 해서는 절대로 치유할 수 없는 것이다. 이렇게 고통을 자연스러운 반응으로 받아들이는 연습을 한다면 실패에 대한 두려움을 훨씬 쉽게 극복할 수가 있고, 따라서 잃어버린 자신감을 되찾는 데에도 큰 도움이 될 것이다.

현대사회에 이르러 남편들이 아내 앞에서 많이 기가 죽었다고들 말한다. 아래의 이야기를 보자.

– 요즘은 남편들은 집에서 아내에게 밥을 차려달라는 말도 함부로 못한다고 한다. 아내들은 하루 한 끼만 집에서 먹는 남편을 "일식씨"라고 부르며 좋아한다고 한다. 하루에 두 끼를 집에서 먹는 남편은 "이식이"라고 부르는데 일식씨에 비해서는 조금 어감이 낮아졌다. 그런데 하루 세끼를 모두 집에서 먹으려는 남편은 "삼시새끼"라고 부른단다. 매 끼니의 중간중간에 간식까지 차려달라는 남편을 아내들은 이렇게 부른다. "씨발새끼"

– 나이 팔십이 넘은 노부부가 살았다. 어느 날 아내가 잔뜩 심술을 부리며 화를 내고 있었다. 다음 날이 동창회 모임인데 마땅히 차려입고 나갈 옷이며 핸드백이 없다는 이유였다. 모처럼 아내의 기분을 맞춰주려고 남편은 큰 마음을 먹고 백화점에 가서 명품 핸드백을 하나 샀다. 그리고 아내에게 건네주면서 즐거운 시간을 가지고 놀다 오라고 했다. 아내는 환한 표정으로 핸드백을 받아들고 남편의 볼에 입맞춤까지 하면서 동창회에 나갔다. 저녁이 되어 집으로 돌아온 아내에게 남편은 잘 놀다 왔냐며 인사를 건넸다. 그러나 아내는 집 안으로 들어서기가 무섭게 명품 핸드백을 바닥에 집어던지며 말했다.

"에잇 씨팔! 아직까지 서방 살아있는 년은 나 밖에 없더라!"

예로부터 우리 민족은 남존여비사상에 물들어 있었다. 그래서 암탉이 울면 집안이 망한다는 둥, 여자와 북어는 삼일에 한 번씩 패야 한다는 둥의 말도 안되는 속담까지 있었을 정도다. 물론 남녀간의 이러한 차별은 당연히 사라져야 할 구시대의 유물이다. 하지만 최근에 이르러 남편들의 기가 너무 죽었다는 현실도 웃어 넘길 수만은 없는 일이다. 한 집안의 가장으로서 가족들의 행복과 생계를 어깨에 짊어지고 온갖 역경과 시련에 맞서 꿋꿋하게 일하는 남편은 세상 어떤 존재보다 고귀하고 가치있는 사람이다. 남자가 나가서 돈 벌어오는 게 당연하지 라고 생각하는 아내가 있다면 그 부부의 삶은 보지 않아도 뻔하다. 어쩌다가 남편의 위신과 존재가 이렇게 추락하고 말았을까? 그것은 생각해 볼 것도 없이 지은 죄가 많아서이다. 오죽하면 TV 광고에도 할 말 있다는 아내의 한 마디에 하루종일 전전긍긍하는 남편의 모습이 담겨 있을까. 자신이 떳떳하지 못하니까 아내 앞에서 기가 죽을 수 밖에 없다. 허구헌날 술에 떡이 되어서 들어오거나, 친구들과 어울려 다니느라 집안 일에 전혀 관심을 갖지 못한다거나, 도박이나 유흥으로 크게 돈을 날렸다거나 등등 책잡힐 짓을 많이 했기 때문에 아내의 기침소리에도 심장이 벌렁거리는 것이다.

비단 부부사이의 문제만은 아니다. 스스로 당당하지 못하면 절대로 자신감을 가질 수 없다. 내가 내 삶에 떳떳하면 누가 무슨 소리를 해도 당당히 내 길을 갈 수 있다. 조금이라도 켕기는 일을 저지르고 감추며 살고 있다면 아무리 큰 일을 해내도 여전히 어깨가 움츠러들 수 밖에 없다. 그렇다고 해서 아내한테 큰 소리 뻥뻥 치고 사는 남자가 훌륭하다는 말은 절대로 아니다. 앞에서도 말했듯이 아내 앞에서 언성을 높일 만한 일들은 모조리 사소한 일들이다. 남자가 되어서 그런 사소한 일들로 사랑하는 아내한테 소리를 지르는 것은 너무나 못난 행동이다. 밖에서는 찍 소리도 못하고 집에서만 큰 소리 치는 남자는 말 그대로 푼수 소리밖에 듣지 못한다. 게다가 여자는 귀신이라고 했지 않은가. 귀신한테 큰 소리 치다간 밤에 잠을 못 자는 수가 있다. 내 소중한 삶의 시작은 가정에서부터 이루어진다. 다부지고 당당한 모습으로 자신감을 갖추고 아내 앞에서도 고개를 숙이지 않는 남편이 될 수 있도록 해야 할 것이다.

07

반드시 새로운 삶을 찾을 필요는 없다

―――

삶의 이유가 무엇인지, 내 존재의 이유는 무엇인지,
내가 세상에 태어나 반드시 이루어야 하는 사명은 어떤 것인지,
내가 진정 하고 싶은 일은 무엇인지 말이다.

리처드 J. 라이더와 데이비드 A. 샤피로가 쓴 〈인생의 절반쯤 왔을 때 깨닫게 되는 것들〉이란 책을 보면 데이브라는 사람이 한 말이 인용되어 있다.

― 나는 고등학교를 졸업하자마자 대학에 들어갔지만 3주 만에 자퇴했다. 나는 가진 것을 몽땅 배낭에 꾸려 넣고 토론토에서 밴쿠버까지 히치하이킹으로 횡단했다. 여행 첫날, 저무는 온타리오 호숫가에 앉아 여행일지에 이렇게 썼다.

"태어나서 처음으로 죽음도 그 무엇도 두렵지 않다. 나는 내가 하고 싶은 일을 하고 있다. 물론 나는 죽고 싶진 않지만, 후회 없이 죽을 수도 있을 것 같다. 나는 그 어느 때보다도 충만한 삶을 살고 있다."

세월이 흘러 이제 나는 자신에게 묻는다.

"지금 나는 그 때의 느낌을 얼마나 자주 경험하고 있는가?"

죽음도 두렵지 않을 만큼 충만한 삶을 느낄 수 있었다는 것은 대단한 경험이다. 데이브는 아마 자아를 찾는 여행을 하는 것이 스스로를 가장 기쁘고 행복하게 만드는 일이라고 여겼던 것 같다. 이 글을 읽은 사람들 중에 몇몇은 당장 짐을 꾸려 어디론가 여행을 가고 싶은 마음이 생길 지도 모르겠다. 3년간 고생해서 합격한 대학을 3주만에 자퇴하고서 말이다.

위에서 언급한 책 말고도 꽤 많은 자기계발서에서 이런 이야기를 볼 수가 있다.

- 현재의 삶에 만족하지 못하는가? 그렇다면 당장 떠나라!
- 뒤도 돌아보지 말고 자신의 꿈을 향한 항해를 시작하라!
- 사표내기를 두려워하지 말고 꿈이 없는 삶을 두려워하라!
- 망설이지 말고 도전하라! 지금의 위치가 삶의 전부는 아니다!

나도 한 때 이런 글을 읽으며 가슴에 불을 지폈던 적이 있었다. 뭔가 도전의식이 고취되는 듯 하기도 했고 새로운 목표가 나를 이끌고 있는 것 같기도 했다. 꿈을 향해 떠나란 말은 참 멋진 말이다. 한 번 뿐인 인생에서 내 꿈을 찾아 떠난다니 얼마나 근사하고 황홀한가. 답답하고 단조로운 일상을 벗어나 꿈과 희망을 찾아 다시 일어선다는 것이 대단한 일이라는 사실은 두말할 필요가 없다. 만족스럽지 못한 직장을 당장 때려치우고 높은 곳을 향해 훨훨 날아가는 내 모습을 상상만 해도 가슴이 두근거렸다.

그러나 지금은 생각이 조금 다르다. 만약 이루고자 하는 꿈이 선명하게 있다면 과감하게 도전해 나가는 삶에 초를 칠 마음이 전혀 없다. 하지만 내 경험상 대부분의 사람들은 명확한 꿈을 가지고 있지 못하다. 삶의 이유가 무엇인지, 내 존재의 이유는 무엇인지, 내가 세상에 태어나 반드시 이루어야 하는 사명은 어떤 것인지, 내가 진정 하고 싶은 일은 무엇인지 말이다. 사실 이런 내용을 깊이 사색할 만큼 충분한 시간을 가지며 살아오지 못한 것도 맞는 말이다. 스스로도 그랬고, 사회적인 환경이나 분위기도 그랬다. 그저 시키는 대로 공부만 잘하면 훗날 뭔가 번쩍 하고 트일 것이라 여기며 살았다. 만약 지금 자신의 위치나 상황이 만족스럽지 못하고 나름대로 힘겨운 삶을 살아가고 있는 사람들이 위의 글을 읽는다면 마음 속에 잔잔히 바람이 일어나기가 훨씬 쉬울지 모른다. 힘든 사람들은 뭔가 의지가 필요하다. 그것이 사람이든 사물이든 종교이든 관계없이 어깨를 기대고 위로받으며 쉴 수 있기를 간절히 바란다. 그래서 지금이란 상황에서 벗어날 수 있다는 말이면 무슨 말이든 솔깃해한다. 힘든 삶이 가져다 주는 최대의 위험요소이다.

　이것은 스스로를 강인하게 지켜내는 힘이 부족한 데에서 오는 질병과도 같은 것인데, 예를 들면 이런 것이다. 아무런 노력없이 복권에 당첨된 사람들이 큰 돈을 갑자기 떠안게 되면 좋아서 어쩔 줄 모르는 것은 잠시 뿐이고 바로 걱정과 근심에 쌓여간다. 먼저 큰 돈을 보관할 방법을 알지 못한다. 은행에 넣어두기만 하면 혹시나 도둑이 들까봐 걱정되고, 어딘가 투자를 했다가 잘못되면 모두 잃을까 걱정이다. 가족끼리 돈을 두고 다툼이 일어나기도 하고 여기저기서 빌려달라고 아우성치는 바람에 속이 다 시끄럽다. 그런데 이럴 때 누군가 다가와서 아주 안전하고 확실한 투자가 있다며 달콤한 말을 속삭이면 대부분 홀딱 넘어가 버린다. 스스로 돈을 지키거나 불려나갈 자신이 없으니 다른 사람의 말에 귀가 팔랑거릴 수 밖에 없다.

　조금만 달리 생각해보면 어떨까. 위에서 말하듯 꿈을 찾아 떠나기 위해서는 가장 먼저 자신의 꿈이 무엇인지 알아야 한다. 그런데 한 번도 자신의 꿈이 무엇인지 고민해 보지 않았기에 무작정 떠날 수는 없다. 여기서 모순이 생긴다. 아직 자신의 꿈이 무엇인지조차 모르는 상황에서 지금 하고 있는 일이 자신의 꿈이 아니라고 어떻게 장담할 수 있는가. 이 질문에 대해 어떤 사람들은 이렇게 답할 지도 모르겠다. 일을 하면 힘들기만 하고, 만족스럽지 못하고, 전혀 기쁨과 즐거움이 없는데 어떻게 이 일이 내 꿈이라고 할 수 있겠냐고 말이다. 그러나 이것은 완벽하게 잘못된 생각이다.

자신이 진정 바라는 일, 꿈을 찾았다고 가정해 보자. 지금 자신이 갖고 있는 마음가짐과 태도로는 꿈을 찾는 일조차 불가능할 것이 뻔하지만 어찌어찌하여 꿈을 찾았다고 하더라도 결코 그 일에 만족하지는 못할 것이다. 꿈은 쉬울 것 같은가? 그냥 앉아서 휘파람이나 불고 있으면 에스컬레이터처럼 자동으로 나를 향해 움직여 올 것 같은가? 천만의 말씀이다. 꿈을 이루기 위해서는 지금보다 몇 배의 노력이 더 필요할 지도 모른다. 최소한 즐겁지는 않겠느냐고? 이것 또한 잘못된 생각이다. 꿈이라서 즐거운 것이 아니라 즐거운 마음을 갖기 때문에 꿈이 되는 것이다. 나를 즐겁게 해줄 수 있는 일을 찾으면 되지 않느냐고? 내가 장담하는데 수백년을 찾아보라. 절대로 못찾는다! 나를 편안하게 해주고, 즐겁게 해주고, 가슴 떨리게 하는 일을 찾는다는 것은 누가 무슨 말로 포장해도 절대 불가능하다.

오직 하나의 방법 뿐이다. 내가 먼저 스스로 즐길 수 있어야 한다. 내가 먼저 즐겁고 행복해야만 즐겁고 행복한 일을 할 수가 있다. 이것은 매우 중요한 문제다. 나는 글을 쓴다는 사실에 대해 심각할 정도로 회의를 느꼈던 사람이다. 복잡하고 머리아픈 글쓰기가 내 인생을 바꾸게 될지 상상도 하지 못했다. 다만 할 수 있는 일이 글쓰기 밖에 없었기 때문에 어쩔 수 없이 쓰기 시작했고, 이왕 쓰는 거 조금은 기쁜 마음으로 정성을 다해 써보자고 마음 먹었던 것이 작가가 될 수 있었던 결정적인 계기다.

사업에 실패한 후 내가 얼마나 많은 일을 해 보았는지 모른다. 화장품, 건강식품, 상조회사, 인터넷 쇼핑몰, 밧데리, 음식물 처리기 등 그 수가 헤아릴 수 없었다. 꿈을 찾는 과정과는 그 의미가 조금 다르겠지만 닥치는 대로 일을 해가면서 혹시 나를 변화시키거나 기쁜 마음으로 할 수 있는 일을 찾게 된다면 그것으로 성공해낼 수 있다고 믿었다. 그 결과는 뻔했다. 엄청난 빚더미에 눌려 매일 가슴이 무겁고 인상이 찌푸려져 있는데 도대체 무슨 일이 즐겁고 행복할 수 있었겠는가. 하는 일마다 지겹고, 힘들고, 마음에 들지 않고, 헛점투성이로 보이고, 성공의 가능성이 전혀 보이지 않았다. 쉽게 지쳤고, 나는 갈수록 더 힘만 들었다.

꿈을 찾기 위해 도전한다는 사실이 소중한 내 삶에 반드시 필요하다는 것을 부정할 마음은 전혀 없다. 그러나 내가 찾는 꿈은 그 어딘가에 존재하는 것이 아니라 바로 내 안에 있음을 강조하고 싶은 것이다. 지금 내가 서 있는 자리가 어쩌면 소중한 내 꿈이 묻혀 있는 자리일 지도 모른다. 지금 내가 하고 있는 일이 어쩌면 평생을 찾아다녀도 찾지 못했을 최고의 내 직업일 지도 모른다.

만약 그렇다면, 이제 우리에게 남은 것은 그 사실을 어떻게 발견할 수 있느냐 하는 것 뿐이다. 답은 하나다. 지금 하고 있는 일에 혼신을 다해 보자. 지금까지도 열심히 잘 하고 있었다며 입 내밀지 말고 다시 해보는 거다. 혼신을 다한다는 말은, 방바닥을 닦을 때는 마치 방바닥과 사랑을 속삭이듯 닦는 것이고 마늘을 깔 때는 마치 첫날 밤 신부의 옷고름을 풀 듯 정성을 다하라는 뜻이다. 만약 그렇게 해서 지금 하고 있는 일의 성과가 가파르게 상승하고, 결과에 대한 보상을 충분히 누리며, 주위로부터 인정받고, 더욱 열정이 불타올라 멈출 수가 없다면! 바로 지금 그 자리가 당신의 꿈인 것이다. 하지만 지금 자신의 위치에서, 자신이 맡은 일에 혼신을 다해보고 만약 그럼에도 불구하고 여전히 이 일은 나와는 어울리지 않는다 라고 판단 된다면 그 때는 과감히 접고 날개를 펴자. 세상에서 가장 소중한 내 삶의 꿈을 찾는 일인데 이 정도의 노력과 시간조차 투자하지 않는다면 말이 되겠는가.

많은 청소년들이 자신의 꿈을 찾지 못해 방황하고 있다고 하면서 강의를 듣기도 하고 책을 읽기도 한다. 그러한 노력은 너무도 훌륭한 자세이고 박수를 보내고 싶다. 세월을 거슬러 오랜 과거로 돌아가 보자. 그 때는 자기계발서라는 것도 없었고, 청소년을 위한 강의도 없었다. 그럼에도 불구하고 많은 사람들이 자신의 꿈을 이루었고 덕분에 지금같은 세상에 살 수 있게 되었다는 사실을 생각하자. 그 사람들도 모두 자신의 꿈을 찾기 위해 여기저기 헤메고 다녔을까? 그들은 모두 자신의 마음 속에서 먼저 꿈을 찾았기 때문에 성공을 이룰 수 있었던 것이다.

반드시 새로운 삶을 찾아 나설 필요는 없다. 지금 서 있는 그 자리가 어쩌면 당신의 삶을 최고로 만들어줄 진정한 꿈의 자리일 지도 모른다. ♛

성공과 실패는 똑같은 말이다. 성공으로 가는 길 위에 수많은 실패들이 놓여져 있을 뿐이다.

남은 생을 사는 동안 나에게 어떤 시련이 다시 올지 모르지만, 이제는 아무것도 두렵지 않다. 실패를 딛고 일어서본 사람들은 실패가 두렵지 않은 법이다. 언제, 무슨 일이 닥쳐도 여전히 내 삶이 소중하다는 사실을 잊지 않을 것이며, 글을 쓰는 삶을 게을리 하지 않을 것이다.

저 높은 정상에 서서 빨리 오라고 손짓하는 글은 더 이상 읽고 싶지 않았다. 바로 곁에 서서 어깨를 두드리며 함께 힘내자고 격려해 줄 수 있는 글을 쓰고 싶었다. 작가가 되고야 말겠다는 소망을 이룬 것은 작은 시작에 불과하지만 이것으로 나는 최소한 정상적인 삶을 살아갈 수 있게 되었다. 절벽을 기어올라 평범한 삶에 이르고 보니 무엇이 나로 하여금 여기까지 올 수 있게 만들었나 돌이켜볼 수 있었다.

때로는 너무 뻔뻔한 생각을 하며 살고 있는 것은 아닌가 의구심이 들 때도 있었다. 전과자, 파산자라는 명울을 쓰고 막노동을 하며 생계를 유지하는 사람이 자신의 삶을 최고라 여긴다는 사실이 과연 무슨 의미가 있을까 싶어서 몇 번이나 포기하려고도 했다. 그러나 지금은 어떤 일이 있어도 포기할 마음이 없다.

팔십을 바라보는 부모님의 눈에 평생 공들여 키운 자식이 막노동을 하며 거칠게 살아가는 모습이 어떻게 보여질까 생각하면 가슴이 먹먹해졌다. 비록 내색은 하지 않았지만 그 깊고 아픈 상처와 가시밭길을 걸었던 세월을 어떻게 간직하며 살았을지 자식을 키우는 애비로서 어찌 모를 수가 있겠는가. 조금이라도 멈추고 싶은 생각이 들 때면 부모님의 심정을 헤아려 결코 포기하지 않으리라 다짐한다.

지독히도 힘든 삶을 살아가고 있을 때 나에게 많은 조언을 건네준 사람들이 있었다. 그러나 당시의 내 귀에는 그런 말들이 전혀 들어오지 않았다. 당장 죽을 것만 같은데 어쩌면 그렇게도 속편한 소리들을 쉽게 내뱉을 수 있을까 싶었다. 용기를 가지고 다시 일어서라고? 말도 안되는 소리였다. 어디 네가 한 번 해봐라 하며 소리를 지르고 싶었다.

지금 이 순간, 실패를 경험하고 절망적인 삶을 살아가면서 비통한 심정으로 이 글을 읽는 누군가가 있다면 혹시 나와 같은 말을 중얼거리고 있을 지도 모르겠다.

분명한 사실은, 비록 나를 위해주는 그 한 마디가 그 사람의 진심어린 조언이 아니라 하더라도 내가 받아들이기에 따라 큰 힘이 될 수도 있다는 사실이다. 나는 누구처럼 글을 써서 큰 돈을 벌지도 못했고, 작가로서 명성을 떨친 사람도 아니다. 이제 겨우 보통 사람들처럼 살 수 있는 가능성이 열린 것 뿐이다. 그럼에도 불구하고 이런 종류의 책을 쓴 것은 내가 겪은 참담한 세월들이 어쩌면 조금은 수월하게 보낼 수도 있었던 시간이 아니었나 하는 마음에서였다.

자기계발서의 종류와 수는 헤아릴 수 없을 만큼 많다. 그리고 내가 보기에는 책의 내용 또한 크게 다르지 않았다. 그럼에도 불구하고 어떤 사람들은 그 책을 읽고 자신의 삶을 완벽하게 변화시켜 새로운 성공에 이르고, 반면 어떤 사람들은 아무리 많은 책을 읽어도 여전히 그 자리에서 멈춰 서 있다. 그러면서 책의 내용에 대해 불만을 쏟아내기 바쁘다. 중요한 것은 무엇보다 실천이다. 아마 내가 쓴 이 책의 내용 또한 크게 다르지 않다고 느끼는 사람들이 있을 지도 모르겠다. 한 가지 기억해야 할 것은, 사람이 스무살만 넘으면 깜짝 놀랄 만큼 새로운 일이나 삶의 지혜는 만나기 힘들다는 사실이다. 대부분은 우리가 알고 있지만 행동으로 옮기지 못하기 때문에 여전히 변화가 힘든 것이다.

다른 모든 내용들을 가슴에 담지 않아도 좋다. 그러나 [세상에서 가장 소중한 것은 자신의 삶]이란 사실과 누가 뭐래도 [나는 최고]라는 사실만은 반드시 기억해 주길 바란다. 나는 이 한 가지의 진실을 가슴에 품고 살았다. 세상의 뒤편에서 천식과 피부병과 싸우면서도, 한 푼도 가진 것 없이 거지꼴이 되었을 때도, 허리가 부러질 것 같은 힘겨운 막노동을 하는 동안에도, 매일 네 시간씩 글을 쓰는 순간순간에도 내 소중한 삶이 최고라는 사실만큼은 심장에서 놓지 않았다.

남은 생을 사는 동안 나에게 어떤 시련이 다시 올지 모르지만, 이제는 아무것도 두렵지 않다. 실패를 딛고 일어서본 사람들은 실패가 두렵지 않은 법이다. 언제, 무슨 일이 닥쳐도 여전히 내 삶이 소중하다는 사실을 잊지 않을 것이며, 글을 쓰는 삶을 게을리 하지 않을 것이다.

누구나 실패를 한다. 살아가는 것은 죽어가는 것과 같은 말임에도 사람들은 항상 살아간다고만 생각한다. 우리는 새가 운다고 표현하지만 미국 사람들은 Birds singing, 노래한다고 표현한다. 생각한 대로 만들어지는 삶이다. 성공과 실패는 똑같은 말이다. 성공으로 가는 길 위에 수많은 실패들이 놓여져 있을 뿐이다. 가만히 앉아 있지 말고 다시 일어서서 함께 걸어가 보자. 혼자 가기 힘들면 함께 가잔 말이다. 아무리 지치고 힘들어도 얼마든지 견딜 수 있다. 우리 삶은 여전히 소중하며, 내 인생은 최고니까.

Brovo Your Life!

2016년 4월 봄날에...

저자 **이은대**